講談社文庫

最強の経営者

アサヒビールを再生させた男

高杉 良

講談社

目次

最強の経営者

アサヒビールを再生させた男

第一章　顧問に非ず

1

樋口廣太郎《ひぐちひろたろう》・住友銀行副頭取が磯田一郎会長に呼び出されたのは、昭和六十（一九八五）年十一月上旬某日昼下がりのことだ。

用向きは分かっていた。一週間ほど前に同行元大阪支店長で、現アサヒビール社長の堤悟社長が磯田の呼び出しを受けていることを把握していたからだ。

堤は樋口より入行年次で七年先輩だ。気心の知れた仲である。

しかし、堤はいかにも元銀行家《バンカー》らしく、樋口に直接伝えてきた訳ではなかった。樋口は東京駐在の支配人（部長クラス）の秘書役から耳打ちされていたのだ。

真っ先にアサヒビール代表取締役専務の竹山勇治と日本橋の割烹《かっぽう》で会食した。竹山は二年ほど前に大蔵省（ＭＯＦ）関税局長を退官し、アサヒビールに入社した。同社初の〝天下り〟である。

樋口はビールで乾杯するなり、水を向けた。

「アサヒビールの居心地はいかがですか」

関西弁訛《なま》りはやむを得ないが、身内には完璧な標準語を話せると豪語していた。ハスキーだがよく通る声だ。

メタルフレームの奥の二重瞼《ふたえまぶた》の目は、このとき優しそうに見えた。面長で目鼻だちは整っている。派手な面立ちとも言える。

竹山は中肉中背、樋口と同程度の身長だが、腕組みして思案顔を下に向けているせいか、いくぶん小さく見えた。

年齢は大正十五(一九二六)年一月二十五日生まれの樋口のほうが一歳上である。

「無理して良い気分ですなどと、おっしゃらないでよろしいですよ。背広を脱ぎませんか」

「はい」

二人が同時に背広を脱いだ。

樋口は女将《おかみ》に人払いを命じていたので、二つに畳んで横に置くしかない。

「樋口副頭取、わたしからお尋《たず》ねしてよろしいですか」

「どうぞどうぞ。ざっくばらんになんなりとおっしゃってください」

「副頭取が突然わたしにご馳走してくださるのはどうしてなのでしょうか。住友銀行さんのトップ層の人事と無関係とは思えませんが」

「おっしゃるとおりです」

にこやかに返したつもりだが、樋口はむかっとしていた。

竹山の顔に、次期頭取は樋口の二年先輩の巽外夫副頭取だと書いてあった。樋口は頭取を目指して頑張ってきた。巽ごときに負けるとは信じられない。巽がどれほど仕事をしたのか考えてもらいたい。

樋口は住友銀行〝東京本部〟営業部門の責任者だが、管理部門は筆頭副頭取の巽である。もっとも、性格的、性質上も樋口のほうから口出しすることはしばしばあった。

ただし、樋口は巽を立てる立場をわきまえていたので、厭な顔をされた覚えはない。すぐカッとなる〝瞬間湯沸器〟の自覚もなくはないが、人への思い遣《や》りを忘れてはならないと肝に銘じてもいた。

ずっと後のことだが、新聞記者に「瞬間湯沸器と自ら称しているそうですね」と訊《き》かれた時、樋口はにやっとして、即刻言い返した。

「部下を怒ったり叱ったりしたあとで、すぐさま優しくするほうを〝瞬間湯沸器〟と称したのです。曲解しないでください。瞬間湯沸器は後のほうですよ」

樋口らしさを示して余りある挿話《そうわ》だ。

新聞記者とのやりとりは事実だが、樋口は内心「ほんとうは逆かもなぁ」と思っていた節もある。

樋口が竹山を凝視した。

「万一わたくしがアサヒビールの社長になるとしましたら、どう受け止められますか」

「なるほど。万一は樋口さん流の言い回しですか」

「失礼いたしました」

樋口は小さく頭を下げた。

「二、三割、いや五割の確率でしょうか。堤先輩が張り切って仕事をなさっていることはよーく存じております」

竹山がグラスを呷《あお》った。樋口が酌をしたが、グラスは座卓の盆に戻された。

「昭和六十年十二月期の実績見込みで、ビールのシェアが一〇パーセントを切ることは間違いないと思います。当然、ご存じとは思いますが〝朝日〟ではなく〝夕日〟ですよ。樋口さんの辣腕《らつわん》を以《もっ》てしても挽回することは難しいと言わざるを得ません。樋口さんが住友銀行を卒業されるのは致し方ない事情があるとは思いますけれど、わたしは断るべきだと信じて疑いません」

樋口は専《もっぱ》ら注ぎ役に徹した。竹山のビール好きを有り難く思わなければいけない。銘柄はアサヒに決まっている。アルコールにさして強くない樋口よりいける口なのでビールで済む筈がなかった。

「失礼ながらお訊きしますが、竹山さんはどうされるおつもりですか」

樋口は愚問だと思いながらも、訊かずにはいられなかった。六十五歳、いや七十歳かも知れない。ＭＯＦが面倒を見るのは分かり切ったことだ。キャリア官僚、わけても大蔵省はトップクラスだ。

官庁はノンキャリアが下支えしているのは紛れもない事実だが、両者の格差は将軍と下士官だろうか。

「わたしは〝夕日〟を見とどけますよ。ただし、その先についてはご心配なさらないで結構です」

樋口は深く深く頷《うなず》いた。

「念のため、三人の監査役の意見も訊いてみましょうかねぇ」

「そこまで駄目押しする必要があるんでしょうか。樋口さんらしいと言えばそれまでですが」

樋口は黙って低頭した。

竹山が話題を変えた。

「堀田天皇はご壮健なんですか」

「堀田庄三相談役名誉会長は八十六歳と高齢です。体調もおもわしくないと聞き及んでおります」

「あの方は必要以上に大きく見せようと苦労しているような気がしないでもありませんね。十八年間も住銀のトップとして君臨したのは不可解です。住銀自体東京周辺での不人気ぶりは気にならないでもありません。ま、磯田さんや樋口さんがフォローしたからこそ居座り続けられたのでしょう」

「〝天皇〟は〝天皇〟です。大物中の大物だったと思います」

言いざま樋口は大きく手を叩いた。女将を呼んだのだ。

「そろそろお銚子をお願いします。その前にトイレに……」

樋口は腰を上げた。ちらっと表情を曇らせたのは二年以上もアサヒビールで禄を食《は》んでいながら、メインバンクの元トップをあしざまに言うのはいかがなものかと思ったからだ。

座卓の向かい側が料理でいっぱいなのも気になっていた。

2

樋口はことさらにゆっくり放尿し、入念に手を洗った。堀田庄三の厳顔が目に浮かぶ。

樋口は昭和四十（一九六五）年五月から三年半ほど堀田の秘書役を務めた。

東京周辺の評判は芳《かんば》しくないと指摘されればそれまでだが、だからこそ秘書役として頑張れたのかも知れない。

〝堀田天皇〟に直言した秘書役は樋口以外一人もいない。

「いかがでしょう。当行の頭取として、もう少しだけ庶民性を持ってくださいませんか」

「持っているつもりだが。そういう生意気を言うのは、おまえだけだ」

あからさまに厭な顔をされたことが一再ならずあった。

「秘書の分際でなんていう奴だ。立場をわきまえないにもほどがあるぞ」

大きな声を出されもしたが、長続きしたのは、一所懸命仕事をしたたし、堀田に尽くしたからで、堀田にとっても樋口はありがたい存在だったのだ。

上背一六三センチの樋口よりも小柄な堀田は、背伸びをしながら喚《わめ》いたかも知れない。

堀田が自身を大物に見せたがったのも事実だった。

樋口は〝財界の鞍馬天狗〟の異名を取り、遥《はる》かに格上の中山素平（日本興業銀行頭取）を接待するために日程調整で苦労した覚えがあることを思い出した。

興銀大阪支店長の慰労会を口実に赤坂の料亭に招くまでに、何度も興銀秘書役と電話連絡し、二度も「目と鼻の先ですから、わたくしが参上します」と言って、興銀へ足を運んだ。住銀東京本部ビルは千代田区丸の内一丁目三－二、興銀本店ビルは同三－三だ。

宴会があった翌朝、堀田の機嫌が良かったので、樋口は訊いた。

「昨夜はいかがでしたか」

「面白かった。中山素平君は威張らず、淡々としていたな。元大阪支店長のほうがよくしゃべってた。あの男とは大阪で何度か会っているが、やんちゃ坊主な感じは昔のままだった。頭は切れよるし、仕事もようできる。おまえさんと似たところもある」

「ありがとうございます。〝そっぺいさん〟との会食は初めてですか」

「そうだなぁ。わしもあいつも超多忙で、そんな暇はなかったのかもなぁ。むろん面識はあるが、飯を食った覚えはない」

樋口は手洗いで思い出し笑いをした。

代表権を持つ専務までが「いま、頭取のご機嫌はどうなの。こんな話をしたいんやが、どないやろうか」などと堀田の顔色を窺《うかが》いにやってくる。大阪本店でも、〝東京本部〟でも同様だった。

秘書役時代の樋口は努めて自然体を心掛けた。

樋口に限らず秘書役は堀田天皇の側近中の側近である。

日程調整から重要事案の判断。そして不都合な面会依頼人の排除まで任される。この点、樋口は万事ぬかりはなかった。

『堀田天皇の秘書役は慇懃《いんぎん》でなければ務まらない』『一年もたないだろう』『半年もつかな』などの陰口をたたかれながら〝樋口流〟を三年半も貫いた。

樋口は我関せずで押し通し、逆に役員たちの性癖などを頭の中にインプットして、独り悦に入《い》っていた。「こんなのが代表取締役なのか」と首を傾げたくなるのがいないでもなかった。

堀田の顔色を窺いにきた某専務に「頭取はご機嫌斜めです。気難しい顔で新聞を読んでいますが」と伝え追い返した。『こんな意地悪をして、あかんあかん』

樋口は頭を掻《か》いて終りだったが、堀田が不機嫌だったことは事実だった。

「まずいまずい。後で電話をくれ」

某専務のほうが退散したのだ。

いずれにせよ堀田に仕えたことは樋口にとって糧《かて》になり、パワーアップになったことはたしかである。

人脈も広がった。さぞや行内にやっかむ手合いが大勢いたろう。

3

樋口が手洗いを終えて小部屋に戻ると、料理の器がかなり片づいていた。中年の女将、仲居、料理人たちとも五分ほど雑談してきた。

竹山は手酌で酌をしながら日本酒を飲んでいたが、一杯目は女将が酌をした筈だ。

「ところで、なんのお話でしたか」

「堀田天皇の悪口をわたしが言い立てました」

「言い立てたりしてませんよ。堀田を褒めてくださいませんでしたか」

「まさか。褒めたとしたら、磯田さんと樋口さんですよ」

「磯田はいくら褒めちぎられても、おかしくない人物です。銀行界一のバンカーだと思います」

竹山は無表情で話題を変えた。

「〝そっぺいさん〟のことをふっと思い出しましたが、堤社長も東京商科大学（一橋）じゃなかったですか」

「昭和十七年卒です。中山素平さんは昭和四年ですから大先輩ですし、パワーも違いますが、堤社長は当行の副頭取から経営危機の東洋工業の副社長に転じ、見事に再建して、いまはアサヒビールで大変な目に遭っているわけですね」

「QC（クオリティ・コントロール＝品質管理）ぐらいでアサヒビールが蘇生するとは考えにくい……。樋口さん、悪いことは言いません。三ヵ月ほど入院しちゃったらどうですか。わたしの伝《つて》でレベルの高い大学付属病院をご紹介できます。なんならここで倒れたことにしてもいいくらいです。アサヒビールよりは増しな別の天下り先が回ってきますよ。あなたのパワーは〝夕日ビール〟には勿体《もったい》ない。ほんとうにそう思います」

本音だなと、樋口は思った。

「なんぼなんでも、ここでひっくり返るわけにはいきませんよ。蒲柳《ほりゅう》の質とは自覚していますが、とりあえずお気持ちだけはいただいておきます」

樋口は何度も竹山に酌をして、自身の猪口にはほんのちょっと注いだが、少し飲んだだけだった。下戸《げこ》に毛が生えた程度の酒量である。

4

樋口の行動力は抜群である。間然するところがないどころではなかった。

アサヒビール常勤監査役の羽田信二と昼食時間にパレスホテルの特別室で会食し

た。

羽田は昭和二十五年にアサヒビールに入社した。絵心があり、教養人でも通用する。もう少しガッツがあれば、代表取締役専務にはなっていたかも知れない。

「こういう話をするのは差しに限ります」

「副頭取のお招きを受けまして、なにごとでしょうかと悩んでいました。こう見えましても相当緊張しています」

「失礼失礼。たいした話でもないのですが、〝夕日ビール〟の行く末が心配なんですよ」

「〝夕日ビール〟などというボキャブラリーまでご存じでしたか。恐れ入りました」

羽田は低頭した。

「ビールを一杯だけ飲みましょうか」

「いただきます」

ウェイターがビールの小瓶を二本運んできて、すぐに注いでくれた。

「いただきます」

羽田が小ぶりのグラスを掲げた。

樋口もより高く持ち上げた。

「乾杯！　いや献杯かも知れませんよ」

「献杯ですかぁ」

「〝夕日ビール〟に乗り込もうかと考えてるんです」

羽田は大きく首をひねった。

「アサヒビールの社長という意味ですか」

「おっしゃるとおりです。先週、堤先輩が磯田会長に呼び出されたのはご存じですか」

「いいえ。われわれ下々《しもじも》に聞こえる筈がありません」

「下々はないでしょう」

「失礼いたしました」

「どう思われるか、率直におっしゃってください。ストレートに反対なら反対だと……」

「反対なんてとんでもないです」

「賛成なんですね」

樋口は上体をテーブルに乗り出した。

羽田は右手をうちわをあおぐように激しく振った。

「まさしく〝夕日ビール〟なのです。やや大仰《おおぎょう》ですが、一年ほど前でしょうか、磯田会長がサントリービールのトップに……」

樋口の表情が動いたのを見てとって、羽田が続けた。

「釈迦に説法は重々承知しておりますが、不規則発言、いや暴言で有名なそのトップは『川に落ちた犬を救う馬鹿はいない』でしたかねぇ。そう言い放ったと聞いていますが」

「それで〝夕日ビール〟は少しは発憤したんですか」

「広報部の速水正人君などが張り切ってQC活動に全力で取り組んでいます」

「その人は存じあげないが、特定するのはどうしてですか」

「わたしのところに二、三度相談に来ています。広報部に限らず、全社的課題です」

QC活動とは、トヨタ自動車、ブリヂストンなど名だたる大企業が進めている品質改善活動より〝より進歩した〟活動目標を意味する。

「営業部門はどうなんですか」

「もちろんハッスルしています」

「それで〝夕日ビール〟はおかしいですね」

「手遅れだとわたしは思います。失礼ながら副頭取は火中の栗を拾わされるだけのことではないかと拝察します」

「火中の栗を拾うのも悪くないんじゃないですか。大火傷《おおやけど》するぐらい覚悟せんと」

「住友銀行さんでどの部署でも常にトップであり続けた樋口副頭取のポストとは到底

思えません」

「お話は承りました。今日羽田さんにお目にかかれたことを感謝します。ついでながらあなたと同じ常勤監査役の中畑雄二さんと加藤隆監査役にお会いしても無意味ですか」

「おっしゃるとおりです」

「しかしながらお二人にはくれぐれもよろしくお伝えください。ここで失礼しますよ。到来物ですが手土産です。ネクタイ、あなたにぴったりの筈です」

「まさか。そんな」

「いいからいいから」

樋口は握手して羽田と別れた。羽田の掌《て》が汗ばんでいる。身内がふるえるほど緊張していたのだ。

5

堤は、磯田と会った当日、すぐさま取締役経営企画部長の池田周一郎と対話した。

アサヒビールの本店は東京・京橋三丁目の第一生命・京橋ビルの八階から十三階までを占めていた。オフィス・ビルである。役員、社員ともに通称の京橋ビルで一貫している。

皇居に面した旧第一生命保険ビルは、終戦直後にGHQ（連合国軍総司令部）に接収され、昭和天皇がマッカーサー元帥と面会して、日本国民に衝撃をもたらしたいわば名門ビルとして知られていた。

京橋ビルはその名門ビルの裏側で至近距離に在していた。

池田は昭和五十八（一九八三）年五月に住友銀行から出向を命じられた。住友銀行には関西出身の東京大学出は相当数存在するが、池田もその一人である。入行年次は昭和三十七年、年齢は四十六歳。柔和な顔の割りには負けん気は強いほうだ。

「お呼びでしょうか」

「話が長くなりそうなので、座ってくれんか」

「はい」

二人は十二階にある社長執務室のソファーで向かい合った。共にスーツ姿だった。

「磯田さんに呼ばれていろいろ話してきたが、要は副頭取の樋口君を社長で迎えてもらいたいということなんだ」

池田は気色《けしき》ばんだ。

「むろんお断りしたんでしょうね」

「そうもいかない。受けざるを得ないだろう。わたしはもう六十七歳だ。樋口君は五十九歳。若返りを図ったらどうかと磯田会長に言われたら断れないよ」

「しかし、堤社長のもとで前年から進めてきたコーポレート・アイデンティティ（CI）を練り上げて、漸《ようや》く来年から新しいロゴと新しいビール事業を展開する全社的体制が整ったばかりなんですよ。堤体制総仕上げの節目にしようと全社員が張り切っているんです」

池田は歯に衣《きぬ》着せずに直言できる立場であり、銀行員では珍しくそうした男でもあった。

「わたしはごく最近六十一年の年次計画にあたっての社長方針の叩き台をつくらせていただきました」

「うん。あれはよく出来てたなぁ。叩き台などではなく、わたしの意向をきみが上手にまとめてくれたんだ。わたしが手を入れるまでもなく、そのまま発表させてもらった」

池田は〝社長方針〟の内容を思い出しながら、堤を見上げた。

「いかがでしょうか。せめて一年、社長が続投するわけには参りませんでしょうか。せっかくの新展開を社長のもとでやりたいというのが全社員の願望であると、わたしは確信しています」

「お気持ちはありがたくいただこう。だが、もう決めたことなんだ。きみは住銀で樋口君と一緒に仕事をしたと思うが、わたしなんかよりよっぽどパワーがある。かれなら〝社長方針〟を受けついでくれるし、それ以上に仕事をしてくれると思う。心配するには及ばんよ」

堤は分かっていないと池田は思った。

温厚で行動力のある堤がトップだからこそ、社内のモチベーションが上がり、社員がヤル気になっているのだ。

樋口に堤の代役が務まるのだろうか。この改革が成功する確率はどれくらいあるのだろうか。いずれにしてもえらいことになったと池田は思った。

「わたしが樋口君に任せる気になったのは、かれのバイタリティと強運を買ったからだ。とにかくトップの若返りはいいことだよ。磯田さんに、堤君から提案があったことにしてくれと言われたが、本当にそうすればよかったような気がしている」

堤の言葉は本音だった。樋口なら願ってもない後継者だ。

6

樋口は磯田と対峙する前に、十分間ほど個室で瞑想した。

住友銀行は西日本ではトップの都銀である。旧財閥系の名門でもある当行で副頭取にまで昇り詰めたのだ。以て瞑すべしで、副頭取で卒業していく立場は理解しなければならない。

堤悟の前任者の穂積正寿はさぞかしアサヒビールのプロパー社員に嫌われたに相違ない。銀行員としてレベル以上であることは認めざるを得ないが、重箱の隅をつつくような細《こま》いこともしたに決まっている。行動力もさることながら、会議好きと聞いていた。

穂積は、住友銀行では取締役止まりで、〝堀田天皇〟時代の昭和四十六（一九七一）年にアサヒビールに転じ、最後は社長まで昇りつめた。社長としての功績を強いてあげるとすれば、従業員の六百人の解雇をやってのけたことだ。このコスト削減効果は少なくない。

大手都銀が、経営難に直面している企業に人材を派遣するのは、初めに従業員削減ありきである。いわば定石、常套手段だ。

穂積は古稀を迎えてアサヒビールの非常勤取締役に名を留めていた。

俺は〝人切り彦左〟はまっぴらご免だ。穂積との違いを社員たちに見せてやりたい。

待てよ。安易な途《みち》の選択肢もゼロではない。

アサヒビール以外に住友建設、ダイビル、ロイヤルホテルの社長の口もあるやに聞いていた。

建設会社はまったく性に合わない。いずれも器が小さ過ぎる。

最初からアサヒビールに決まっているんじゃなかったのか。

竹山や羽田と面会した時、夕日ビールにしてはならないと思ったのはどこのどいつだ。俺しかおらんだろう。

秘書を使わず直接電話するのが樋口流だ。羽田は電話でも声がうわずっていた。

二人共、本音ベース、嘘偽りはないと確信できたが、アサヒビールを日本一のビール会社に大化けさせてやろう。ヨメさんも賛成してくれた。悩む必要はまったくなかった。

ある重大案件で、樋口は磯田と意見が対立し、「きみは辞める覚悟があるのか」と言い放たれたのはごく最近のことだ。

行くぞ！　と肚《はら》を固めて、音をたててドアを閉めた。

7

樋口廣太郎は薄いブルーのネクタイを締め直して、会長室の半ドアをノックした。

「どうぞ」

磯田一郎はやや甲高《かんだか》い声で応答した。

「失礼します」

磯田は手で長椅子のソファーをすすめたが、樋口は一揖《いちゆう》して向かい側に回り、磯田が座るのを見届けてから腰をおろした。

磯田もスーツ姿だ。

「安宅《あたか》産業事件を思い出してたんだ」

「当行のアメリカ駐在員たちは何一つ掌握していませんでしたので、青天の霹靂《へきれき》どころではありませんでした」

「樋口君は常務で担当でもあったな」

「はい。忘れもしません。東京営業本部長でした。十年前の昭和五十年九月二十六日の午後三時に安宅産業の徳田外久二東京財務部長がアポを取って、わたくしに面会を求めてきたのです……」

最近、二人の間で〝安宅産業事件〟は話題になっていなかった。いわばタブーである。磯田の「一千億円ドブに捨てた」発言がメディアに叩かれたことと無関係ではなかった。

磯田が自らタブーを破るには、それ相応のなにかがあって然《しか》るべきだ。詰まる所、伏線を張っていると見てさしつかえない。しかも磯田は終始、笑顔を絶やさなかった。磯田は京都大学で樋口の十四年先輩である。法学部と経済学部の違いはあるが、樋口は磯田の薫陶を受けてきた。副頭取まで伸《の》してこられたのはこの人のお陰だ。恩人と思わなければいけない。もろもろの思いを込めて樋口は話を続けた。

「徳田さんが三十分も世間話をするので、しびれを切らし、用向きを言いなさいって大きな声を出してしまいました。この話は会長に何度かしていると思いますが」

「そうだった。永いバンカー生活の中でお互いに、いちばん働かされたんじゃなかったかねぇ」

二人共関西弁のイントネーションは強烈だが、ここは東京なのだから、標準語は当たり前という意識だった。無理をしている訳ではない。自然体なのだ。

「会長の豪腕、辣腕なくして安宅産業事件は処理、解決できませんでした」

「ふうーん。わたしの評判が悪くなるわけだ。力ずくで押さえ込んだ覚えもある。ありもしない石油に眼が眩《くら》んで十大商社の万年最下位からの脱出を狙ったイチかバチかの勝負に出たのも分からなくはないが、償却債権額の二千億円ものロスを出すとはねえ。安宅産業事件は歴史に残るかもなぁ」

磯田は感慨深げに緑茶を飲んだ。本題を俺のほうから切り出す訳にはいかないと思いながら、樋口も湯呑み茶碗に手を伸ばした。

「安宅のメインバンクが当行でなければ処理、解決できなかったと思います。創業家出身の安宅昭弥専務が慎重派であったことは紛れもない事実です。石油に眼が眩んだ勢力のほうが圧倒的に多かった訳です。多勢に無勢です。メインバンクとしてチェック機能が弱かったことは反省点かもしれませんが」

「当行を逃げ足が早いなどと東京地方の人たちはくさすが、〝安宅〟で見直してもらわなぁ、しょうもないわ」

「話は飛びますが、日本窒素を見放して、興銀（日本興業銀行）に押しつけたことをつべこべ言う人もおりますが、チッソの粉飾決算を見抜いた当行の東京営業本部は褒められてよろしいのではありませんか」

「おっしゃるとおりだ」

磯田は大きく頷いて続けた。

「戦前は出光興産を見限るのもウチが一等早かった。支店単位で借りまくるから、借金経営、借金漬けで、酷《ひど》い会社だったなぁ。軍属は大袈裟だが、政商的な面は間違いなくあったな」

チッソは水銀中毒による水俣病の発生源として知られている。出光佐三が創業した出光興産は石油精製・元売り業の大手だ。大家族主義を標榜しているが、従業員を搾取しているとする見方も成り立つと磯田たちは認識していた。人間尊重の大家族主義は破綻するとさえ思う。

8

ノックの音が聞こえた。

「はーい」

応えたのは樋口である。

会長付きの女性秘書だった。コーヒーと水を運んできたのだ。

「ありがとうございます。気が利きますねぇ」

樋口に見上げられた女性秘書は顔を赤らめ、「とんでもないことです」と言って、一礼した。

ドアの前でも一揖されたので、樋口は会釈した。

「ところで堤君とは会ったのかね」

「いいえ」

やっと本題に入ったなと思いながら、樋口は笑顔で応えた。

「樋口のことだから、分かっているとは思うが、アサヒビールをなんとかせんとなぁ。先週、堤にここへ来てもらって、会長に退いて樋口に仕切らせたらどうかと話したんだ。名目は若返りでも良いとも話した」

「堤先輩はＣＩとやらで頑張っていると聞き及んでおりますが」

「そこそこやっているとは思うが、樋口ほどのパワーはない。アサヒビールの社長は勘弁してくれと言われたら、ほかに考えるが」

「それには及びません。喜んでお受けします」

「ふうーん。嬉しいなぁ。堤には、次期頭取候補でもある樋口を後継者として迎えたいと発案したことにしてくれんかと言うといたので、そのつもりでおってくれ」

「堤先輩とは大の仲良しです。ご心配なく」

「ふうーん」

磯田は再び唸り声を発した。

「アサヒビールは大苦戦している。サントリーごときにバカにされるのは情けないじゃないか。樋口なら大きな顔した人に一泡も二泡も吹かせることが可能かもしれんしなぁ」

「会長が恥を掻かされたことはよく存じております」

磯田がサントリーのトップに、アサヒビールとの資本提携話を持ちかけたのは最近のことだ。

『溺れかけている犬を救うバカはおらんでしょう』とまで虚仮《こけ》にされた磯田はカチンときたが、『分かりました』のひと言で引き下がった。強気で鳴る磯田がサントリー・トップの鼻を明かしてやりたいと思う気持ちは、痛いほど分かる。俺なら親の敵《かたき》を討てるかもしれない。いや、ビールでは後発のサントリーなど眼じゃないと思わなければ……。

樋口はぐいと顎《あご》を突き出した。

「お任せください。気が早すぎるとは思いますが、胸を叩いたからには日本一のビール会社にしてご覧にいれたいと念じております」

樋口はジェスチャーまじりに応え、いっそう磯田を喜ばせた。

「そんなに張り切らんでくれんか。樋口は走り出すと止まらんほうやから。体でも壊されたら、えらいことだ」

磯田はカラカラと笑いながら続けた。

「堤とぶつかることはないのだろうなぁ」

「あり得ません」

「堤は東洋工業の再建で男を上げた。アサヒビールではイマイチだったかもしれんが、必ず貰いがかかるよ」

磯田は思案顔になった。

「堤は六十七歳か。隠居してもよいのかもしれんなぁ。わたしはまだまだ生臭いほうだが」

「…………」

「繰り返すが、表向きは堤が樋口に目を付けたんだぞ。忘れんでくれ」

「承りました」

樋口はいずれにせよ、住友銀行を卒業していく立場は変わらないと気持ちはふっきれていた。

アサヒビールへ向かって風が吹いてきたまでだ。この風に乗るだけのことだと考えれば気が楽だ。

樋口は起立して、「アサヒビールの件、ありがたくお受けします。ご支援のほどよろしくお願いいたします」と言って、磯田に深々と頭を下げた。

「樋口はさらっとしてて気持ちが良いねぇ。アサヒビールに出すのが惜しくなってきたよ。もうちょっと話をしてもええか」

磯田が手で樋口を制した。

「おまえさんのことだから、予想してると思う。まだ先のことだが、小松の次は巽だ。樋口と巽とどっちがよいか、これでも相当悩んだんだ。樋口のほうが心丈夫だが、行内事情はそうもいかない」

「会長、よーく分かっています。バンカーとして、巽さんのほうが評価されるのは当然でしょう」

樋口の胸中は違った。大過なく静かにしていれば頭取になれるのかと言いたいくらいだ。

いま現在の頭取は小松康だ。安宅産業事件では樋口以上に奮闘した。小松は昭和二十一年、巽外夫は同二十二年入行。

「樋口は来年一月六日付でアサヒビールの顧問に就任する。それまではウチの副頭取だからな」

「副頭取は卒業した気分ですが」

「それもよかろう。好きなようにしたらいいよ。少し休養する手もあるな。アサヒビールの社長就任は来年三月の定時株主総会で取締役に選出されてからだ」

言われなくても分かっているが、樋口は黙って聞いていた。

磯田の機嫌を損ういわれはない。

9

昭和六十年十二月二十九日午後五時に、アサヒビールの社内発表で、樋口廣太郎の社長就任が内定し、発表された。

その瞬間、社内は息苦しいほど重く暗い空気に包まれた。工場、支店など現場も然りだ。

「また銀行ねぇ。元銀行屋にしては堤社長は明るいし、皆んなヤル気になっているのに、そんなのありか」

「ふざけんじゃねぇよ。あの〝社長方針〟はなんなんだ。つい最近発表されたばかりじゃないか」

プロパー社員が俺への当てつけ、皮肉としか思えない。若い社員がペーパーをひらひらさせていた。池田周一郎はこんなに身を切られるような辛く切ない思いをかつて経験したことがあるだろうかとさえ思った。

コンパクトにまとめられたＡ４判二ページの〝社長方針〟が発表されたのは十月六日だ。概要は以下のとおりだ。


一．消費者ニーズに沿った商品づくりに徹する。

「売る商品づくり」から「買っていただける商品づくり」に徹するようになること。

当社はいつも①本物、自然を基本に美味《おい》しさと健康を追求し、消費者に「好ましさ」と「信頼感」を持っていただく②研究開発にエネルギーを投入し、新しい商品を他社に先がけて提供する③消費者の信頼を損ねる不具合を出さない。

二. ひとびとの信頼を勝ちとる行動に徹する。

我々のすべての行動が、チャンネル、消費者、社員間の信頼につながっているかどうか自問し、追求しつづけること。

アサヒマンはつねに①チャンネルに対して、共存共栄の精神をもとに、頼りがいのある会社となるよう行動する②消費者に対して好感と共感が得られるよう行動する③社内において、好感と共感が得られるよう行動する。

三. 重点目標と目標達成の方向づけ。

①サントリーに勝ち、併せてシェアアップを達成する＝我社は第一次長期計画以来、経営の四本柱の確立と多角化を推進しているが、ビール部門のみ苦戦を強いられている。この克服のためには、ビールマーケティングにおいて、下記②の商品力の強化に併せ、ブランドイメージの形成と高揚にポイントをおくとともに、第一線の営業活動においてサントリーを上廻ることが必須の要件である。

②商品力の強化目標を達成する＝メーカーの原点は商品であることを確認し、各部門が目標とする品質向上をはかると同時に全社的協力による実効のあがる品質保証体制を確立すること。

③組織活動の活性を向上させ、組織体としての能力を最大限発揮するとともに、ダイナミックな企業活動を確立する＝我社の社員意識と組織風土には、自社の企業能力と

競争力に対する過度の自信のなさが行動志向やリスク受容性を弱め、受け身で保守的な企業文化を作り出している。


「住銀とやらに、おんぶにだっこは事実なんだろうけど、堤体制は盤石じゃなかったのだろうか」

「樋口新社長にぶっ壊されるのが心配で心配でならないな」

聞えよがしに言われて、池田は席を立った。

翌三十日、社内は騒然としていた。この日は仕事仕舞いだ。

出勤早々、池田は営業部門の幹部に問いかけた。

「昨夜はどうしたのですか」

「ヤケ酒を飲みました。しらけないほうがおかしいでしょう」

「まあ、ねぇ」

十二階の大会議室で、正午から本社勤務の幹部たち二十数人がロの字型に並べられたテーブルに座って、年越しのざる蕎麦を食べる習わしだ。

樋口は午前十一時半に堤に挨拶し、二十分ほど話し合った。

「一月からアサヒビールで仕事させてください。お任せいただいてよろしいでしょうか」

「顧問の立場で、ということなのか」

「いいえ。一日も早くアサヒビールに融け込みたいと思います。正月休み後、銀行には行きません。好きなようにしろと磯田会長に言われていますので」

「分かった。よろしくお願いする」

二人は納会に臨み、堤が樋口を紹介し、樋口が挨拶に立った。

「樋口廣太郎と申します。アサヒビール発展のために全身全霊を捧げ、人事を尽くすと皆さんにお約束します。正月休み中もアサヒビールを飲みながら勉強します。良いお年をお迎えください」

樋口はざる蕎麦を食べ終わると、堤たちに会釈して、早々に会場を後にした。

樋口の退出後、元気なのは堤一人だけだった。

独りはしゃいで、幹部たちを激励していると思えなくもない。

「心配するなって。樋口君は向う意気も強いが、明るいし、人の気持ちも分かる。忖《そん》度《たく》するほうだ。並のバンカーとは、センスが違う。〝夕日〟ビールの汚名を返上してくれると断言する。トップが若返ってダイナミズムをもたらす。それでよろしいよろしい」

本気、本音だろうか、と池田は小首をかしげた。

「若返りはおっしゃるとおりかもしれませんが、堤社長のお陰で〝夕日〟ビールにならずに……」

「ストップ！」

堤は某常務の発言を右手をグーからパーに変えて続けた。

「われわれの立場は住友銀行に足を向けて寝られない。樋口君なら、銀行からいくらでも資金を引き出してくる。安宅産業事件は、東洋工業再建どころの騒ぎではなかった。修羅場《しゅらば》に強い男だ。とにもかくにも任せてみようじゃないか」

励ましていることになるのだろうか、と池田は思った。アサヒビールは修羅場なのだろうかとも思う。

しかし、成功か失敗かと問われれば、成功の確率のほうが高いような気もしてくる。成功が夢に終らないことを祈るのみだ。

10

樋口新社長にいち早くケチをつけてきたのは、うるさ型の問屋（特約店）のおやじさんたちだった。ビール問屋はキリン系、サッポロ系など専売だが、アサヒの場合は縛りが弱かった。

元社長の大峰耕造が昭和三十九年にサントリーにアサヒ系問屋を開放したからだ。

アサヒは相対的に問屋に対して弱腰にならざるを得なくなった。

サントリーの勢いが増すにつれて、アサヒ系の問屋はサントリービールの販売に力を入れる。帰する所、アサヒの営業部門と問屋の力関係は逆転し、営業部門が問屋のおやじさんの顔色を窺うような按配だった。

〝夕日ビール〟と言われても仕方がなかったのだ。

「また、銀行から社長を押しつけられるのか。アサヒにはそんなに人材がいないのかね」

強い問屋ほど新社長に反抗的かつ反感を持つのは当然の帰結である。

顧問の樋口は一月六日以降、連日アサヒビールに出勤していたので、営業現場の状況も耳に入ってくる。

「よし、早くも俺の出番が回ってきたな。有力でうるさい問屋回りを始めるから手配しろ」

樋口は現場の支店長や営業部門の幹部を一人連れて行動に移った。

大型問屋といえども、樋口がやってくるとなれば、新幹線新神戸駅まで出迎えなければならない。運転手を雇用できる立場でもないから、『面倒くさいのがアサヒの社長になったものだ』とぶつぶつ言いながらやってきた。

車の後部シートに収まるまで、樋口はいつもにこやかにしていた。

ところが、エンジンを入れた途端、樋口は後部シートから上体を乗り出して、ドスの利いた声でおやじに話しかけるのだ。

「あんた、わたしに何か含むところがあると聞いとるが、なんでや。あとでゆっくり聞かせてもらおうか」

「とんでもない。冗談言わんといてください」

樋口に一発かまされて、ふるえあがらないおやじは一人としていなかった。

「わたしはいくらあんたに含まれても、なんとも思わん。気にせんでええぞ。これはほんの手土産や」

上等なネクタイを手渡されて、感激一入《ひとしお》となる者も少なくなかった。

「わたしは間もなく社長になる。あんたも社長や。社長同士あんじょうやろうや」

樋口に右手を差し出され、両手で握り締めて感涙にむせんだおやじも一人や二人ではなかった。

ビール会社は大企業だ。「こんなあったかみのある社長は初めてだ」と誰しも思って当然だ。

「アサヒビールの売上伸ばさんかったら、おやじさんの家に火つけるから覚悟せんとな。アサヒビール、よろしゅう頼みまっせ」

樋口は軽くハグしたりする。

後年、『樋口さんの胆力に抱腹絶倒、かつ感激し、樋口社長の大ファンになりました』と述懐した問屋のおやじが複数存在したことは確かである。

11

昭和六十一年一月中旬の某日昼下がり、池田は樋口から命じられた。

「これから旭化成の宮崎輝さんに会いに行くからついてこい」

「なにか用意するものはありませんか」

「いらん。話をするだけだ」

「はい」

どうやら樋口は自身で宮崎のアポを取ったと思える。

車の中で、樋口が言った。

「宮崎さんとは銀行時代に何度も会っている。株の問題もあるので、挨拶しといたほうがよかろう」

昭和五十五年にアサヒビールは京都の十全会なる医療法人に株式の三〇パーセントを買い占められた。

この買い戻しで住友銀行は苦労し、一〇パーセントを旭化成が所有、同社は第一生命に次ぐ二位の大株主に躍り出た。

「旭化成は、アサヒの株を二〇パーセント欲しいとか、経営改善計画書まで突きつけてきたんだったな」

「おっしゃるとおりです」

この件について池田はすでに樋口に報告していた。

「灘の〝富久娘酒造〟や焼酎の〝東洋醸造〟まで傘下に収めたうえに、アサヒまで牛《ぎゅう》耳《じ》るつもりなのかねぇ」

「名うてのダボハゼ経営者ですから」

「ダボハゼは褒め言葉だな」

池田は黙ってこっくりした。

有楽町の日比谷三井ビルまで十分とはかからなかった。

宮崎との面会は一時間だ。

久闊《きゅうかつ》を叙するやいなや、樋口は猛烈な勢いでしゃべり出した。

「わたくしがアサヒビールを取り仕切る限り、この会社は安泰です。同業他社は〝夕日〟だのなんだのとたわけたことを言っているようですが、阿呆らしい。聞き流すに限りますな。旭化成さんは日本一の総合化学会社ですが、酒類については負けませんよ。アサヒにはニッカウヰスキーがある。酒類だけじゃない。飲料水も強いですよ。

三ツ矢サイダーをご存じでしょう。日本一のサイダー会社です……」

「ちょっと……」

宮崎がぎょろっと眼を剝《む》いて割り込もうとするが、樋口は一方的に話し続けた。

「経営改善は宮崎社長さんに指摘されるまでもなく、どんどんやります。スピード感の大切さはおっしゃるとおりです。わたくしの信条でもあります。とにかく眼を瞑《つぶ》って眺めててください。アサヒを見くびっちゃあいけません……」

『おっしゃる』に宮崎が反応しようとした。

池田はハラハラドキドキで、心臓が破裂しそうだった。

「経営トップの宮崎社長さんがリーダーである限り旭化成は伸び続けるんじゃないですか。宮崎社長さんはダボハゼと言われているのを自慢にしてるのもよう分かります。わたくしは宮崎社長さんほど大物ではありませんが、ビールではどこにも負けないことだけはお約束します……」

話はまだまだ続いた。

池田がそっと宮崎の顔を窺うと、啞然、呆然、あきれ果てて、ものが言えないと書いてあった。

小一時間しゃべり続けたあと、樋口は時計を見てから言い放った。

「おたくが持っておられる当社の株式はいついかなる時に売っていただいても結構で

す。どこにでも持って貰えますから問題ありません」

　宮崎はエレベーターホールまで二人を見送り、初めて口を利いた。いや利かせてもらえたと言うべきだろう。

「ウチがグループの総力をあげてアサヒビールを応援しているのはご存じなのかな。アサヒビールの株主になってから約三十万人の社員、家族があんたの会社のビールを飲んでいるんですよ。わたし自身が会社員に手紙まで出して、アサヒビールを飲もうと呼びかけたのを忘れないでください」

　樋口は最敬礼した。むろん池田も右にならえだ。

「ありがとうございます。もちろん一日たりとも忘れたことはございません」

　宮崎の機嫌が直ったと思い、池田はどんなにホッとしたことか。

　帰りの車の中で、樋口のほうが上機嫌だった。

「感想を言いたまえ」

「ただただ、驚いております。感嘆措《お》く能《あた》わずとでも申しましょうか」

「おまえも言うねぇ。旭化成のアサヒビール愛飲運動なんて百も承知だ。宮崎さんの腹の中には株の積み増し要求があるやに、俺には読めるんだが」

「はい」

「俺のスピーチの無茶苦茶ぶりには恐れ入ったろう。エレベーターホールまで見送ってくれたから、実はホッとしたんだ」

「はい。わたしも胸を撫でおろしました」

「旭化成との友好関係がこじれることはあり得ない。俺はそう確信して、しゃべり続けたんだが、いずれにしても結果オーライだろうな」

「はい」

樋口パワーを見せつけられた思いで、池田は頭を垂れた。

12

樋口は昭和六十一（一九八六）年の新年早々、挨拶をかねてライバル会社のキリンビールの小西秀次会長とサッポロビールの河合滉二取締役相談役を訪問した。

「わたくしはビールでは素人です。ビールを良くするコツはなんでしょうか」

むろん、自らアポを取って別個に訪問したが、小西からは「品質第一、そのためには良い原材料を使うことでしょう」と教えられた。

また、河合からは「商品は常に新しくなければならない。フレッシュ・ローテーションです」と貴重な助言を与えられた。

ライバルのトップに教えを乞うのは樋口ならではの押しの強さだが、〝夕日ビール〟だという見下した思いが小西、河合になかったとまでは言い切れない。さしずめ『なにを教えても〝夕日ビール〟では活かせない』という優越感に通じるかもしれない。

　ところが、樋口は二人の教えなり助言を即座に実行に移したいと考えた。樋口は一月十三日の経営会議で、古いビールを回収、廃棄処分する方向づけを強引に認めさせた。

　堤悟社長以下メンバーの全員が絶対反対だったが、樋口の肚は『必ずやる。やって見せる』だった。

　前回、一月六日の経営会議でも、樋口は一仕事した。

　東京の吾妻橋《あづまばし》工場の一角にビアホールがある。土地は約四百坪。約七千六百坪は売却済みだった。

　なけなしの土地の売却に樋口は待ったをかけたのだ。

「本件の決済日と受け渡し時期はいつですか」

　樋口の質問に財務担当常務が回答した。

「決済日は三月三十一日、受け渡しは四月二日です」

「売却に反対です。そのタイミングならわたしはもう社長になっている。東京や大阪の資産をこの数年であらかた売ってしまった。吾妻橋はアサヒのシンボルでしょう。

会社のイメージをこれ以上落としてどうするんですか。当面の資金繰りは、わたしがなんとでもします。この話は勘弁してもらいたい」

反論はなかった。

樋口は十三日の経営会議終了後、池田取締役経営企画部長を顧問室に呼んだ。

「一月中にアサヒビールの全支店長に新年の挨拶をしたい。東京は帝国ホテル、大阪はリーガロイヤルホテルの会議室をブッキングしてもらおうか。そうだなぁ、第一線の営業マンにも挨拶するべきだろう。都合四回だ」

もちろん問屋（特約店）回りをした以前のことだ。アサヒの社内はまだ混乱していた。樋口が未だにＣＩ計画に懐疑的だったこともある。

池田は〝樋口社長〟発表時にマーケティング部門の幹部社員が血相を変えて住友銀行を非難した場面を思い出していた。

「銀行は何を考えてるんだ。正気の沙汰とは思えません」

「心配しなさんな。〝社長方針〟は決まっている。路線変更はないと思うよ」

池田は静かに言い返したが、祈るような思いもあった。

だが、樋口のことだから、〝新年挨拶〟にかこつけて意図的なサムシングがあると考えるべきかもしれない。

「堤社長には俺から話しておく。おまえは全てに必ず出席して、スピーチの要点をメモしてくれ。〝仕事十則〟とでもするかねぇ。ごく簡潔に頼む。うん、そんなところでいいだろう」

樋口は自問自答してから、池田に笑顔を向けた。

〝新年の挨拶〟は樋口廣太郎・大演説会とでもいうべきもので、テークノートする池田は緊張と感動の連続だった。

いずれも蘊蓄《うんちく》を傾けた感慨深い内容で、聴衆に感銘を与えずにはおかなかった。

池田が同じ言葉を四回聞いたのは「わたくしは運の強い人間ですから、皆さんもわたくしを信じてついてきてください」だけだ。繰り返しはない。『あれ』『その』『うーん』もないのだから驚嘆し、恐れ入るしかなかった。

池田は〝仕事十則〟にまとめるのに難儀した。休日返上で頑張った甲斐があり、樋口は褒めてくれた。

「よくやったな」

「〝仕事十則〟にまとめきれませんでしたので、〝管理職十則〟と二つに分けましたが、よろしかったでしょうか」

樋口はワープロで作成したペーパーを黙読しながら、いく度も頷いた。

「おまえ、さすがだな。百点満点、パーフェクトだ。これを広報部に渡しておけ。速水でいいだろう。とりあえず広報で保管しておくようにしろ」

「承知しました」
池田の声が弾むのはむべなるかなだ。

〈仕事十則〉

一、基本に忠実であれ。基本とは、困難に直面した時、志《こころざし》を高く持ち初心を貫くことであり、常に他人に対する思いやりの心を忘れないことである。
二、口先や頭の中で商売をするな。心で商売をせよ。
三、生きた金を使え。死に金を使うな。
四、約束は守れ。守れないことは約束するな。
五、出来ることと出来ないことをはっきりさせ、YES、NOを明確にせよ。
六、期限のつかない仕事は「仕事」ではない。
七、他人の悪口は言うな。他人の悪口が始まったら耳休めせよ。
八、毎日の仕事をこなしていく時、「いま何をすることが一番大事か」ということを常に考えよ。
九、最後までやり抜けるか否《いな》かは、最後の一歩をどう克服するかにかかっている。これは集中力をどれだけ発揮できるかによって決まる。
十、二人で同じ仕事をするな。お互いに相手がやってくれると思うから「抜け」が出来る。一人であれば緊張感が高まり、集中力が生まれて良い仕事が出来る。

〈管理職十則〉

一、組織を活性化しようと思ったら、その職場で困っていることを一つずつつぶしていけばよい。人間は、本来努力して浮かび上がろうとしているのだから、頭の上でつかえているものを取り除いてやれば自ずと浮上するものだ。

二、職位とは、仕事のための呼称であり、役割分担を明確にするためにあるのだと考えれば管理とは何かがきちんと出てくる。

三、「先例がない」、「だからやる」のが管理職ではないか。

四、部下の管理はやさしい。むしろ上級者を管理することに意を用いるべきである。

五、リーダーシップとは、部下を管理することではない。発想を豊かに持ち、部下の能力を存分に引き出すことである。

六、「YES」は部下だけで返事してもよいが、「NO」の返事を顧客に出す時は上司として知っていなければならない。

七、人間を個人として認めれば、若い社員が喜んで働ける環境が自ら出来る。

八、若い人は、われわれ自身の鏡であり、若い人がもし動かないならば、それはわれわれが悪いからだと思わなければならない。

九、若い人の話を聞くには、喜んで批判を受ける雅量が必要である。

十、結局職場とは、人間として切磋《せっさ》琢磨《たくま》の場であり、錬成のための道場である。
池田は、直ちに広報部でCI計画を担当している速水正人に会った。

「樋口顧問から言付《ことづ》かったのは、とりあえず速水に渡して広報で保管しておけということだ」

速水は池田より十歳後輩である。

「顧問が私にですか。光栄です。帝国ホテルでのスピーチを一度だけ拝聴させていただきましたが、内容が充実していて感動的でした」

「大阪のリーガロイヤルホテルの会議室にシャンデリアが六つある。その一つを指差して、『これはアサヒビールの物です』と言って笑わせたりもしたんだ」

「ウチは株主でしたねぇ。暮れの大騒ぎが遥か昔のことのように思えます」

速水はしみじみとしたもの言いで、天井を見上げた。

13

樋口は二月に入って関西方面の問屋回りに勤《いそ》しんだ。いわば本職はアサヒビールの〝営業本部長〟で顧問は兼任といったところだ。

厳父、徳次郎（八十三歳）の重篤の知らせもあって、京都周辺でも〝営業本部長〟をやっていた。後にアサヒビールの役員などの知ることとなる。

市内の病院に父親を見舞った時に樋口は添い寝をしようかと本気で思ったほど父親が大好きだった。尊敬、敬愛していた。

「銀行で頭取になれんかったんか」

「そのかわりにアサヒビールの社長になりました」

樋口は万感の思いを込めて父に伝えた。ある重大案件で、磯田一郎（住友銀行会長）と対立した時の場面を目に浮かべた。対立などではない。

人事権者の磯田に抗ったのだ。

昭和六十年当時、繊維商社のイトマンは石油危機後の繊維不況で経営危機に陥り、住友銀行の支援で急場を凌《しの》いでいた。社長は同行常務だった河村良彦だ。海千山千の河村は、住銀が平和相互銀行を合併する時に水面下で動き、磯田と一脈通じる仲になっていた。

河村は膨大な石油ビジネスに乗り出すとして、大口融資を磯田に求めてきたのだ。

担当副頭取の樋口は一貫して断固反対だった。

当時、大阪市東区北浜にある住友銀行本店の会長室で二人は激突した。

「リスキーであり過ぎます。イトマンには石油ビジネスの専門家が一人もおりません。むろん営業の実績もゼロです。この融資はおかしいと思います」

「なにを言うか。イトマンへの融資は当行の方針で、すでに決定している。それでも反対するのか」

「はい。危うい融資ですから」

「懐《ふところ》に辞表でも入れてるのかね」

「そんなものはありません。当然ご理解賜《たまわ》れるものと確信しておりましたので」

「そんなに気に入らないのかね。とりあえず担当から外れてもらうとするか。邪魔立てしたら許さんからな」

『大いに邪魔してやろう。許さんとは、なんという言い種《ぐさ》だ。なにが辞表をだ……』

樋口は胸中のせめぎあいをぐっと堪《こら》えて、言い放った。

「おかしなことにならなければ、よろしいのですが」

「とにかく静かにしていろ！」

磯田に浴びせかけられて、樋口は実力会長の逆鱗《げきりん》に触れたと思うしかなかった。

重篤の徳次郎に「実は……」と言いたいくらいだが、いくらなんでもそれはない。

樋口は幼少期のことを思い出すことによって、頭の中にのさばっていた磯田一郎の顔をかき消した。

京都市の出町《でまち》が樋口の出身地だ。

出町は京都御所と賀茂川に挟まれ、住宅環境が抜群の地域である。

徳次郎は商家の出で、元を辿《たど》れば漆器商だが、樋口の祖父の代から布団屋になった。

樋口は長男で、妹三人の四人兄妹だ。

ガキ大将で無鉄砲ときている。徳次郎も母のきみも目が離せなくて気が気ではなかったろう。

京極小学校に入学した時にきみに説教された。

「湯川秀樹さんは普通の人と違《ちご》うて、偉い立派なお人でした。才能はもとより、お人柄が素晴らしい。湯川秀樹さんは格が違いますが、おまえも賢いところはあるのやから、気張りなさい」

樋口はきみから繰り返し言われ、子供心にも啓発、啓蒙された。

きみは湯川秀樹と同級生だったことが最大の自慢だった。当然至極だ。昭和二十四（一九四九）年に日本人初のノーベル物理学賞を受賞し、まだ敗戦四年目で、うちひしがれていた日本人をどれほど勇気づけ、元気づけたか計り知れない。日本中が沸き立った。もっとも樋口は同年三月京都大学経済学部を卒業し、四月には住友銀行に入行している。樋口が湯川秀樹を引き合いに出されたのは、ノーベル賞受賞のずい分前のことになる。いずれにしろ小学生時代の湯川秀樹が輝いていたことは確かだ。

樋口の小学生時代にこんなことがあった。

布団運びの手伝いを徳次郎に命じられたら厭とは言えない。ある時の届け先が京都大学経済学部長の屋敷だった。

「布団屋は裏に回れ！」

経済学部長の倅《せがれ》は、樋口と同じ年恰好だったのだ。掴《つか》み合いにならなかったのは、びっくり仰天のほうが大きかったからだろう。

同級生と勘違いして、樋口が気安く名前を呼んだところ、二年上だった生徒に「呼び捨てにするんか。商人のガキのくせに態度のでかさはなんなんや」と言われただけならそれまでのことだ。

だがそうはならなかった。

樋口は上級生三人に近くの寺に引っ張り込まれたのだ。

腕をつねられたり、頭をたたかれたりのいじめに遭って、黙っていられる樋口ではなかった。瞬時のうちにこいつだと決め、一番でかい子の急所を蹴りあげたのだ。

「ううっ！」とうめいて、ひっくり返った仲間を置きざりにして、残りの二人は逃げ出した。

樋口は喧嘩に強いと自信を持った。ガキ大将でひと暴れする樋口に手を焼き、謝って歩く母の姿を見る度《たび》に、樋口は猛省した。『お母さん、ご免なさい』と心の中で何度詫《わ》びたことか。

樋口は徳次郎の勧めで旧制中学は京都市立第二商業に進み、三年生まで柔道に励んだが、小柄な身体なので一級の資格で諦《あきら》めた。

旧制中学の五年間を通して凝ったのはホルンなどの吹奏楽だ。

当時の同級生、藤原冨夫は昭和六十一年二月時点で大日本製薬の代表取締役社長だが、同窓会などで未だに「おまえは今でもラッパを吹いているな」と言って樋口を冷やかす。

樋口は中三頃まで芳しからぬ成績だった。勉強しなかったからに決まっている。

徳次郎の仕事の手伝いも多少はあったろう。

心優しい父だった。不正を憎む人でもあった。

「他のお店の悪口を言うてはあきまへん」「品質で競うのは良いが、安売りや口先で出し抜こうと考えたらあきまへん」「信用を失ったら元も子もない」

樋口は父から学び、頭に刷り込まれた。

徳次郎が布団づくりで、綿の仕入れでも品質に厳格だったのは言うまでもない。

徳次郎は二月五日に他界した。眠るように静かな大往生だった。

樋口は父の逝去をアサヒビールには連絡したが、住友銀行にはしなかった。身内だけで徳次郎を送ったのだ。

14

二月上旬の某日、樋口廣太郎は出社するなり、池田を顧問室に呼びつけた。

「この度はどうも……」

池田が低頭すると、樋口はしかめっ面で返した。

「『ご愁傷さまでした』とか『お力落しでしょう』って言うのが礼儀だ。覚えておくことだな」

「申し訳ありません」

「さっそくだが、橋本敬之さんを呼んでもらおうか」

「樋口顧問のご都合もお聞かせください」

「早ければ早いほどよろしい」

「承りました」

橋本はニッカウヰスキーの社長である。住友銀行のOBで、樋口の先輩だった。

ニッカは、アサヒが七〇パーセントの株式を所有していた。アサヒの子会社だが、ニッカは独立意識が強く、橋本の発破のかけ方の影響からか、社員の意欲も旺盛だった。当然ながら業績も上向く。

翌日の午後、橋本は京橋の本社に現れた。樋口は応接室で橋本と対面した。

「この度はご愁傷さまです。お父さんが亡くなられたと池田君から聞いたんだ」

「ご丁寧に恐れ入ります」

樋口がわずかながら頬をゆるめたのは、池田への教育的指導が効を奏したと思ったからだ。

「幾つだったの」

「八十三歳です」

「そうなんだ。その年齢まで生きながらえたのなら、文句は言えないな」

「自慢の父です。もう少し生きていてもらいたかったと思います」

「ところで、用向きは？　池田君に大至急と言われたので、先約をキャンセルして駆けつけて来たんだ。まだ住銀の副頭取と聞いていたが……」

「一月から執行権はわたくしにあります。堤社長は快諾してくださいました」

「なるほどねぇ。そうだったんですか。よく分かりました」

橋本は居ずまいを正し、口調まで改めた。

樋口は表情を引き締めた。

「ニッカはアサヒグループの有力企業です。当社のウィスキー部門で子会社という言い方もできます。わたくしが橋本社長にお目にかかって意見交換、意見調整したいと思うのは、当然とはお考えになりませんか。失礼ながらわたくしは早ければ早いほど良いと思いました」

「分かります」

「率直に申し上げましょう。橋本さんが社長に就任されてからニッカの業績が向上しているのは喜ばしいことですが、親会社をあしざまに言うのはいかがなものでしょうか」

「おっしゃる意味が解《げ》せません」

「わたくしは問屋、特約店回りを精力的に続けています。ニッカの方々がアサヒが危機的状況にあると殊更《ことさら》に吹聴していると、この耳に聞こえてきました」

樋口は左の耳朶《じだ》を引っ張るのをやめて、話を続けた。

「トップが社員の士気の高揚を目的に、あるいは叱咤激励のために同業他社を貶《おとし》める発言をするのはありがちです。しかし、グループ企業ではあってはならないと、わたくしは思うのです」

樋口はぐっと上体を橋本に寄せたが、声量は落とした。

「橋本社長自ら『夕日ビール』などとおっしゃっているとしましたら、大問題です」

身に覚えがあるだけに、橋本の顔がゆがむのは仕方がなかった。

しかも、あらぬほうに眼を向けて沈黙している。

「橋本社長、わたくしの聞き間違いかもしれません」

樋口は助け船を出しながら、橋本を凝視した。橋本はちらっと見返して、腕組みした。

「酔っ払って冗談を言ったかもしれませんが、問屋のおやじさんたちは誇張して話しているような気がしないでもありませんが」

「違います。アサヒの営業部門では知れ渡っています。聞き間違いは撤回します。紛れもない事実なんですよ」

橋本は、底知れない言葉の力に押し黙っているしかなかった。

「橋本さんは銀行では先輩ですが、今はアサヒの子会社の社長に過ぎません。株主総会の二号議案をご存じなら、わたくしに辞表を提出してください。それがお厭でしたら、今後アサヒの悪口を絶対に言わないと誓っていただきたい。親会社のトップとして厳命します」

二号議案とは、取締役人事に関する案件である。

「わたしは立場をわきまえていなかったことをお詫びします。これからアサヒの悪口は決して口にしません。肝に銘じて約束します」

橋本はセンターテーブルに両手を乗せて、低頭した。

樋口の完勝、橋本の完敗である。

タイミングよく、ノックの音が聞こえ、コーヒーと水が運ばれてきた。

二人とも、湯呑み茶碗はからっぽだった。

樋口は女性秘書に「ありがとうございます。話し疲れて喉がからからなんですよ」と言いながら笑顔を向けた。

秘書が退出したあと、社長執務室の空気が一変した。

「わたくしはアサヒビールのグループ全体が強くなることを念願しています。そのためには、全力を尽くす、人事を尽くす、先頭を走る覚悟が求められます。わたくしはアサヒビールの社長を買って出たのです。肚を固めた直後にしたことは、銀行で一緒に仕事をしてお世話になった方々のお墓参りでした。先輩、同期、部下で亡くなられた方々はけっこういらっしゃる。ご遺族の方々にもお会いし、なにか困っていることがあったら、遠慮なく言ってくださいと申し上げた。仕事を共にしたということは、ご縁があったということです。きょうは、橋本さんとのご縁がいっそう強まったのではないかと思うのです」

「おっしゃるとおりです。樋口さんが直言居士《ちょくげんこじ》であることも、部下を大切にしていたことも重々承知しています。しかし痛い所を突かれた時は辛かったですよ。逃げ出したくなったほど辛かった。しかし、こうして優しく話しかけていただき、わたしの胸の中はスーッとし、同時に奮い立つような気持ちになりました。アサヒが輝くことを願わずにはいられません」

「わたくしはアサヒもニッカも共に栄え、発展することを祈らずにはいられません」

「おっしゃるとおりです」

樋口と橋本は雑談を含めて二時間近く話し込んだ。喧嘩腰で一喝したあと和気《わき》藹々《あいあい》とした雰囲気をかもし出した樋口の人間味はさすがが見上げたものだ。

樋口は顧問就任中に、これはと思う社員にはざっくばらんに声をかけていた。

速水もその一人だ。役員室と秘書室の間に四畳大の小部屋があったが、そこに閉じ籠《こ》もっていることが多かった。窓のない小部屋は、デザインやなにやら秘密を要することが多かったので好都合だったのだ。

ある時、突然ドアがあいて、樋口が顔を出した。

「おまえの名前は聞いた覚えがある。そうだった、羽田常勤監査役から聞いたんだ」

「恐縮至極です」

「それにしても、この部屋は汚いな」

樋口は入室するなり、部屋の中を眺めまわした。

「恐れ入ります。社長が入るような部屋ではありませんので、お呼び下されば……」

「おまえこれが成功したら、なんぼシェアが上がるねん」

「わたしの役割りは、全体のプロデュースと企業の風土改革、マインド改革を企図して、ビジュアル面を詰めているところです。ビールのシェアがどのくらい上がるかはまだ分かりませんが、確実に上昇すると確信しています」

「おまえも改革を評価している口だな」

「おっしゃるとおりです」

「ところで新ビールを試飲したのか」

「はい。〝コクがあるのにキレがある〟のキャッチフレーズは見事だと思います。マーケティング部門の発想と聞いておりますが」

「うーん。そうかぁ」

初めて樋口の顔がほころんだ。五分足らずの立ち話だったが、速水は樋口のオーラの凄さに胸がドキドキした。

15

樋口廣太郎は、理事で生産プロジェクト部長の大田原恒平とも話をした。

「大田原は確かドイツに留学したことがあったんじゃないのか」

「はい」

「立場のある者、見所のある者には声をかけているんだ」

「恐れ入ります」

大田原はドイツ語で「Bier auf Wein, das lass' sein. Wein auf Bier, das rat'ich dir」とメモに書いて樋口に手渡した。

「わたしがドイツに留学したのは昭和四十年後半から一年ですが、ミュンヘンの下宿のおばさんが教えてくれた言葉です。ドイツの有名な諺《ことわざ》ですが、『ワインの後にビールを飲むな。ビールの後にワインを飲みなさい』という意味です。しかし、わたしはワインの後でも飲めるビールを作りたいと考えて、懸命に取り組んでいます」

「生産プロジェクト部長の前のポストは技術開発部長だったな」

「はい。ですから技術開発部長の時代に本腰を入れて、高品質のビールの開発に取り組み、生産部で花を咲かせたいと考えました」

「新しいビール、自信はあるのか」

「あります」

「いい返事だ」

樋口はメモを二つに折って背広のポケットに仕舞った。

「ドイツに留学したのは何人もいる。東大、京大、北大などの各農学部出身のエリートコースと聞いているが、おまえが学んだのはこの下宿のおばさんの諺だけなのか」

樋口はポケットに遣った右手を大田原の胸に突きつけた。

「ミュンヘン醸造研究所で学びましたが、ビールを飲むことが一番の勉強でした。ドイツの人たちはビールを実に楽しそうに飲んでいます。その光景は印象深いものがありました」

「ビールを飲むために留学したのか。留学はドイツのミュンヘンと決まっているようだが、アメリカはどうなんだ。クアーズは世界一のビール会社だったな」

「はい。ただし、水などの問題もありますし、歴史的な厚みのいかんも問われるのではないでしょうか」

「留学先がミュンヘンに限定されているのは気にならないでもないが」

「わたしは大いにエンジョイし、学ばせていただきました」

組合委員長が増長していると聞いた時、樋口は人事部門、各工場長などの意見を聞いてから、顧問室に呼びつけて、長時間話し込んだ。

「組合が経営問題に口出しするという話を聞いたが、事実なのかね」

「とんでもないことです」

「わたしはいままでの社長とは訳が違う。甘く見ないほうが身のためだな」

「はい」

「もちろん喧嘩を売るつもりはないが、経営も組合も、社員を大切にするのが使命の筈だ」

「承知しています」

樋口の目は大きくて力があった。組合委員長を威圧するように、樋口はメタルフレームの眼鏡を外してぶらぶらさせた。

「先代の社長が甘やかしたのかどうか知らんが、委員長が経営に介入していることはないのかね」

「…………」

「それと、ビール会社のなかで最も早くベースアップを決めるのはどうかと思う。いまのアサヒにそんなパワーがあるのだろうか。当社がベアを一番早く決めなければばならないのはルールみたいなことになっているのかね」

委員長は目をさまよわせた。

「組合はビール販売に全面的に協力しておりますが……」

「至極当然で、言わずもがなだな。アサヒの社員でアサヒビールの販売に非協力的な者がおったとしたら、社員の資格がないと言われても仕方がないのと違うか。ルールのほうはどうなんだ」

「失礼ながらルールは言い過ぎです。結果的にそうなっていたかもしれません」

「堤悟社長の話だが、東洋工業を再建できたのは、労使の関係が良好だったからとも聞いた。だが……」

樋口は委員長を指差した。

「人事などに介入している事実はないのか」

「……………」

「応えられないのか。人事は経営の最たる課題の一つだ。経営に介入していなかったかどうか胸に手を当てて考えてみろ」

「……………」

「応えられないところを見ると身に覚えがあるということだな」

「いいえ。そういうことはなかったと」

委員長はしどろもどろだった。

「まっとうな組合なら経営の足を引っ張るようなことはあってはならない。正常な労使関係であるべきだ。おまえが突出していると聞いたので、猛省してもらいたい。おまえは頭をすりこぎにして皆に詫びて然るべきだ。反論があるのなら言ってみろ」

「ございません」

「当社の組合費はビール三社の中で一番高いと聞いたが、事実なのか」

委員長が生唾を呑むのが樋口に見てとれた。

樋口はぐっと声量を落として、上体を委員長のほうへ寄せた。

「組合費を着服しているようなことはないのか」

樋口は委員長の蒼白な顔を横目でとらえて、独りごちた。

「いくらなんでもそれはないだろう。ためにする発言と思わなければ」

そして、委員長を鋭く見据えた。

「当社の実力からすれば、組合費は最下位であるべきだろう。猛省してもらいたいな。猛省。猛省。猛省だ！」

「承知しました」

組合委員長が借りてきた猫のようにおとなしくなったのは、樋口の恫喝めいたお説教の賜物《たまもの》だろう。

樋口は堤社長に皮肉っぽく「組合がおとなしくなると思いますよ」と伝えた。

堤は苦笑した。「組合の委員長と一杯やらないか」と持ちかけたことを思い出したからだ。

樋口は組合委員長とのやりとりを詳しく堤に話した。

「なるほどねぇ。わたしも甘やかした口かも知れない。前社長時代に六百人もの人減らしをした後遺症を引き摺《ず》っているから、いくら樋口君でも下手《したで》に出たほうがいいと思ったんだ」

「委員長に挨拶したほうがよろしいと言われた覚えがあります」

「きみに厭な顔をされたっけなぁ」

「まさか、そこまでは……。やんわり、お受けしかねますとお応えしました。委員長にそこまで気を遣うのはいかがなものかとも申し上げました」

「うん。そうだった。しかし、厭な顔とそんなに変わらんと思うが……」

堤はげらげらと笑い飛ばしたが、樋口は表情を引き締めた。

「『借りてきた猫』の件は池田にも話して、アサヒのグループ内で広く伝えたいと考えているのですが、どう思われますか」

堤は浮かぬ顔でうなずいた。

樋口は小さく笑った。

「『頭をすりこぎにして』のほうが受けますかねぇ」

「それはいい。借りてきた猫が、実は猫を被《かぶ》っていたなんてこともあり得るからな」

さすが堤さんだ。言うなぁ、と樋口は思った。

「漸く……」

樋口は右手をせわしなく往復させて続けた。

「意見が一致しましたね」

「樋口君は強気一点張りだねぇ」

「委員長の弱みを全て掌握しています。負ける筈がありません」

「ふぅーん」

堤は唸り声を発した。凄いのが後継者になる。いや、なった。心底そう思った。

16

樋口が池田を呼びつけて、経営会議のメンバーと本社勤務の部長を会議室に集めるよう指示したのも二月上旬のことだ。

定刻十時の十分前に樋口以外のメンバーは会議室に集合していた。

池田が時計を見ながら堤社長に言った。

「よろしければ、ご挨拶をお願いしましょうか」

「いいよ」

堤のスピーチは長くなりがちだが、樋口が定刻の五分前に顔を出そうとしたときも続いていた。

少し開いたドアから樋口の厳しい顔が覗いた。手招きされた池田はハッとして起ち上がった。

「ドアを閉めろ。帰るぞ！」

「申し訳ありません。すぐ終えるように社長にお願いします」

「おまえ、もう席に戻る必要はないからな」

「挨拶をお願いしただけのことなんですが」

「堤さんに挨拶してもらう必要があるのかね。だいたいスピーチを頼んだおまえはどうかしているぞ」

「十分ほど時間があったものですから」

「いいか、メンバーを集めろと命じたのは俺だぞ。ちょっと来てくれ」

樋口と池田は顧問執務室のソファーで向かい合った。

「堤さんのスピーチを聞きたいのもおるだろう。おまえもそうなんじゃないのか」

「いいえ」

「堤さんに挨拶を頼んでおいて、それはないだろう」

「メンバーが定刻の十分前に全員集まってしまいましたので、二、三分ご挨拶していただきたいと思いました」

池田は声がかすれ、脚がふるえた。

「お怒りはごもっともですが、皆さん、樋口顧問のスピーチをお聞きしたいと思っているのです。どうかお願いします」

「その気がなくなった。話したいことも忘れたよ。堤さんに二、三分と念を押したのか」

　樋口にたたみ掛けられて、池田は下を向いた。

「堤さんに一時間しゃべられてもしょうがないな。いずれにしてもきょうは中止にする。おまえも堤さんの話を聞きに会議室に戻ったらどうだ」

『席に戻る必要はない』は『おまえはクビだ』と同義語だと池田が取るのは当然である。クビはともかく、経営企画部長失格だと通告されたに等しい。

「わたしは欠席致します。しかし社長に出席していただかなければ、収まりません」

　池田は泣きたくなった。ひれ伏すことも考えたが、逆効果の公算大だ。

「なにが社長だ。まだ顧問だよ」

「失礼いたしました。言い間違いです」

「きょうのことは覚えておこう」

　池田は深々と頭を下げた。

「会議室に行くぞ。先に入れ」

　池田はどれほどホッとしたことか。

「遅刻して申し訳ありませんでした」

　樋口は一同に向かって低頭してから、堤の隣席に腰を下した。

「堤社長、ありがとうございました」

時刻は午前十時十五分。堤はまだ話し足りなそうな顔をして「やあ」と右手を挙げた。

樋口のスピーチに池田はうわの空だった。

メモなし、草稿なしはいつもながらだが、約十五分は短すぎる。池田は再び胸が騒いだ。

池田は大会議室から自席に戻らず、小さな応接室で思案した。

応接室に入る前に、経営企画部付きの女性事務員に「三十分ほどここにいます」と伝えておいた。

辞表を出すとしたら、樋口社長就任の前か後か。俺は住友銀行から出向している身分だ。

役付き役員になるまでは出向者だ。

いま現在、樋口は社長ではないが、実質社長であり、人事権者であることは誰の目にも明らかではないか。辞表を出したら受理される。アサヒビールから銀行に戻れるチャンス到来と考えられないだろうか。

いずれにしても堤社長に相談しなければならない――。

ノックの音が聞こえた。

女性秘書だった。

「樋口顧問がお呼びです」

「はい」

樋口の表情は、先刻とはうって変って、なにやら照れ臭そうだった。

「まあ、座れや」

「失礼いたします」

「自席におらんようだったが、『席に戻る必要はない』を真《ま》に受けたんだな」

池田は小さくうなずいた。

樋口はぐっと上体を乗り出した。

「取り消そう。カッとなって言い過ぎた。おまえは参謀長じゃないか。これからも頼りにしてるからな」

樋口は腰をあげて、縮《ちぢ》こまっている池田の肩を叩いた。

「よろしく頼むぜぇ」

樋口は小柄ながら、骨太でがっしりしている。

どやしつけるようにぶたれて、池田はよろけた。

樋口は池田を支えてから、椅子に腰を下した。

「とにかく気を悪くせんでくれ。堤さんを立てたおまえの気持ちはよう分かる。わたしはもう少し丁寧に話すべきだった。それとおまえを怒ったことも、すぐ反省したんだ」

「反省しなければいけないのは、わたしのほうです。樋口顧問がどういう話をされたのか覚えていないほど滅入っていました」

「そうかぁ。おまえは自信家だし、誇り高き男でもある。堤さんの気持ちを忖度しないほうがどうかしてるって、おまえは言いたいのと違うか」

「いいえ。とんでもない」

池田は伏し目がちだ。そこまで分かっていて、「席に戻る必要はない！」はいくらなんでも酷いと思ったまでだ。

樋口はにやっとして、話題を変えた。

「古いビールを捨てることについて、池田はどう考えてるんだ？」

池田はすぐには返事ができなかった。

樋口は当惑顔の池田を睨《にら》み付けた。

「おまえ個人の意見を言いたまえ。経営企画部長の立場はカウントしなくていい」

「いま現在の体力では、すこぶる難しいと思います」

「それは経営企画部長としての意見だろう」

「個人的見解も然りです」

「不可能だって言いたいのか」

「そこまでは申しません」

「だったら挑戦しない手はないだろう。押し込み販売を含めて、いままで通りのやり方をしていたら、負け犬で終ってしまうぞ。トップとしてやり抜くつもりだ。経営企画部長としてフォローしろ。四月一日からしゃかりきになってやるつもりだからな。覚悟しとけよ。俺が社長になるのが分かってて、俺に無断でロゴマークを発表し、CIによる経営改革も決まっていた。〝社長方針〟はおまえが起草したんだったな」

「申し訳ありません。新しいビール販売が二月下旬に迫っていますので、路線変更は不可能でした。経営企画担当専務とCI委員長が顧問に説明し、納得していただけたと聞いておりますが」

「う、うん」

樋口は厭な顔をした。

「聞きおくという程度だ。まだ納得したとは言っておらんぞ」

池田はそんな筈はないと思いながらも、うなだれているしかなかった。

「新ビールは当たると思うか」

「はい。試飲会で大好評でした」

「だとしたら、俺は強運ということになるなぁ。がんがん宣伝したらいいな。新ビールが大当たりすれば、古いビールを捨てることの抵抗感も薄らぐだろう。俺は古いビールを毎晩飲んでるぞ。おまえはどうだ」

「もちろん飲んでいます」

「捨てる量は少ないに越したことはない。だが、回収費用が何十億円かかろうが、これをやり遂げない限り、アサヒの明日はないと思うことだな」

「…………」

「おまえ、まだ分からないのか」

「いいえ」

池田は不承不承応えたが、不安で不安でならなかった。

17

その約一ヵ月前、樋口は住友銀行の東日本支店長会議に出席した。

小松康頭取たち役員も出席していた百二十名ほどを前に、退任の挨拶をするためだ。挨拶は口実で、他に狙いがあった。

「わたくしは昭和二十四年四月から昭和六十一年三月までの三十七年間、住友銀行に奉職しました。銀行の関係者のみならず、さまざまな方々との出会いがあり、お国のためにもいささかお役に立てたかと自負しております。二ヵ月ほど前の一月二十五日で、六十歳になりました。還暦を迎えたことになります。家族たちとアサヒビールを飲みながら盛大に祝いました。わたくしは住友銀行を卒業しましたが、三月二十八日にアサヒビールの社長に就任いたします。アサヒは危急存亡の時にありますが、安易な途を選択せず、あえて厳しい途を選びました。必ずや〝夕日〟は返上し、輝ける〝朝日〟にする所存です。かくありたいと願ってやみません」

「そのためには皆さんにアサヒビールを飲んでいただかなければなりません。わたくしが死んだと思ってください。詰まる所、香典が欲しいのです。わたくしと一緒に働いて楽しかった人は三万円、この野郎と思った人は一万五千円、なんとも思わなかった人は一万円。それぞれそのお金でいますぐアサヒビールを買ってください。美味しいと思って飲んでもよろしい。まずいと思ったら捨ててもらっても結構です。しかし、わたくしへの香典であり、香典返しは買ってもらったビールです。このことがアサヒビールの窮状を救う第一歩になるのは確かなのです」

「ご存じの方もおられると思いますが、わたくしは下戸《げこ》に毛が生えた程度です。そのわたくしが毎日毎晩、一所懸命アサヒビールを飲んでいるのです。当然のことながらアサヒの社員にも厳命します。住友銀行の皆さんがアサヒビールを飲んでくださっていると聞いて感謝感激し、技術、生産部門はより品質の高いビールを開発することでしょう」

「わたくしは、胃潰瘍、盲腸、二度の胆石手術、腸閉塞、喉のポリープの切除などで生死の境をさまよったことが多々あります」

樋口に私語は聞こえないが、笑い声が耳に入った。

『樋口節《ぶし》に磨きがかかって冴え渡るなぁ。錆声っていうのか、ハスキーだし、抑揚もある。メモなしで、あれだけ口が回る人は二人とはいないでしょう』

『罹病は事実だが、頑健そうに見えますねぇ』

『朝日は沈むんじゃないの。〝夕日ビール〟は〝夕日ビール〟でしょう。いくら樋口さんの豪腕、辣腕をもってしても夕日は沈むやろ』

『二、三割の確率でアサヒが蘇生する可能性があるのなら、古いビールを飲んであげますか』

樋口は十秒ほど間を取って、表情を引き締めた。

「香典の二重取りは絶対にいたしません。痩せても枯れてもアサヒビールは上場会社ですので、社長のわたくしが死んだら社葬になるでしょう。その時は『供花、香典の儀は堅くお断りします』とさせていただきます」

樋口は話し終えて、盛んにお辞儀をした。

東京本部の大会議室が揺らぐかと思えるほどの喝采と、どよめきが長く長く続いた。

　店頭に積まれた古いビールの回収、捨てる量は可能な限り少なくしたいと樋口は祈るような気持ちだった。ビールの賞味期間は約十ヵ月。古いビールを捨てるのは忍びないが、やるしかない。

　〝香典話〟は反響があった。樋口自身、ことあるごとに吹聴した事実もあるが、住友銀行の複数の先輩が池田に電話をかけてきた。「住銀マンで樋口さん贔屓は結構多いからねぇ。効果は大きいと思うよ。きみは事前に聞いてたのか」

「いいえ。当日の夜、ご本人から自宅へ電話がかかってきました。やるもんだなぁと思いました」

「賞味期限切れっていうことはないよねぇ」

　池田は冗談ともなく笑いながら返した。

「もちろんです。〝香典〟くれぐれもよろしくお願いいたします」

「住友グループ全体に〝香典話〟が伝わるような気がしているんだ。樋口さんは〝夕日〟にならないための第一歩だとか言ってたが、三万円分買って、領収書を送り付けてやろうなどと、真顔で言うやつもおるから驚くよ。きみは〝夕日〟をどう思っているのかね」

「なにをおっしゃいますか。沈みませんよ。〝夕日〟なんてとんでもない」

「骨を埋める覚悟ができたっていうことか」

池田は一瞬声が詰まった。

「戻れる場所もありませんしねぇ」

「あるに決まってるじゃないか。池田なら誰もが欲しがるよ」

「お世辞と分かっていても、嬉しいですし、ありがたいです」

「堤社長を支えるために出向した池田にしては、しおらしいことを言うねぇ。本音ベースで訊くが、樋口体制への移行はスムーズに行くのかね」

〈仕事十則〉、〈管理職十則〉がなければ、さぞや動揺していたろうと池田は思った。

一ヵ月後には〝コク・キレ〟ビールの新発売が決まっていた。技術開発部門、製造部門の自信作であり、営業部門もマーケティング部門もヤル気満々だった。足並みがバラバラだったアサヒに一体感が醸成されつつあった。

樋口は住友銀行支店長会議の〝香典話〟で古いビールとも新しいビールとも明言していないが、本旨は古いビールにあった。『俺はここまでやっている。おまえたちに分かってもらいたい』

樋口のパフォーマンスは、痛いほど池田の胸に響いていた。

二月十、十一の両日は、全国各紙に〝コクがあるのにキレがある〟の全面広告が掲載された。

同月十九日には、名優メル・ギブソンを起用したコマーシャルがテレビ放映された。同日は東日本地方で、〝コク・キレ〟ビールが新発売された日でもある。

そして、二月二十五日には西日本地方でも〝コク・キレ〟が新発売された。

樋口が経営会議に不退転の決意で臨んだのはこの時期だ。

「新ビールが順調に辷《すべ》り出しました。つくづくわたくしは運が強いと思います。わたくしは敢えて社長の立場で申し上げたい。古いビールを回収、廃棄することに皆さんは全力で取り組んでいただきたい。わたくしが社長になることは分かっていて、あなた方はなんの相談もなく、新ロゴやＣＩを決めました。その貸しを返していただきたい」

樋口は一同を睥睨したあとで、堤社長を凝視した。

「いかがでしょう。ご理解賜れますか」

「きみの提案は無理難題なんじゃないかなぁ……」

竹山勇治専務は樋口の視線を受ける前に下を向いた。

第二章　強運の人

1

　アサヒビール株式会社の社長就任時（昭和六十一年三月二十八日）の記者会見で樋口廣太郎は「口がひとつで耳が四つの会社にしたいと思います」と発言した。これは堤悟会長の「頭ひとつと足四本の会社になります」の挨拶を受けてのものだ。

　堤は『二頭政治になりませんよ。樋口君に任せます』と言いたいのをユーモアを交えて「頭ひとつ……」と話したに相違ないと思い、樋口は二人三脚で外部の声を積極的に聞き、取り容れていくと言いたかったのだ。

　だが、アサヒの大方の見るところは、『なるほど口ねぇ。樋口には誰も敵《かな》わない。しかも〝頭〟も然りだ』と取ったのではないだろうか。堤は一歩も二歩も引いて、樋口に任せると言ったに過ぎないが、樋口は堤への気遣いを示したのだ。

　顧問時代のわずか三ヵ月でヒエラルキーな社会でトップの座を不動のものにしたのは、樋口を以て嚆矢《こうし》とすると言っても過ぎることはない。

堤は樋口に一目も二目も置かざるを得ないと思ったことは確かだが、その力量に辟易した。もっと踏み込めば嫉妬心を覚えた筈だとみる向きさえあった。経営会議のメンバーの中にも樋口への思いは複雑で、気持ちの揺れをもてあましていた者がいないわけではなかった。

元大蔵官僚の竹山勇治もその一人だ。竹山は樋口の相談に応じた時、「入院しちゃったらどうですか」とまで言い立てて、〝夕日ビール〟を強調した手前、バツが悪くて仕方がなかった。

竹山は樋口体制下での身の振り方について古巣の大蔵省に打診した。大蔵省側は地銀頭取のポストを用意する意向を示した。

竹山は樋口にこんなふうにもちかけた。

「いつぞやは、ぶしつけなことを申しまして失礼しました」

「ああ。入院のことですか。あなたは本気でわたしの行く末を心配してくださったんじゃなかったのですか」

「もちろんです。先見性のなさを恥入るばかりですが、〝夕日〟は沈むと思い込んでいた節もあります。新ビールのことをまったくカウントしていませんでした」

「それはお互いさまです」

竹山は眼を伏せたが、はっきりした口調で言った。

「あの時、立場もわきまえず住友銀行のことをあしざまに申しました。その反省もあります」

「なるほど。確かに不快感は覚えましたよ。しかし感服もしました。MOF（大蔵省）を背負ってる立場は強いなぁと。昔はビール工場の事務所の一角に国税庁の出先機関があったくらい睨みを利かせていた。わたしは若い頃、MOF担をやらされたので、MOFの威光なり威力はゲップが出るほど知り尽くしています」

「いやいや。ほんとうにその節は失礼しました。無礼者！　と怒鳴られても甘んじて受けなければいけない立場です。お詫びしなければと思いながら、ついつい……。樋口社長は顧問の時から動いておられましたね」

「なにをおっしゃるか。あなたのお陰でよりファイトを掻き立てられたのも事実ですよ。『動いておられた』とはどういう意味ですか」

竹山は五秒ほど考えてから顔を上げた。

「磯田会長と激しくぶつかったと、わたしの耳にも聞こえてきました」

「わたしは誰にも話していない。ニュースソースはMOFでしょう」

「樋口さんが辞められて磯田会長のチェック機能が低下したとも聞いています」

「竹山さんは、わたしの次期頭取はあり得ないと思っていたんでしたね。二年先輩の巽外夫副頭取を評価されていた」

竹山は当惑顔で冗談っぽく返した。

「滅相もない。人気も実力も樋口さんのほうが上でしたよ。磯田さんと衝突していなかったら、小松康さんの次は樋口さんだと思っていました」

樋口はふんと鼻をうごめかした。

「見えすいたお追従《ついしょう》って言われても仕方がないんじゃないですか……」

竹山が激しく手を振ったが、樋口は構わず続けた。

「なにがどうあろうと磯田会長が日本一のバンカーであることは否定できないでしょうねぇ。安宅産業事件の処理で『一千億円をドブに捨てた』発言を、MOFはもとより世間一般の顰蹙《ひんしゅく》を買ったというのが常識論として捉えられてる。違うんですよ。住友銀行も住友グループもあの発言が磯田さんのカリスマ性を強化した、補強したと受け止めたのです。計算ずくで話したかもしれない。だとしたら、堀田天皇に次ぐ磯田天皇と称されてもよろしいのと違いますか」

「樋口社長の磯田さんへの傾倒ぶりに驚いています。それと、ついでながら申し上げますが、社長はわたしを立ててくださって『同期の竹山さん』とおっしゃいましたが、間違っています。社長の入行年次は昭和二十四年、わたしの入省年次は二十五年です。これからは、君づけか、呼び捨てにしてください」

こいつ言うなぁと思いながら、樋口はすかさず言い返した。

覚えもあります」

「竹山専務に樋口君と呼ばれた覚えがある。経営会議で一度だけ『同期の』と言った

「樋口君は一度だけです。重々お詫びします。ご放念のほどよろしくお願いします」

竹山は低頭して、続けた。

「わたしは住銀を貶めるようなことを確かに申し上げました。わたしを〝夕日〟ビールに嵌め込んだＭＯＦの官房長を恨んでおりましたし、情緒不安定になっていたかもしれません。貶めたほうもご放念ください」

「分かりました」

樋口のきつい眼を竹山が見返した。

「社長のわたしへのわだかまり、含むところはあって当然です。ほんとうはアサヒを辞めたらどうか、とおっしゃりたいんじゃないですか」

「そんなものは、かけらもない。もっと率直に言ってくださいよ。持って回った言い方は、竹山君らしくないですね」

「社長がわたしを疎《うと》ましくお思いなら、辞表を出します」

竹山の表情が引き攣《つ》っていた。

樋口は頰をゆるめた。

「藪《やぶ》から棒になにごとですか。あなたを疎ましく思ったことは一度もない。アサヒに

とって必要不可欠な人だとは思っているが。ただしMOFがアサヒの代表取締役専務より格上のポストを用意しているとしましたら、足を引っ張るつもりはさらさらありません」

「実は……」

竹山は地方銀行名を特定してから続けた。

「樋口社長に嫌われていると思っていたのです。率直に申し上げます。わたしのほうからMOFへ泣きを入れました」

竹山は両手を膝に乗せた。

樋口が竹山を指差した。

「わたしは、あなたのそういうところが好きなんです。買ってもいる。アサヒに残ったほうが身の為です。一緒に頑張ろうじゃないですか」

「ありがとうございます」

竹山は低く低く頭を下げた。

「たとえばの話、霞ヶ関方面はあなたにおまかせします。官庁とは上手におつきあいするに越したことはありません。敵に回したら大変です。その点竹山君がアサヒにおってくれることは、ありがたいですし、心丈夫ですよ」

心丈夫、どこかで聞いた言葉だ。そうだった。磯田一郎に引導を渡された時に言われたことを樋口は思い出した。住友のドン、磯田に懐かしさを覚えるとは、いかなる心境だろうか。いずれにしても社長就任の挨拶をしなければならない。超多忙を理由に、住友銀行の関係者からの歓送会の誘いに樋口は一切応じなかった。

「ＭＯＦには断ってもらえますか」

「もちろんです」

「アサヒで悪いようにはしませんので、わたしに任せてください」

「お気遣い感謝します」

竹山が再び低頭した。

樋口に対する、腹に一物《いちもつ》ありは常務の藤原豊仁もそうだ。

堤会長の社長時代に「四代続けて住友銀行出身の社長はあり得ないような気がする。わたしが社長を指名するとしたら、きみしかおらん」と告げられていたのである。

堤に限らず、誰の眼にも堤の次ぎは藤原と映っていた。

藤原は利口だ。実を言えば、〝樋口社長〟は不愉快きわまりない。だが、経営能力、リーダーシップ性は比ぶべくもなく、樋口のほうが堤より圧倒的に優っている。だとすれば、樋口に従順であるべきだ――。

「藤原君には済まないことになった。人の運命とは不可思議、不可解なものだと思うしかないなぁ。磯田一郎会長は今や住友グループで、向かうところ敵なしみたいな人なんだ」

「社長にそんなふうにおっしゃっていただけて嬉しく思います。社長がいちばん複雑なお気持ちだと察して余りあります」

「ありがとう。わたしは東洋工業では松田オーナーを完璧に補佐したつもりだがまさかアサヒビールで社長になれるとは思わなかった。それこそ不思議なくらいだ。樋口廣太郎のパワーはちょっとやそっとのものではないよ。きみとの諸々のやりとりは、ふたり限りとしよう」

「よく分かりました」

藤原は樋口との距離の取り方も絶妙だった。

2

樋口が社長就任後、アサヒビール・グループ中に自然体で最も印象づけたのは、CI活動を認知したことだ。

もっとも、四月一日以降もことあるごとに『聞いてなかった。QCの価値はさほどないと思う』を口にしたが。

ＣＩ活動の一環で、十人以下のグループ単位による目標達成に沿った発表会があった。

大森工場の研修センターで開催された時、当該工場グループが「ビール発酵タンクの清掃業務の効率化」をテーマにした。樋口は素早く登壇した。

「諸君に苦労をかけて申し訳ありません。経営トップとして心よりお詫びいたします。可及的速やかに最新式のタンクを購入することをお約束します」

これほどのパフォーマンスはそうは見られない。

なぜならば、当時アサヒは同業他社と異なり全ビール工場で旧式タンクを使用していた。

グループは具体的な手作業を一切語らなかった。のみならず最先端を要求したわけでもない。現状でいかに効率化するかをテーマにしたに過ぎなかったが、樋口の経営感覚はずば抜けていた。行動力も並ではない。

日を置かず、宮本秀次取締役製造部長を伴って大森工場へ出向いた。

樋口は降畑誠司理事、工場長以下の工場幹部を見回した。

「言いたいことは山ほどあると思う。何を言われても驚かない」

一同は顔を見合せているだけだ。

「当社はビール製造タンクの中の洗浄に束子《たわし》を使っている。一八九九年、なんと十九世紀、明治時代の機械を未だに使用してる。これをなんとかしたいと思ってるんじゃないのかね。全工場の設備投資に必要な総額を言ってみたまえ」

樋口曰く、〝完璧な標準語〟だが、関西地方訛のイントネーションは強烈で、凄みさえ感じられた。

面々が額《ひたい》を寄せ合って弾き出した金額は、なんと七百八十四億円だった。

アサヒの債務返済可能な金額は年間で約四十億円。多少収益が上向いたので、約七十億円だろうか。なんぼなんでもと、樋口は思った。

「ちょっと待て。尿意をもよおした」

樋口は声量を落として返し、退出した。

数分後、席に戻った樋口の顔は輝いていた。

「きみたち、不思議そうにわたしを見ているが、全部やろうじゃないか。発注時期を上手に決めたらよろしい。全部やりましょう」

イトマンへの二千億円融資に比べたら、安い物だと樋口は思いながら、歓声と拍手喝采を受けた。

樋口は照れ隠しもあって、表情をこわばらせた。

急にシーンとなった。

工場長以下、幹部たちは理系出身だ。頭脳明晰に決まっている。出来っこない。大風呂敷とはこのことだ。

「きみたち。わたしは口から出まかせでものを言ったためしはない。わたしは今、やりましょうとはっきり言った。社長のわたしの発言を軽く受けとめてはいけない。重く重く受けとめてもらいたい。お手並み拝見ときみたちは思っているようだが……」

樋口は右手で、左の二の腕を摑んだ。

「わたしはここの良さもさることながら、それ以上に強運の持ち主なのです。覚えておいてもらいたい。運も実力のうちだ」

言い切った。さすがである。すぐさま話題を変えるのも樋口流でもある。

「この工場でも組合に見張られてるのかね」

「いいえ」

降畑は下を向いて返事をした。

「柏工場長からなにか聞いてるのか」

「はい」

「組合がのさばって工場長がいじけていたので、わたしは叱りつけた。工場の組合幹部を呼びつけて、工場の稼働を止める。おまえたち、働かなくて結構だとも言ってやった。大きな声でなぁ」

樋口が降畑を指差した。

「『いいえ』『はい』が事実だとしたら、曙光《しょこう》が見えてきたことになるねぇ。アサヒは労使がいがみ合っている場合じゃなかろう。わたしの顧問時代の三ヵ月は重篤、いや危篤状態だったとさえ思えてならない」

宮本が中腰で発言した。

「おっしゃるとおりですが、それ以上に社長が労組の委員長を呼びつけて、一発かましたのが効いていると思います」

「わたしに弱みを握られたのだ。降参は当然だろう。話を元に戻そう。きみたち、七百八十四億円について、まだ半信半疑なのかね」

樋口自身、それこそ大丈夫かなと思わぬでもなかった。しかしながらこれが叶《かな》わぬようでは、キリン、サッポロに伍していけない。

全員が静かに「いいえ」と返事をした。

「社長の仕事だ。任せておけ」

樋口は胸を叩いて言い切った。

本社に帰るなり、樋口は池田を自室に呼び、大森工場での出来事を話した。

「そんな膨大な金額になるのかね。宮本や降畑は十分足らずで計算したが」

「正確です。わたしが大雑把に考えて約八百億円ですので」

「可及的速やかにやるとも約束していることだしなぁ。やるしかないと思うが」

「はい。新発売のアサヒ生ビール〝コクがあるのにキレがある〟の滑り出しは予想以上です。アサヒは〝夕日〟から脱却できると思います」

「うーん。シェアの低下に歯止めがかかったな。曙光が見えてきた。俺は運が強いとつくづく思う。運も実力のうちとか言うなぁ」

「はい。曙光のイのイチバンは社員の士気高揚ではないでしょうか。社長は真っ先に労使のゆがみを正されました。大変、大きかったと思います」

「先刻、大森工場の人たちにも『組合に見張られてないか』って冷やかしてやったんや」

樋口は声をたてて笑った。池田も微笑した。

「労組の健全化は、アサヒがビール会社でトップクラスかもしれません。社長のお陰で様変りしました」

「〝すりこぎ〟を思い出すなぁ……」

樋口の表情が締った。

「経営会議に設備投資の件を諮《はか》るが問題は順序だろう。吹田を急がんとなぁ」

池田は大きく頷いた。

吹田はアサヒ最大のビール工場だ。

「工場ごとの投資額を一表にまとめて経営会議に提出するようにいたします」

「頼む。それがいい」

池田は経営会議の進行役、書記役の立場だが、時どき樋口に指差され「意見はあるのか」と求められて往生する。

3

広報部の樋口体制移行へのフォローも間然する所が無かった。

〝社長朝礼〟と称して、樋口が毎月、全社員に語りかける機会を設けたのだ。

当初は本社ビルの大会議室で行われたが、広報部は『本社だけでは勿体ない。全社員に視聴させるべきだ』と考え、ビデオ撮影し、支店、工場、子会社などの全事業場で〝社長朝礼〟を視聴できる仕組みにした。

草稿なしの樋口のスピーチは説得力があり、迫力も充分だった。

樋口は初の社長朝礼で社員たちに語りかけた。

「おはようございます。まず嬉しいニュースからお伝えしましょう。二月に発売したアサヒ生ビール〝コクがあるのにキレがある〟が大変好評です。わたくしは運の強さをいつもいつも自慢していますし、誇らしくも思っていますが、〝コク・キレ〟が強運を証明してくれました。わたくしはアサヒビールのリーダーとして自信満々です……」

樋口は時に咳払いをするが、立て板に水はいつもながらだ。

「しかし、社長一人だけが張り切っても空回りするだけで、実りはありません。全社員がやってやろうという気持ちにならなければ駄目です。わたくしの見るところ、まだまだ一体感が乏しく、不平不満を持つ人が大勢います。生産部門と営業部門が反目せず、もっともっと接触し、親近感を持つことが求められています。皆さんが当社に入社した時には誰しも希望に燃えていた筈です。だが、現実の様々な壁にぶつかっていくうちに意欲が徐々に萎《な》えてゆき、逃げの姿勢になるんです。他人への責任転嫁はそうしたところから始まるのです。上司が悪い、部下が働かない、お客さんが分かってくれないなどなど、次から次へと出てきます」

樋口は場内を見回してから、抑揚をつけた。

「思い当たる節があるんじゃないですかぁ。胸に手を当てている人もいらっしゃるが、考えるまでもない。わたくしも社員をけしからんと怒ったり叱ったりすることが年中ありますので、反省しなければいけませんねぇ。今、笑った人たちは身に覚えがあるからでしょう。瞬間湯沸器は認めざるを得ませんが、すぐに褒めてフォローします。上下左右関係なく怒りっぱなしはあってはならないと思います。このことは肝に銘じておいてください。わたくしは熱気球論なる考え方を持っています。人間としてこの世に生れたからには本来向上心を持って然るべきなのです。従って困っている問題を取り除いてあげれば、意欲は熱気球と同じように上昇し、前向きになれると信じて疑いません。皆さんに今欠けているのは向上心とヤル気ではないでしょうか」

「銀行時代の話になって恐縮ですが、わたくしは五十歳を過ぎてから国際本部長を担当させられました。海外業務に全く縁がなかったので、なにをすればよいのか悩みました。しかし懊悩したのはほんの一時間です。海外駐在員たちが仕事をしやすいようにすればよいとの結論を導き出したわけです。彼らに会う度に困ったことを三つ言いなさいと尋ね、できることは即刻解決しました。その結果、組織全体が自然に活性化して、良い方向に動き出しました。アサヒの社長として、皆さんにもお尋ねしましょう。困ったことがあったら三つ言いなさいと。ただし、自助努力するほうが先です。先輩社員に相談する手もあるでしょう。切羽詰《せっぱつ》まった時に、社長のわたくしに伝えなさい。できることは解決します。手紙であれ、なんであれ言ってきてください。言うまでもなく要求と困ったことは分けてください。今、賃上げを求められても断ります。体力がつき、業績が向上したら、労働組合に要求される前に賃上げします」

「それと、好奇心を持つことも大切です。何故、アサヒは〝夕日〟などと貶められなければならないのか、とわたくしは考えました。これも、好奇心と言えます。並外れて好奇心が強いわたくしは、〝夕日〟であってはならない、どうすれば〝朝日〟になるかを考え、リーダーとしてどうあるべきかを常々念頭に置いています。立場立場によって好奇心の持ち方は異なるのでしょうが、どうして、なんでと思うことはとっても大事なのです。そして、職場とは人間として切磋琢磨する場であり、錬成のための道場であると認識すべきではないでしょうか」

樋口はマイクから離れて声を励ました。

「わたくしは社員の士気高揚を引き出すことが社長の使命であり、責務であると思っています。それができなければ社長の資格はありません。全社員が自信と誇りを取り戻して、わたくしについてくることを願ってやみません。ご清聴を感謝します」

盛大な拍手喝采に、樋口は手応えめいたものを感じていた。

池田は眼頭が熱くなった。急いで涙をぬぐったのは速水に声をかけられたからだ。

「素晴らしいスピーチでしたね」

「涙がこぼれるほど感動した」

「ビデオに撮っていますので、全社員が視聴できるようにいたします」

「グッドアイディアだ。広報も頑張ってるなぁ」

「わたしは〝社長朝礼〟を本社だけに留めず、工場などでしていただきたいと思うのですが、いかがでしょうか」

「トップの意図を全社員が共有、共感することに反対するわけがない。大賛成です」

「社長のスピーチを部長は五回聴いていることになりますね」

「きみは二回だな」

「はい。一月に聴かせていただきました。その時も凄いと思いましたが、社長に就任されたからでしょうか。きょうのほうが胸に響きました」

「ほんとうに胸にぐっときたねぇ。社長は全社員の奮起を促してるんだ。熱気球論が社長の持論なんて初めて分かった」

「え！　池田部長が初めてなんですか」

「当意即妙で口にできるとは思えないが」

池田は首をひねった。あり得る。咄嗟《とっさ》に口をついて出るのが樋口流でもあった。

「分からないに訂正する」

ふたりとも相当興奮していた。立ち話はまだまだ終わらなかった。

「今日のスピーチで最後に『社員の士気高揚を引き出すことが社長の責務だ』と言われたこともアピールしたな」

「はい。ところで、いつぞやの〈仕事十則〉〈管理職十則〉はいかがしましょうか」

「公表するタイミングは広報に任せるよ。社長に就任して、すぐはどうなのかねぇ。会社がもっと元気になってからでいいんじゃないかなぁ」

「社長の意向はどうなのでしょうか」

「せっかちな人がなにも言わないところをみると、まだ早いと思っているかもしれない。ただし、忘れていることはあり得ない。むしろ、われわれが忘れなければいいんだよ」

「はい。部長がおっしゃったとおり、もう少し元気になってからのほうがアピールするような気がします」

「同感だ」

池田の柔和な顔がいっそうほころんだ。

4

樋口はビール製造タンクの新設備への資金投入に限らず、仕入れ原料の見直しにも積極的に手を打った。

アサヒは麦芽、ホップなどの原料購入を一商社に任せていたため、競争原理が働かず、同業他社に比べて割高で、品質の吟味も不十分だった。

旨《うま》いビールを製造するためには、高品質の原料であるべきだとする樋口の発言はいちいちもっともだった。

樋口は取締役製造部長の宮本秀次を社長執務室に呼んで厳命した。

「世界中から良質の麦芽、ホップを集めろ。ただし、不良品の発生は許されない。絶無を期してもらいたい。不良品の発生はシェア争いの致命傷になるぞ」

「はい。我々製造部門は心して、厳しく取り組みます」

宮本は緊張しながらも、製造部門に従事する社員は奮い立ち、勇気づけられるだろうと思った。

樋口が社長になって五ヵ月後、同業他社で事件が出来《しゅったい》した。乳酸菌汚染ビールが発生、発覚したのだ。しかも主力工場だけにダメージは大きく、逆にアサヒにとっては大きな追い風になった。

樋口は宮本に笑顔で語りかけた。

「アサヒは大丈夫なのか」

「もちろんです。四月に社長に厳命されましてから、現場のモチベーションが上がりました。不良品が市場に出ることはあり得ません」

「現場は常に緊張感を持たんとなぁ」

「工場で〝社長朝礼〟があることも社員の励みになっています」

「北海道、福島、大森、名古屋、吹田、西宮、博多……」

樋口は指を折りながら続けた。

「八工場全部行くことになっている」

「毎月の〝社長朝礼〟は待ち遠しいほど社員の楽しみになっています」

「そうか。広報におだてられて受けたが、おまえも喜んでくれてるんだ」

「はい。大変ありがたいと思っております」

「おまえが営業部長じゃないから訊くんだが、今度の同業他社の事件は大きいのやろう?」

「相当に」

宮本はアクセントをつけて返した。

「うーん。敵失に恵まれたというわけだな。よそさまのエラーを喜んでばかりはおられんが、我が社にとってラッキーラッキー、ハッピーハッピーだったなぁ」

「おっしゃるとおりです」

宮本の表情がほころんだ。

樋口の社長就任時にこんな明るいムードになるとは夢にも考えられなかった。

新ビール〝コクがあるのにキレがある〟の投入で、なんとかシェア低下の流れに歯止めがかかり、薄日が射してきた程度の認識を全社員が共有できたというところだろうか。

古いビールを捨てる――フレッシュ・ローテーションに対する抵抗の強さに、樋口は苛《いら》立《だ》った。

「前例がありません」

経営会議での異論に、樋口は拳《こぶし》でテーブルを叩きながら吠えた。

「前例がないからやるんだ。あんたたちは新社長が来る前にロゴ、シンボルマークを決めている。わたしはけしからんと思い、ひっくり返すつもりだったが、織笠君たちに説得されて、渋々OKしたことを忘れてもらっては困る。その借りを返してもらいたい。思い切って損切りし、新しいビールに切り替えなければ、お客様本位の商売はいつまで経っても掛け声倒れで終ってしまうぞ！」

代表取締役専務の織笠吉男は経営企画担当だ。池田が「お願いします」と拝み倒して樋口にぶつかってもらったのである。

樋口は未だにCI計画に懐疑的なことは確かだが、それとこれとは別だろうと誰しもが言いたかったに相違ない。永年の銀行稼業が染み付いている。銀行にCIは考えにくい。だが、ここはアサヒビールなのだ。皆そう思った。銀行出身の堤も池田もすべて呑み込んでいるのに、樋口は何を考えているのだろうか――。

永い沈黙を破るのは樋口しかいない。

「社長命令と思ってもらわなければ困る。以上をもちまして閉会とさせていただきます」

言いざま、樋口は音を立てて起ち上がって、テーブルを離れた。

アサヒには毎月一回〝ビール・デー〟がある。社長に就任して二回目の〝ビール・デー〟で樋口は女性秘書たちに、店頭の古いビールを用意させた。

一回目は二時間要し、歓談、懇談したのに柏工場での二回目は違った。

古いビールはうまくない。三十分ほどで、東京近郊の工場長と支店長が手ぶらで樋口に近寄ってきた。

「今日は皆さん疲れているので早く帰りたいと言っています。早めに切り上げてよろしいでしょうか」

「帰りたければ帰れ。その前に新しいビールを飲ませてやろう」

樋口は女性秘書に目配せした。

新しいビールは美味しい。件《くだん》の工場長も含めて飲んでいるのを見て取って、樋口は壇上に駆け上がった。

「静粛にしてください。さっき工場長や支店長から、皆さん疲れているから早く帰してやりたいとの話がありました。そんなに業績が上がってもおらんのに、仕事で疲れている筈がないと、わたくしは思います。古いビールから新しいビールに替えたら、みんな楽しそうに飲み始めたじゃないですか。帰する所、きみたちはお客さんに古いビールを売りつけて、自分たちは新しいビールを飲んでいることになるのではありませんか。そんな社員にアサヒビールが売れるんですか。よくよく考えてもらいたい！」

役員たちも顔を見合せるだけでグーの音《ね》も出なかった。

樋口は取締役営業部長の瀬尾邦生を手招きした。

「決算のつど行っていた特約店への押し込み販売を厳禁する。流通に滞留している古いビールは特約店にお願いし、買い戻して廃棄しろ」

「承りました。ただ回収資金がどのくらいになるか心配です」

「たいしたことはない。心配するな」

瀬尾から話を聞いた池田は「社長命令には逆らえません。ハラハラドキドキものですけどねぇ」と眉をひそめた。

「古いビールがまずいのは、実験の結果でもあることですしねぇ」

「現場も緊張するでしょう。危機感をもつことは良いことですよ」

「樋口社長が強運な人であることは間違いないと思います。年度が改まってから、ビールの売り上げが上向いてます。堤社長時代の遺産でもある」

「樋口社長に任せた堤会長の度量はご立派ですよ。いつもにこにこしているのが不思議です。ま、すべては結果ですけどねぇ」

「銀行時代も二人は仲良しだったみたいですねぇ。わたしは樋口新社長が発表された夜はやけ酒を飲んだ口ですが、凄い人だと分かって不明を恥じています。樋口社長がアサヒの底力を引き出してくださったことは確かですよ」

「やけ酒はお互いさまです。堤会長と樋口社長が銀行時代に意気投合していたことは確かですよ」

池田はハッとした。なるほどそうだったのか。住友銀行支店長会議での〝香典〟は古いビールを捨てるための伏線だったのだ。

脱帽、敬服、感嘆措《お》く能《あた》わず。

池田はどの褒め言葉も今の樋口に弾き返されそうな気がした。

5

四月から五月にかけて、樋口は新社長就任の挨拶をかねて全国の問屋（特約店）回りを精力的にこなした。集まった名刺は約二千五百枚。言うまでもなく配った名刺〝アサヒビール株式会社　代表取締役社長　樋口廣太郎〟も同数だ。

ビール会社は大企業である。その社長と名刺交換できたのだから、問屋の人たちの喜びは格別だ。同業他社ではなかったことでもある。

しかも、樋口は必ず対話した。

「アサヒのビールは美味しくなったでしょう。売り上げ増を期待していますよ。ありがとうございました」

「あなたが頑張ってくれていることはよく承知しています。ありがとうございました」

肩を叩かれでもしたら、もっと嬉しい。樋口は好んでそうした。

問屋の士気も上がる。売り上げ増に結びつかない筈がなかった。

一軒一軒回ることもあれば、懇親会などで名刺を交わすこともある。

こんなことがあった。

当時、大阪のある問屋に、アサヒは社員を出向させていた。

樋口は名前を覚えていたので、「おお、別府君、頑張ってな」と声をかけた。

別府達郎はむすっとした顔で小さく頭を下げただけだった。

「わたしは特約店の社長です。ほかの社長にはお辞儀をしているのに、わたしだけ『頑張ってな』などと偉そうにおっしゃるのは納得できません」

樋口はやにわに別府の左の二の腕を摑んで、パーティ会場の隅へ引っ張って行った。

「ここからすぐ出て行け！　明朝九時にわたしのところに来なさい。大阪支店で待っとる。いいか、同席している人たちは、みんなおまえがウチの社員だと知っているんだ！」

樋口に一喝された別府は顔面を蒼白にし、脚をがたがたふるわせた。

樋口はこの一件をその日のうちに取締役大阪支店長の瀧澤勲夫に話した。

「社長のわたしに立ち向かってくるのは立場をわきまえておらんにもほどがあるな」

「おっしゃるとおりです。ただ多少癖はありますが、仕事はできます。問屋さんへの出向は結果オーライだったとわたしは思っていました」

「出向は継続させるのか」

「できればそうあって欲しいのですが」

「結論を出すのは明朝の態度いかんだ。おまえ、ちやほやしてるんじゃないのか」

「こう見えましても、結構鍛えているつもりなのですが」

アサヒビール大阪支店は中央区北浜の北浜中央ビルにあった。

翌朝、応接室で、樋口と顔を合せるなり、別府は「昨日は大変失礼いたしました」と低頭したが、すぐに胸を張った。

「前の社長さんは、『ありがとうございます』と言ってお辞儀をしてくれました。ですから樋口社長さんにはびっくりしてしまいました。わたしは、いやしくも特約店の社長会の重要メンバーです。わたしにも立場があります。樋口社長さんにもお辞儀をしていただきたかったと思います」

『この野郎、言わせておけば。いい気になるな』と思いながら、樋口はぐっと声量を落した。

「ちょっと待て。おまえはアサヒではまだ部長になってないんじゃないかな。社長のわたしがおまえに頭を下げたら、おかしいだろう」

別府は不承不承頭を下げて、退出した。

樋口は直ちに瀧澤を呼びつけた。

「別府の態度の悪さは話にならんな」

「まだ謝らないのですか」

「頭を下げたが、開き直ったとも言えるな。堤さんは別府にお辞儀をしたのかね」

瀧澤は当惑顔で頷いた。

「別府がアサヒ出向社員だと、ほかの問屋の親父さんたちも知ってるんじゃないのか」

瀧澤は再び渋面を下に向けた。

「なるほどなぁ。分かりきってても堤前社長は知らないふりを装ったというわけか。

にこやかにやったんだろうなぁ。別府の態度の悪さにも一理あるって、おまえは言いたいんか」

「そうは申しません。どうして臨機応変にできなかったのか残念に思います。社長の逆鱗に触れても仕方がありません」

「別府は癖があるようなことを言ってたが、ガッツがあるとも言えるな」

「おっしゃるとおりです」

「しかし、わたしは釈然としておらん。出向は解いて、人事と相談して然るべきポストを考えろ」

「…………」

「こんなことまで社長に言わせるのか」

「失礼しました。それで腐って潰れてしまうような男ではありませんので、社長は心配なさらないでください」

「当りまえだ。一社員のことにいちいちかまけていられるか」

樋口は照れ隠しに憮然としたが、『気になる奴だ』と思わぬでもなかった。

「別府は上昇志向も強いようだし、プライドも高いんやろうな。とにかく、よく観察しろ」

「承りました。突き落しても這い上がってくると確信しています」

「うんうん」

樋口はまんざらでもなさそうに小さく笑った。

瀧澤はその日のうちに別府と行きつけの飲み屋で会った。

二人はまず〝コクがあるのにキレがある〟で乾杯した。

「今夜はおまえの歓送会だ」

「えっ！　わたしはクビなんですか」

「それはそうだ。社長にあれだけ楯突いて、クビにならないほうがおかしいだろう」

「信じられませんよ。わたしは今でも間違ったことをしでかしたとは思っていませんI」

「おまえが別府を甘やかしているとか、ちやほやしているとか厭味を言われた俺の身にもなってみろ。おまえの態度がでか過ぎたことは事実だろう」

瀧澤は二つのグラスを満たして、にんまりした。

「ただなぁ、一社員にここまで気を遣うのは、どうかと思うほど社長はセンシティブだった……」

瀧澤は、樋口とのやりとりを誇張せずに話して聞かせた。

別府の眼が潤んでいる。利かん気な顔が瀧澤には童顔に見えるから不思議だった。

「おまえが樋口社長の眼に留まったことは確かだろう。おまえがこの辺の問屋仲間のエース級だと勝手に自惚《うぬぼ》れるのは許せるが、態度に出すのはいくら抑えても過ぎることはないからな。さよう心得ることだな」

「まだ特約店の社長をやらせていただけるのですか」

「まだ酔っ払ってるわけでもないのに、俺としたことが……。撤回する。いや、言い直す。一週間以内に特約店出向は解任する。支店長命令だ」

瀧澤の極り悪そうな顔といったらなかった。

別府が発憤して仕事に励み、後年、取締役専務にまで昇進するとは、樋口も瀧澤も夢にも思っていなかった。

6

五月の〝ビール・デー〟の頃、池田と速水が十二階の小会議室で話した。

「社長はCI戦略を認知してくださったのでしょうか」

「もちろん。『古いビールを捨てろ』までは担保に取っていた節がある。装っていたと言うべきかもしれないな」

「わたしは社長の顧問時代に皮肉だか、あてこすりだかを言われました。『CIでなんぼシェアが上がるねん』だったと思います」

「ふうーん。その程度なら、まだ序の口だろう。わたしは『席へ戻るな』とまで言われたからねぇ。つまり辞めろっていうことだからショックだった。もっともすぐ優しくされて舞い上がったけどねぇ」

池田は微笑を消さず、口調も穏やかだった。

「銀行時代から怒るほうも褒めるほうも瞬間湯沸器は変ってないが、部下をヤル気にさせる達人ではあるなぁ。それとスピーチの達人でもある。広報部が〝社長朝礼〟でフォローしたのもお見事だった」

「ありがとうございます。ただ、ずーっと緊張しっぱなしなんですよ。部長がもっと大変なことは百も承知していますけど」

「お互いさまとしか言いようがないな。きみも同様だと思うが、堤会長が心配だよなぁ」

速水の表情がこわばった。温厚そうに見えるが、負けん気は強いほうだ。

「おっしゃるとおりです。若僧のわたしが言うのもなんですが、会長は冠婚葬祭担当みたいな立場になるやに思われてなりません」

池田は思案顔で天井を仰いだ。

樋口のことだから、それも譲らないだろうと池田は思った。口にするかどうかの問題だ。

「うんうん」

池田はにやっとした。

「今、思い出したんだが、堤会長は必ず貰いがかかるんじゃないかなぁ」

「住友銀行ないしグループで、なにか考えているということなのでしょうか」

「そういう解釈も成り立つのかねぇ」

池田は言葉を濁した。

池田は、磯田一郎（住友銀行会長）とのやりとりを樋口から聞いていた。

『磯田会長が自身で動こうとしているのかどうかまでは分からん』とまで樋口は言及したが、「おまえだけだ」と念を押されている。

「いずれにしても我々レベルの話ではないだろう。言えることは社長が会長を追放するなどあり得ないと思う」

「部長とわたしの立場、レベルは違います。我々はおまえの間違いです」

「…………」

「樋口社長のパワーが突出していることを我々は喜ばなければいけないのでしょうねぇ」

「堤会長の心の底の底までは誰にも分からないが、樋口さんの振舞いをにこやかに眺めている。ただの顧問ではなかったことを知らない人は、アサヒには一人もいない。そういうことだろう」

「はい」

「きみがわたしに会いたいと言ってきたのは、きみの一存ではなく、オール広報と取っていいのかな」

池田は速水の胸を指差した。図星だった。

「おっしゃるとおりです。上のほうに池田部長と話してこいと命じられました。広報に限らず全役員、全社員が堤会長の去就は心配でならないと思います」

「ただねぇ、心配しても始まらないとも言えるよなぁ。社長就任時の記者会見でも、会長は終始、笑顔を絶やさず樋口さんを立てておられた。もっと忖度すれば〝冠婚葬祭担当〟も樋口社長に任せるのが堤会長の気持ちかもしれない。矛盾してるが、そんな気がしてきたよ」

「なるほどぅ。堤会長は達観されていると受け取ってよろしいわけですね」

「きみ……」

池田は再び右手の人差し指を突き出した。

「嬉しそうに言うじゃないの」

「はい。安心しましたので」

池田は破顔した。

「樋口さんに『すべてお任せ願いたい』とか言われた時点で、達観したとまでは思えないけど、今や任せてよかったの心境ではないだろうか」

「分かります。社長就任時のスピーチに感銘を受けました。ついきのうのことのようです」

「そうだったなぁ。お互い興奮さめやらぬ顔で立ち話をした。もちろん、堤会長も聴いておられた」

「会長に感想をお訊きしたのですか」

「いや。それはないだろう。あの日、会長と顔合せしたが、なにもおっしゃらなかった。ついでに明かすが、会長、社長、わたしの三人だけで会話した事実は一度もない。また、わたしには会長と社長のサンドイッチになっているという認識もないよ」

池田はアサヒのプロパーたちが、〝住友銀行三人組〟と見ているのではないかと気を回したのだ。

「おっしゃる意味は分かりますが、取締役経営企画部長の立場は強力です。我々は樋口社長と池田部長は一体だと思っています」

「課長までは何を言っても許されるのかねぇ。経営企画部にもそんなのがいっぱいおるなぁ」

皮肉っぽくはなかったが、冗談とも思えなかった。

池田が時計を気にしながら言った。

速水は思わず中腰になった。

「まだいいよ。あと十分」

池田はこの日午後二時から会議があった。

「わたしのほうから質問させてもらうぞ。なんせ、あのせっかちだからなぁ。墨田区役所と住宅公団に売却した七千六百坪を取り戻せって、うるさく言ってくるんだ。速水だったらどう対応する？」

速水は虚を突かれて、即座の返答に窮した。

「さすがのきみも答えようがないか」

「無理筋なんじゃないでしょうか。対応できる機能があるとすれば、総務部と不動産部門ですよ。ビアホールだった約四百坪については間一髪セーフでしたが、買い戻せたとしましたら、奇蹟としか言いようがありません」

「夢物語と言いたいくらいだ。ところがご本人は『なにが奇蹟だ』っていう感じなんだよな」

アサヒビールの旧吾妻橋工場は、昭和五十五（一九八〇）年にマッキンゼー・コンサルタント所見で、整理を慫慂《しょうよう》された。同所見によれば、約八千坪はビール工場として手狭なうえに、都の条例で増・改築が不可能であると指摘された。

さらには従業員の大幅な余剰人員も提示された。

穂積正寿社長時代に約六百人の人員整理が断行されたのは、同所見に基づく。クビキリがしこりにならぬ筈はなかった。

樋口は池田に「可能なら約六百人も取り戻したいくらいだ」とも、胸のうちを明かしていた。

「一昨年《おととし》、やっと売却できた土地を今すぐ取り戻せは、なんぼなんでもなぁ。だいたい、工場売却益による固定資産圧縮で生み出された営業利益の増加がなかったら〝コクがあるのにキレがある〟の大宣伝、PRは難しかったんだ」

「おっしゃるとおりです。ただ、我ながら不思議に思うのですが、タンクなどの巨額投資が進行中ですし、社員の一体感も猛烈なスピードで進んでいます。もしかしたらと思わぬでもありません」

「やっぱりそうなのか。きみも、そんなふうに考えているのか」

「失礼ながら部長も……」

「うーん。うーん」

池田は二度も頷いてから、引っ張った声で続けた。

「経営会議の反対を押し切って取り組んでいる古いビールの回収、廃棄にしても奇蹟が起こりそうな気配もあるよなぁ」

「〝コク・キレ〟の好調な滑り出しは、樋口社長の強運を示して余りあります」

「なんのことはない。きみも、わたしも強運の人に賭ける気持ちになっているのは一緒じゃないか」

「部長と話しているうちに、だんだんとそういう気持ちになっていったのではないでしょうか」

「ただなぁ」

池田が全身を速水のほうへ寄せた。

「わたしは社長にそう甘くないと伝えるつもりだ。吾妻橋のほうだが」

「はい。本日は、大変ありがとうございました」

速水は起立して低頭した。

7

速水正人は広報部に戻って、広報副部長の赤谷博に池田との話をニュアンスを含めて伝えた。

「堤会長の出る幕、出番が限りなくゼロになっていくことになるのだろうか」

「わたしもそんな気がしてなりません。明るい性格でいつもにこにこしている方ですから、孤独感にさいなまれるようなことはないと思いますが……」

「それにしても、会長、社長、取締役経営企画部長三人の対話がないのは気になるねぇ。特に池田部長は会長と社長のサンドイッチになって、大変な気苦労をしているような立場だと思うが……」

速水は考える顔で腕組みした。そしてややあってから腕組みを解いた。

「その点は心配ないと思います。去年の十一月でしたか、CI計画を説明するために池田部長と一緒に吹田工場に行きました。その時、住友銀行の磯田会長が常日頃『二《じ》君《くん》にまみえるな』とおっしゃっていたという話をお聞きしました」

赤谷が首をひねった。

「住銀の融資企画部長だったと思うが、磯田会長から直接、聞ける立場だろうか」

「部長ならあり得ますよ。直接か間接か確認しておりませんが、住銀の行内では広く伝わっているエピソードなんじゃないでしょうか」

「なるほど。だとすると池田部長は堤会長室にはほとんど行っていないっていうわけだな」

「そのように察しています。というより行く必要がない、ご機嫌伺いに行く時間もないっていうことだと思います」

「おいてをや、われわれ広報が気を回し過ぎるのもいかがなものかっていうことになるわけだな」

速水はこっくりし、背広の内ポケットから、なにやら取り出した。

それは、年賀状だった。

みなさん
　明けまして
　　おめでとうございます

三年後の一九八九年、私たちの
アサヒビールは創立一〇〇周年を迎えます
アサヒビールの第二世紀へ向けて
より新しい「アサヒ」を創り出そうでは
ありませんか。

新しいアサヒづくりに
全員の心を合せましょう

昭和六十一年元旦

取締役社長　堤　悟

文面は葉書の半分で、下段は堤を先頭に時計回りで竹山専務、吉原常務、越智常務、竹原常務、藤原常務、織笠専務の七人の顔写真である。写真の中央に〝LIVE ASAHI〟、その下に〝わたしたちも頑張ります〟と認《したた》められた。

赤谷は年賀状を手にして、黙読し感慨に耽《ふけ》った。

「この年賀状もCI計画の一環です。副部長もそうなのでしょうが、わたしは昨夜自宅でこの賀状を見ながら懐かしいやら、あまりにも急激な変化に不思議な思いにとらわれました」

「広報部の提案で全社員に送ったんだなぁ。約三千人だったと思う。提案したのは十月じゃなかったか」

「そうです。樋口廣太郎さんのことなど夢にも考えていない頃です」

「取締役経営企画部長の池田周一郎さんが一番びっくり仰天したのではないでしょうか」

「しかし、樋口さんのパワーを一番早く認識したのも池田さんだろう」

「おっしゃるとおりです。われわれアサヒビール・マンは〝強運の人〟にどんなに感謝しても過ぎることはないと思います。社長は顧問時代を含めて、わずか半年ほどで、猛烈に社内のモチベーションを上げ、アサヒを闘う集団に変えたのですから」

「ただ、CI計画には批判的なのはどうしてなのだろうか」

「池田部長に言わせれば、そういうポーズを取っているということのようですよ。CI計画は進行しており、樋口社長のパワーを以てしても止めようがないと思います。対外的にも発表したことでもありますし……」

昭和六十一（一九八六）年一月二十一日からスタートしたアサヒのCI計画のスローガンはLIVE　ASAHI　FOR　LIVE　PEOPLEで、CIの目標は以下四点を掲げた。

①わが社がめざすべき企業像をつらぬく〝心づくり〟
②心の実現努力を通じての、時代変化に対応できる新しい〝体質づくり〟
③心を鮮明に表現する顔となり、体質づくりの旗印となるべき〝シンボルづくり〟
④心とその個性を積極的にアピールしていくことによる〝イメージづくり〟

赤谷が賀状に眼を落した。

「この賀状は大切な記念品だし、樋口体制下でも通用するものだ。アピール力もあると思う」

「樋口社長も内心はとうにおわかりになっていると思います。われわれCI委員会のメンバーは分担して全事業所を訪問しました。一回三十人程度のグループに対して延べ五十回以上CI計画の説明会を開催したのですから、〝堤社長〟の気合いも入っていましたが、この効果は小さくなかったと思います」

「〝堤社長〟も大仕事をしたっていうことだよなぁ。しかし、〝堤社長〟を上回る強運の人が社長になったと割り切るしかないのだろうな」

「そう思います」

速水が賀状をポケットに仕舞った。

8

樋口が池田を社長執務室に呼び出したのは九月初旬夕刻のことだ。

「〝コクがあるのにキレがある〟の売れ行きが絶好調だから、おまえの心配も雲散霧消したんじゃないのか」

「まだなんとも申し上げられません。ただし回収、廃棄の作業は困難を極めるのではないかと危惧していましたが、そうでもないことが分かりました」

「本当に分かっているのか」

「社長が全国の問屋回りを精力的にされた結果だろうと察せられます」

「ごねる問屋が激減したのは確かだろうな」

「一社もないと思います。古いビールの回収、廃棄に協力的だと各支店長から聞いております。『前例がないからやるんだ』と社長はおっしゃいましたが、わたしはまだ心配でなりません」

「損失額について言ってるんだな」

「はい。どの程度になるのか見当がつきません」

「新ビールが相当カバーしてくれるから、たいしたことはない」

樋口は冷たい麦茶を飲んで、グラスをセンターテーブルに戻した。

池田がグラスを手にして話題を変えた。

「QC活動の発表会で、社長が飛び入り登壇することがしばしばあります。ビール製造タンクの新式化もその一例でしたが、営業マンの士気を鼓舞するため特約店などの得意先と『喧嘩してこい』と檄を飛ばしたのも営業マンを勇気づけました」

『理不尽なことを言われて、黙っているやつがあるか』と樋口は言ったのだ。

問屋のおやじとの喧嘩沙汰は過去にはあり得なかった。

強気な態度を示せば、意趣返しをされる。

酷いのはトップに告げ口しかねないので、腰が引けて当然だ。トップにたしなめられ、考課でマイナスを覚悟しなければならない。

ところが樋口は「喧嘩してこい」と公然と発言したのだ。

社長が担保したのである。

営業マンの士気が高揚、モチベーションが上がらぬ筈はなかった。

缶ビールなどの資材は永年一社仕入れだったが、複数取り引きにした結果、コストを引き下げることができた。

一事が万事で、宣伝広告・販促企画も一社購買を複数化した。アサヒ社内にも異論があったが、「窓口を開放して、優れた企画はどこでも採用する。競争ルールを徹底することの効果は小さくない」と言って樋口は強行した。

結果は樋口のもくろみ通りになった。

前任者（堤悟）は調整型のトップだったが、樋口は強力なリーダーシップによるトップダウン型の意思決定で、アサヒビールを大きく変貌させたのだ。

樋口の話が本題に入った。

「九・六パーセントだったシェアが、今年は一〇パーセント台に行くんじゃないか」

「微妙なところで、わたしには分かりません」

「十月一日の全国事業場長会議で、勝利宣言を行い、事業場長たちをねぎらいたいと思ってるんだが、おまえの意見はどうなんだ」

池田はまだ早すぎる、反対だと言いたかったが、せっかちな樋口はもう決めていて、止めようがないと思った。

「どうなんだ？」

「はい。前年比で伸びることは間違いないと思いますので、よろしいんじゃないでしょうか」

「一〇パーセントはまずいと思うのか」

「一〇パーセントを確保する勢いぐらいのところでしょうか」

「分かった。それで行こう」

樋口は同会議でおよそ次のように話した。

「昭和六十年における当社のビールのシェアは九・六パーセントでしたが、六十一年は一〜九月実績を見る限り一〇パーセント台を確保する勢いで、快進撃を続けています。〝コクがあるのにキレがある〟新ビールがいかに伸びているかを数字が示しているのです。製造部門の努力を称えずにはいられません。不良品を一滴も出していないことも称賛に値します。また、わたくしは皆さんの反対を押し切って古いビールを回収し、廃棄することを命じました。おそらく業界始まって以来のことで、さぞや皆さんの目には暴挙と映ったと思いますが、順調に進んでいます。暴挙が快挙になると、わたくしは確信しています。工場長、支店長など皆さんが頑張った結果でもあります。全社員がこころを一《いつ》にして発奮したお陰でもあります。古いビールを捨てたからこそ、新ビールの販売が伸びたとも言えましょう。わたくしはいっそう気持ちを引き締めて、皆さんの先頭に立って走り続けます。皆さんもわたくしに続いて走り続けてくださるようお願いいたします」

樋口が得意満面で見得を切るのを事業場長たちは拍手で応えた。

昭和六十一年のアサヒビールの全売上数三千九百二十五万函、前年比一一二パーセント、シェアは一〇・一パーセントだった。

業界平均の伸び率は四パーセントだったので、アサヒの一二パーセントの伸びは驚異的な伸長率と言える。

また、古いビールを捨てたことによる損失額は約十八億円に止《とど》まった。

昭和六十二年一月に全国紙にアサヒビールの全面広告が掲載された。

その中の樋口廣太郎社長の挨拶文は、〝あけましておめでとうございます。おかげさまで「おいしくなりましたね」「おいしいですね」というお言葉をいただいて感謝の毎日を送っております。本年もよろしくお願い致します〟だった。

第三章　〝軍艦ビル〟で

1

ここで話は半年ほど前の昭和六十一（一九八六）年六月上旬に遡及《そきゅう》する。

アサヒビールの主幹事証券は野村證券だ。

野村證券の本社は東京都中央区日本橋一丁目九－一。通称〝軍艦ビル〟で知られている。

巨艦のように長くて大きい。首都高速道路から望めるが、文字通り〝軍艦ビル〟だ。

七月上旬に野村證券が主催するビールパーティは恒例となっていた。

池田周一郎取締役経営企画部長が樋口廣太郎社長に呼びつけられたのは、六月上旬某日昼下がりのことだ。

樋口は社長執務室のソファーで向かい合うなり切り出した。

「おまえ、野村のビールパーティに出席してるのか」

「はい。今年は三回目です」

「何人ぐらい集まるんだ？」

「百二、三十人ぐらいです」

「ただビールを飲むだけなのか」

「いいえ。カラオケがあります」

「おまえは唄うのか」

「はい。ヘタの横好きですが」

「よし、聴きに行ってやろう」

樋口はにやっとした。

池田は冗談だと思った。過去に両社とも社長が出席した例はなかった。招かれる立場のアサヒは池田以下五、六人である。

「おれが出席するとなにか不都合でもあるのか」

「それこそ前例はありませんし、社長が出席するようなパーティでもございません。野村の新入社員がほとんどで、わいわいがやがや騒ぐだけのことです」

樋口は真顔になった。

「出席するぞ。さよう心得ておけ」

「緊張して、唄えなくなるかもしれません」

「せいぜい練習して鍛えておくことだな」

「まだ一ヵ月以上先ですが、先方に伝える必要があると思いますが」

「当日の二、三日前でいいだろう。用向きはビールパーティだけだ。帰ってよろしい」

池田はえらいことになったと思った。気が重いといったらない。

当日の二、三日前に野村證券の幹事に伝えるのは失礼ではないかとも思った。

池田は〝昴《すばる》〟を唄うつもりだった。銀座のカラオケバーにも十数回足を運んだし、自宅の浴場でも毎晩練習していた。

カラオケには自信がある。上の部だとうぬぼれてもいた。

池田は開催日の一週間前に野村證券幹事に電話をかけた。

「ビールパーティに樋口が出席したいと申しておりますので、よろしくお願いします」

「えっ！　樋口社長さまが出席されるんですか」

「わたしもできることなら断りたいのですが、そうも参りません」

「困りました。田淵節也も田淵義久も日程が詰まっています」

「そんなに気を遣う必要はありませんよ。勝手に樋口が押しかけるだけの話です」

「アサヒビールさんと当社の関係で、そうも参りません。然るべく考えさせていただきます」

野村證券幹事役の財務担当役員は秘書役と相談した。

「会長はちょっと無理ですが、社長は中座できると思います。往復の時間を含めて一時間ほど時間を取るということでよろしいでしょうか」

「そうねぇ。ただ樋口社長がカラオケにも出るとなると屋上で三十分ぐらいで済まされるんだろうか」

「カラオケにも出るんですか」

「池田さんに確認する必要があるな」

折り返しの電話で池田が応えた。

「樋口はカラオケはやりません。喉のポリープの切除手術をしていますので」

「助かります。三十分ほど田淵義久がおつきあいさせていただきます」

「申し訳ありません」

「とんでもないことです。ビールパーティが盛り上がるんじゃないですか」

「迷惑千万ですよ」

池田は心にもないことを言ったつもりはなかった。

「樋口社長にご挨拶していただけると、錦上花《きんじょうか》を添えることになりますが、いかがでしょうか」

なるほどと池田は思った。樋口のスピーチは受ける。初めて聞く野村の社員が感服、感嘆すること請け合いだ。

「本人にその気があるかどうか確かめてみます。十分程度の短いスピーチでよろしいでしょう」

「はい。ぜひお願いします」

池田が樋口に報告したのは開催日の三日前の午前九時前だ。

「田淵社長が出席されるそうです」

「大タブじゃなくて、小タブのほうだな。大タブとは銀行時代に何度も会っているので、小タブのほうがいいだろう。小タブは社長に就任したばかりだな」

「去年の十二月二十日に副社長から社長に昇格されました」

証券業界に限らず田淵節也会長を大タブ、田淵義久社長を小タブと呼んでいた。

「大タブは京大で俺より二年先輩だが、小タブは大タブより九年後輩なんじゃないか。ずいぶん若返ったが、アサヒも似たようなものだな。堤会長は俺より八年先輩だ。二人とも岡山県の出身だから、大タブは小タブに眼をかけていたんだろうな」

「人事権者は田淵会長と聞いていますが」

「大タブあっての小タブだろう。二、三年は鍛えるっていうことなんじゃないか」

「大事な会があるそうですが、中座してビールパーティに駆けつけると聞いています」

「ふうーん。無理する必要はないのになぁ」

「わたしもそう申し上げました。しかし、樋口社長が出席するとなれば、そうもいかないと思います。それと社長にご挨拶をお願いできないかと懇願されました」

「いいだろう」

樋口は間髪を容れずに答えた。

池田の話を電話で聞いた野村の役員は「ありがたいことです。田淵義久もさぞや喜ぶことでしょう。それと会場は屋上ではなく七階の大ホールに変更したいと存じます」と言った。

「屋上のほうが風情があって、よろしいんじゃないですか」

「樋口社長のご挨拶をいただけそうだと田淵に申しましたところ、それなら大ホールのほうがいいということになったのです」

「ホールのほうが声がよく通るかもしれませんね」

池田も納得した。

2

七月上旬某日の午後六時から始まったビールパーティで、田淵がまず壇上に立った。

「こんばんは。野村證券社長の田淵義久でございます。樋口廣太郎社長がわざわざお見えになるとお聞きし、取るものも取りあえず駆けつけて参りました。樋口社長、本当にありがとうございます。若輩のわたくしは大社長の前で緊張しておりますが、今後ともご指導、ご鞭撻《べんたつ》のほど、くれぐれもよろしくお願い申し上げます。田淵節也会長からもよろしくお伝えするよう申しつかっております。アサヒビールさんと野村證券は親密な仲ですが、今後とも親密度を濃いものにしたいと願っております。ありがとうございました」

樋口が田淵に続いて登壇した。

「飛び入りでご迷惑をおかけしたことと思いますが、ひと言申し上げたいことがありましたので、あえてご無理をお願いした次第でございます。わたくし樋口廣太郎は野村證券さんに一宿一飯の恩義がございます。と申しますのは、旧制彦根高商卒業時に三菱重工に内定した就職が終戦で取り消され、十月一日から野村銀行さんに就職したのです。その後、野村銀行は大和銀行と野村證券に分割されましたが、わずか半年間とはいえ、野村銀行さんにお世話になったご恩は生涯忘れ得ぬ思い出になりました。その後、友人の刺激を受けまして、京都大学に入学した次第です。人生の綾とはかくも不思議なものですが、一宿一飯の恩義も忘れてはならないと肝に銘じております。

突然のことで申し訳ありませんでした。どうか、わたくしの意のあるところをお汲《く》みとりいただきたいと念じております。大変失礼いたしました」

樋口の挨拶を聞いて、池田たちアサヒビール側の人たちは、怪訝《けげん》そうな顔で拍手した。野村證券側の喝采は盛大だ。

「当意即妙はお手のものですが、今の話は事実なのでしょうか」

同僚に訊かれて、池田も小首を傾げた。

「わたしも初めて聞く話だ。しかしいくらなんでも作り話はあり得んのじゃないか。ご本人に確認してみよう」

池田は樋口に近づいたが、田淵と話していたので、一歩下がって二人の話を聞いていた。

「百億円の社債の話があるやに聞いていますが、わが野村證券の一〇〇パーセントでお願いします」

「わたくしは大和証券一〇〇パーセントでよろしいと周囲の者たちに話しています」

「樋口社長、冗談にもほどがありますよ。一宿一飯の恩義でくれぐれもよろしくお願いいたします」

「銀行時代にお返しした筈ですが、野村ゼロはあり得ないにしても、一社幹事はよろしくない。田淵さんは頭の良い人だから、その点はお分かりでしょう」

「田淵節也会長にどやされます。クビを覚悟しなければなりません」

「田淵会長も分かってますよ。ま、七・三ぐらいのところが妥当でしょうか。大和七、野村三ですよ」

「なにをおっしゃいますか」

田淵は顔色を変えていた。

「冗談冗談、その逆ですよ」

話を聞いていて、役者が違うと池田は思った。

田淵が樋口から離れたので、池田は樋口に身を寄せた。

「失礼ながらお尋ねしますが、一宿一飯のお話は事実なのでしょうか」

「知らなかったのか」

「はい。ここにいるアサヒビールの人たちは、わたしが知らないことを不思議に思っています」

「事実に決まってるやろう。なんぼなんでも、こんなつくり話はできん。ついでに教えてやろう。京大では学生運動に熱中して、よう勉強せんかった。弁論部の幹事もやったりしてたしなぁ」

樋口は遠くを見る眼になった。

「高校時代は戦争中でろくすっぽ勉強せんかったしな。勤労動員で昭和十九年から終戦までの二年間は、大同製鋼名古屋工場でシリンダー磨きに明け暮れていたからなぁ」

「京都大学に入学するのは大変だったと想いますが」

「それはそうだ。生涯で最も勉強したかも知れんなぁ。徹夜なんてこともよくあった。京大に入学できたのは強運としか言いようがないな。俺の人生も変わった。住友銀行に入行できたことでもあるしなぁ」

「住友銀行ではどこに配属されたのですか」

「梅田支店だ。二年間はおったからなぁ。窓口で金勘定ばかりやらされていたような覚えがあるよ」

「梅田のあとは東京ですか」

「東京支店。昭和三十四年から東京業務部で、堤さんが次長だった。三〜四ページの起案書をすべて書き直しされたことを覚えている。あれで、結構厳しい上司だったんだ」

樋口はビールを飲みながら、池田にそんな昔話を聞かせた。

司会者が池田周一郎の名前を呼んだ。

「いよいよ今夜のメインイベントだな」

「とんでもない。それは両社長のスピーチです。カラオケはたった二人だけですし、座興もいいところです」

「飛び入りのメインイベントなど聞いたことないぞ」

樋口廣太郎は池田の背中を両手で押した。

池田の〝昴〟は見事だった。さすが声量が違う。池田が降壇すると樋口が拍手で迎えてくれた。

「アサヒで一、二の唄い手だけのことはあるな」

「一、二なんてあり得ません」

野村證券側は演歌だった。これまた相当な歌唱力だ。紺の法被《はっぴ》姿でジェスチャーたっぷりに唄い込んだ。

「場所柄を心得てるな。池田の選曲は会場にそぐわないとも言える。おまえのほうが点数は上だけどな」

樋口はそんな風に言って、若者たちのダンスが始まる前に会場を後にした。

樋口は旧姓武藤公子と昭和三十年一月十五日に四谷の聖イグナチオ教会で挙式した。媒酌人は樋口の上司で東京事務所長の伊部恭之助夫妻だった。

この日東京地方は底冷えする寒い日で、一時間ほど要するミサの間、伊部は「こんな寒い結婚式は初めてだな」と言って身をこごめた。約百人の出席者は寒さにふるえあがった。

伊部は「結婚は早いに越したことはない」と言って、樋口に何枚も女性の写真を見せたが、樋口は応じなかった。自分の嫁は自身で決めたいと思っていたからだ。公子との結婚の媒酌を頼んだ時、伊部は「喜んでお受けする」と言ってくれた。伊部はしゃきっとした江戸っ子で「友達を大事にしろ」「友達とは借金をしてでも付き合え」が口癖だった。

後年も、「それにしても樋口の結婚式は寒かったなぁ。寒いことしか覚えておらん」と何度言われたことか。伊部は住友銀行で頭取にまで昇り詰め、平成十三（二〇〇一）年四月に他界した。樋口にとって、伊部は青年のような心意気を失わない、人間味豊かな人生の大先達だった。

新婚時代の樋口夫妻はクラシック・コンサートや美術展などによく出かけた。ある美術展で、樋口は右回りを主張して譲らなかったが、順路は左回りだったので、公子がそれに従ったところ、「亭主に逆らって、逆回りするとは呆れた人だ」と、ことあるごとに吹聴され、公子は「二度とそういうことはいたしません」と不本意ながら頭を下げさせられた。

樋口夫妻がオペラに興じるようになるのは取締役になってからだ。

三期下の花岡信平の影響を受けた結果である。花岡は音楽誌に寄稿するほどオペラ通《つう》として聞こえていた。

樋口と花岡は一時期住いが近かったので、夫婦四人で雀卓《ジャンたく》を囲むことがしばしばあった。

行ったり来たり、替りばんこに場所を提供していたことになるが、レートはせいぜい五十円。それでも夢中になるところがマージャンの面白さだろう。

花岡はマージャンをやりながらオペラのアリアを口ずさんだりする。

「樋口夫妻はコンサートが好きなのですから、オペラに魅了されることは間違いないと思うんです。一度ご一緒しませんか」

「ああ、いいねぇ」

樋口は二つ返事で頷いた。公子も然りだ。

二人がオペラに嵌《は》まる瞬間だったかもしれない。もっとも樋口にはオペラファンの下地はあった。戦前の旧制中学の音楽教師からオペラの名曲を教えられていたのだ。

京都市立第二商業の音楽教師の中川牧三はイタリアへ留学した本格派だった。若きテノール歌手で通用したほどの中川は、樋口たち音楽部員に熱心にオペラを教え込んだ。

戦時中で、〝軍艦マーチ〟や〝日の丸行進曲〟などが受けていた時代なので、教室の窓を閉め切って、ロッシーニの〝セビリアの理髪師〟やビゼーの〝アルルの女〟、ヴェルディの〝リゴレット〟などのアリアを特別に伝授してくれたのだ。

中学生の頃から樋口はオペラに魅了されていたのだ。眠っていた樋口のオペラ熱を花岡が呼び覚ましてくれたとも言えよう。

樋口はオペラファンを自認するようになるが、オペラに限らず無類の音楽好きで住友銀行時代から、海外出張する度にテープやCDを買い集め、五百本を下らない音楽ソフトを保有しているというから半端ではない。

ただし、唄うほうはからっきしで、自宅で讃美歌を口ずさんでいて、公子に笑われることがしばしばあった。

音程が外れるのだから、笑われても仕方ない。しかし、オペラ、クラシックに限らずカラオケなどを聴くのは嫌いではなかった。

部下に唄わせて点数を付けるのも好きで、樋口は聴力をひそかに自負していた。

「年季が違う」というのも分かる。

樋口は家事には一切手を出さなかった。

一度、金槌と釘を持たされたところ、釘と指を間違えて怪我をした。

「僕は会社で虐《しいた》げられているので、こういうことはやらせないで欲しいんだ」

「金槌仕事は男性の仕事と思っていましたが、以降、わたくしがやることにしましょう」

　また土日はほとんどゴルフコースに行く時代があった。

　昭和三十一年生れの長女、真理子と二つ歳下の次女恵理子の幼い頃だったので、「社宅で土日に子供たちと遊んであげないお父さんはあなただけですよ」と公子が意見を言うと、樋口は「ゴルフは遊びではない。仕事のうちだ。子供と遊ぶのは母親の務めだろう」と強い口調で反発した。

　公子は「わかりました」と引き下がるしかない。

　真理子と恵理子が高校生の頃、アメリカに留学したいとの希望を樋口は反対しなかった。

　ホームステイで、一年間、その間半年は故郷の両親と連絡を断絶することなどが留学の条件だった。

　樋口は子供たちにまかせた。

　娘と電話で話せないことの苦痛は筆舌に尽くし難い。

「連絡がないということは元気で頑張っているからこそでしょう。心配するには及びません」

　公子のほうが気丈だった。

「こっちから電話をかけるのも許されないとは知らなかったよ」

「心配しだしたら、きりがありません」

樋口にとって子供が留学した一年間、都合二年間ほど永く思われたことはなかった。

3

昭和六十二（一九八七）年になっても、〝コク・キレ〟の売れ行きは好調だった。

三月に入ってほどなく、樋口は堤会長室に呼ばれた。

「失礼いたします」

「運輸大臣の橋本龍太郎さんから、先刻突然電話がかかってきてねぇ」

「国鉄の解体と関係があるんじゃないですか」

「相変らず勘がいいなあ。四月からJR西日本（西日本旅客鉄道）の会長に就任して欲しいという要請なんだ」

「橋龍さん、さすがですねぇ。会長に目を付けられるとは……」

橋本は当時、第三次中曾根内閣に運輸相として入閣していた。

「賛成なんだな」

「断れますか。初代の会長ですよ。腕力、経営力を認められたのですから」

「アサヒビールは樋口さんに任せておけば心配はないでしょうと橋龍さんに言われたが、その点はおっしゃるとおりだと答えざるを得ないよなぁ。一両日中に返事をすることになっているが、きみの言うとおり断れないだろうな」

「住友グループとしても名誉なことです」

「磯田一郎氏が絡んでいると思うか」

「ないでしょう。そんな余裕はありませんよ」

「橋龍さんも、中曾根総理の意向だと言っていた。あすにでも承諾する旨の返事をしようかねぇ。アサヒビールとは一切縁を切ることが条件らしい」

「JR西日本の見通しが得られたら、いつでもアサヒに戻ってきてください」

「ありがとう」

堤のJR西日本の会長時代は昭和六十二年四月から平成四年六月までだった。その後、同社の取締役相談役名誉会長に就任したが、アサヒビール取締役相談役名誉会長に就くのは同年九月である。

樋口が緑茶をすすりながら話題を変えた。

「〝先人の碑〟には会長として堤悟の名を刻ませていただきます。時点の問題はあるかもしれませんが、そこまでとやかく言う人はおらんでしょう」

「きみのご厚意、心からお礼申し上げる」

樋口は堀田庄三頭取の秘書時代、高野山に何度も同行していた。松下電器など多くの企業が先人を祀《まつ》る碑を建てているのを見て、内心期するものがあった。

大阪のJR吹田駅前に大きく展開する吹田工場は明治二十四（一八九一）年に誕生したアサヒビールの第一号工場で、日本人による初のビール工場でもある。工場敷地約五万坪の正面玄関の至近に赤煉瓦のビル一棟が残されている。ずしりとした存在感はアサヒビールを象徴しているからに他ならないが、それ以上の象徴的存在は〝先人の碑〟だろう。

工場正門の公道を渡った小高い丘に約三千坪の同社所有の緑地がある。一帯は公園であり、杜《もり》でもある。

〝先人の碑〟と〝旭神社〟を擁《よう》する迎賓館は一年三百六十五日開館していて、休館はない。

〝先人の碑〟は樋口廣太郎の発想で、昭和六十三年四月に建立され、同月十四日午前十一時に除幕式が開催された。二本の白御影石が、天に向かってカーブする黒御影石の翼を支える形になっていた。間口九・六メートル、奥行六・四メートル、高さ五・一メートルの壮大な石碑なので、除幕は九人がかりだった。

〝先人の碑〟建立の契機について、読売新聞が平成五（一九九三）年三月十五日付のコラム〝わたしの道・樋口廣太郎〟で書いている。興味深いので以下に引く。

――日本の企業には亡くなった関係者を供養する風習がありますが、中でもアサヒビールの「先人の碑」は大変ユニークなものですね。これを建てたきっかけはなんですか。

樋口　六年前に大阪に行く機内で、キリンビールの小西（秀次）会長とばったりお会いしました。その時、「うちは高野山に会社の先輩をお祀りする供養塔を建てたら、その後業績は上がる一方で、いいことばかりなんです」といわれたんですよ。

それを聞いて考え込んでしまいました。私が以前お世話になった住友銀行では、京都に住友系の物故者をお祀りする「芳泉堂」という立派なお堂があり、新入社員は必ずお参りに行ったものです。アサヒビールにはそういうものが工場ごとにはありますが、まとまったものがないんですよ。この会社に来て、何か一本欠けているものがあると感じていたんですが、それだったのですね。

――「これはいかん」と思った？

樋口　ええ。まねするわけじゃないけど、ちゃんとしたものを建てようと、すぐ準備を始めたんです。その後、私は全国の問屋さんを回り始め、静岡県のあるお店を訪ねました。仏壇に写真が飾ってあったので、お参りした後、「この方はご主人様でしょうか」と聞くと、奥さんがうなずいて「主人はかわいそうな人でした。生前アサヒビールしかとりあつかわないと頑張っていましたが、ついにいい目をみないで亡くなったのです。このためご覧のような貧乏暮らし。それに比べてキリンを主体に扱っていた酒屋さんは、立派な建物が建って……。」

この話を聞いて、今まで随分お客様にご迷惑をかけてきたんだなと、つくづく思いましてね。会社に帰って「先輩の碑を建てようと思ったが、まず最初にご恩になったお客様のを建てよう」と提案したんです。

――それで大阪府吹田市にある「先人の碑」は二本建っているんですね。

樋口　ええ。昭和六十三年に建立しましたが、右側が問屋さん、飲食店さん、原材料供給の会社の方々。さらにうちの商品を愛好していただいている方々にまで広げましてね。新聞に「無宗教でお祀りするので、ご希望のご遺族の方はお申し出下さい」と広告を出し、今お客様千八百人、社員八百人の霊をお祀りし、ご命日には人数分のお花をお供えするんです。春秋二回の例祭には、もちろんご遺族をお招きしています。本社にも碑のミニチュアを置いて、毎日九時半にご命日を迎えた方のお名前を申し上げて、私がお参りしています。不思議なもので、それから会社の業績はどんどん良くなっていったんですよ。

――そこまでやっている会社はまれだと思いますが、外国ではどうなんでしょうか。
樋口　多分ないでしょう。しかしこれに関連して一つの秘話があります。マツダが戦後、西独のNSU社からロータリーエンジンの技術を導入しようとしましたが、なかなかウンといってくれないんですね。それで松田（恒次）社長が、住友銀行の堀田（庄三）頭取を通じて、吉田茂さん（元首相）から西独のアデナウアー首相あてにお口添えの手紙を出していただいたんです。その手紙の中に「住友は先輩の霊を祀るのに大変熱心な企業グループで、マツダはその一員である」と書いてあって、それがアデナウアー首相の心を打ち、技術提携が実現したんですね。
――物故者を大切にするということでは、洋の東西も同じですね。
樋口　そう思います。個人でも、先祖の供養をおろそかにしている家は栄えません。〝先人の碑〟を造ると言い出した時、みんな戸惑ったようですが、今では会社の中で最も精神性の高いところになっています。

聞き手　田川五郎編集委員

〝先人の碑〟に刻まれている「建立誌」にはこうある。

先人の碑
建立誌

我が社は創業以来一世紀　幾多の試練を乗り越え　アサヒビールを社業の主軸として伸展し　今や多くの関係会社と共に発展興隆の途にある

これひとえに　社業の盛運を念じ　専心業務に精励された先輩役員社員諸氏と　心魂を傾けて貢献された関係業界各位の賜ものであり　その積恩は決して忘れ得ぬところである

ここに我が社は　アサヒビール発祥の地に　先人の碑を建立して　有縁物故者の功績を偲《しの》びその遺徳を称え　末永く顕彰の意を表するものである

希《ねが》わくは向後　この地を訪ねる人びと思いを先人にいたし　感謝の誠を捧げられんことを

昭和六十三年四月吉日
アサヒビール株式会社

〝先人の碑〟の裏側の石碑には、「昭和六十二年四月十五日左記役員による経営会議にて議決す」とあり、取締役会長堤悟、取締役社長樋口廣太郎ら十四名の役職役員の名前が記された。

春秋には社長以下同社の幹部が参加して祭礼を行っているが、春は物故社員、秋は得意先など関係物故者である。〝先人の碑〟の石段に菊の花が絶えることは一日もない。

〝先人の碑〟の建立はアサヒビール創業一〇〇年記念事業のさきがけとして位置づけられた。

4

樋口から池田に呼び出しがかかったのは昭和六十二年三月上旬某日の午前十時だ。

「四月一日付で常務になってもらうからな」

「お言葉ですが、取締役になって、まだ二年しか経っておりません。早過ぎますし、焼き餅を焼かれるのはかないません」

「おまえのような温厚な男に焼き餅を焼く者がおるなんて考えられん。おまえ歳はいくつだ」

「四十九歳です」

「ビール会社と銀行は比較の対象にならんが、俺は銀行で四十九歳の時に常務になった。やっかむ手合いがおらんかったとは思えんが、喜んでくれたほうが多かった。アサヒで一番若い常務だが、おまえは実質常務以上の仕事をしている。つべこべ言わず、受けることだな」

「承りました。ありがたくお受けします」

「これで経営会議の進行役、書記役からメンバーに昇格したわけだ。それと銀行には戻れんぞ」

「はい。もとよりその選択肢はございません」

「ところで最近、堤会長に会ったんか」

「いいえ」

「なにも聞いておらんのだな」

「はい」

「JR西日本の初代会長に擬《ぎ》せられてるそうだ」

「JR西日本会長のポストは相当なものだと存じます」

「中曾根総理の命を受けて、橋龍さんから直接本人に電話がかかってきたそうだ。堤会長は喜んでいた。嵌り役だとも思う。どうせ次の経営会議で本人から話が出るだろう。それまでは伏せておいてくれ」

「承知いたしました」

樋口が唐突に話題を変えた。

「織笠と森野を副社長に昇格させることにしたからな」

否も応もない。

「代表権を持つのは社長、副社長の三人でいいだろう。二人には話しておいた。明かすのはおまえだけだが、意見はあるか」

「いいえ」

「そりゃそうだ」

樋口は苦笑いし、わずかに肩をすくめた。

これまた、池田は黙って頷くしかなかった。

第四章　〝ドライ〟戦争

1

昭和六十二（一九八七）年三月の経営会議終了後、樋口廣太郎が池田周一郎を呼び止めた。

「例の採用の件だが、公表してもええんやないのか。以前、退職した社員を全員復職してもらいたいくらいだと言った覚えがある。記者クラブにペーパーを配れば、書いてくれる新聞もあるだろう」

「広報は発表するつもりになっていると思いますが、確認します」

「そうしてくれるか」

池田はさっそく広報部課長の速水正人と話した。

「社長のお気持ちはよく分かっています。四月三日に、元社員子女の採用優先の件を発表することになりました」

「そうなのか。もう手を打ったんだな」

速水が話題を変えた。

「今、ふと思いついたことですが、いつぞや部長と話した吾妻橋の土地買い戻しの案件が進展してるそうですね」

「総務部長と不動産部長がしゃかりきになってるからなぁ。墨田区のほうは、難しいらしいが、住宅・都市整備公団は二分の一の売却に応じそうな気配と聞いている」

「つまり約千七百坪を買い戻せるっていうことになるわけですか」

二人は顔を見合わせ、したり顔で頷き合った。

「社長の迫力たるや凄いですねぇ」

「不可能と思っていたことを、ひっくり返すんだから、えらいことだ」

「本社社屋を建てるつもりなんでしょうか」

「工場はあり得ないから、それしかないだろうなぁ」

「〝先人の碑〟もさることながら、本社ビルの建設が決まれば、創業一〇〇年に向けて大いに盛り上がりますね」

「夢は膨らむ一方だなんて、一年前は考えられなかった」

速水が再び話題を変えた。

「今月発売する辛口ビールの前評判は上々ですねぇ」

「すべったの、転んだの色々あったらしいが、ゴーの決断を下した樋口社長は立派だな。六十一年は〝コク・キレ〟がヒットし、六十二年は〝辛口のドライ〟で攻めの経営を貫こうとしている。経営会議の大勢は共食いを心配していたが、社長のゴーの経営決断が裏目に出ることは、絶対ないと思えてくるから不思議だよな」

「それと五千人もの人たちが試飲して、いちように『旨い、美味しい』と言ってくれたビールは過去にないんじゃないでしょうか」

五千人は樋口が社の内外で口にしていた数字で、ややオーバーかもしれないが、さしたる違いではないのも事実だった。

「新ビールが大ヒットする予感は、わたしにもある。試作品の量は過去最大だが、きみもわたしもビールの味覚には強いほうだ。何杯飲んだか覚えてないが、たしかにひと味もふた味も違う」

「新ビールは〝コク・キレ〟を凌ぐことは間違いないと思います」

新ビールの試飲会を重ねるごとに評価は上昇していた。二人が興奮するのも無理からぬことだった。

昭和六十二年四月四日付の日経産業新聞に掲載された、〝肩たたきで迷惑かけた〟〝元社員、その子女最優先で採用〟〝アサヒビールが恩返し〟の見出しに続く記事は以下のとおりだ。

アサヒビールは希望退職した元社員やその子女の優先雇用を始めた。本業のビール部門が昨年前年比約一二％増と業界一の伸びを見せたほか、外食事業の展開、不動産開発など経営多角化が軌道に乗り、人材が不足してきたため「元社員の力を借りる」（樋口廣太郎社長）ことにした。

同社ではすでに一人を再雇用したほか、人事部が希望退職者の追跡調査をしており、本人に復職希望があれば受け入れる方針だ。本人が同社の定年年齢（五十八歳）を過ぎていた場合は、希望によりその子女を支店や関係会社などに優先採用していく。

アサヒは五十六年、業績が悪化、〝肩たたき〟の形で五百人の人員削減をした。樋口社長は「今日の業績回復も当時の経営方針に沿って身を引いてくれた人たちがいてこそできた。第二の人生を幸福に過ごしてもらえていればいいが、生活面などで不自由をしているようなことがあれば、最優先で手をさしのべるのは後輩の義務」としている。

2

FX計画と称する辛口ビールの開発は、樋口の顧問時代から進められていた。

生産プロジェクト部はFX開発に積極的で、いついかなる時でも商品化可能と自信を示していた。

中央研究所も然りで、マーケティング部門も前向きだった。部長の青木毅と生産プロジェクト部長の大田原が、開発委員会でＦＸの商品コンセプトを説明し、商品化の許可を求めたのは昭和六十一年三月下旬のことだ。

開発委員会は技術開発に関する案件の方向づけをする機関である。

ＦＸについて技術系役員の反論が相次いだ。

「辛口ビールなんて聞いたこともありません。〝コク・キレ〟と類似の商品を出せば共食いを起こし共倒れの恐れがあります。ＦＸには絶対反対です」

「とにかく作ってみろ」

樋口の一言で、試作品が同年五月中に製造された。

翌春に発売するためには六月中に発売許可を取得する必要があったが、六月二十四日の開発委員会に持ち込まれたＦＸの試作品を試飲したメンバーはほとんどが口をつぐみ、旨そうに辛口ビールを飲んだ。

しかし、一人だけ共食いを強調し、樋口も「ゴー」とは言わなかった。

だが、樋口は生産プロジェクト部とマーケティング部の独走を黙認した。

マーケティング部の中には〝スーパー〟のネーミングに強い反対論があった。〝スーパー〟を使うのは公正競争規約違反になるという訳だ。

〝スーパー〟という言葉そのものが使用禁止になっているので、〝アサヒスーパードライ〟のネーミングで発売すれば、必ず他の三社はクレームをつけ、発売中止になる恐れありという反対論は筋が通っていた。

しかし青木は〝アサヒスーパードライ〟に固執し続けた。

経営会議でどう巻き返すかをめぐって、池田と青木の間でひと揉めあった。

「既成事実だけどんどん作って、経営会議の正式許可のないまま発売する気じゃないんだろうな。ルール違反は困る」

「経営会議に出す計画案の作成を急ぎます」

「だいたい、経営会議対策がなってないな。反対意見が出ると分かっていて、なんの根回しもしてないのだから話にならんよ。論外だ」

池田にぴしっと言われて、青木は気色ばんだ。

「経営会議事項の事前根回しをしてはならんというのが社長の指示じゃなかったですか」

池田は柔和な表情を引き締めた。

「ことと次第によるだろう。社長だって、あんなに強く反対されたら、ヤレとは言えないと思う。経営会議に計画案を出す前に根回しを完了してくれ」

「分かった」

青木は大田原に相談した。

「経営企画部長に根回し不足だって叱られちゃいましたよ」

青木の話を聞いて、大田原は「率直に話すに限るな。俺も一緒に行くよ」と笑顔で応じた。

大田原と青木に説得された技術系役員は『分かった分かった。きみたちがそんなにやりたいのなら、俺は降りる。反対しないから、遠慮なくやってくれ』と理解を示した。

青木はすぐさま樋口に面会を求めた。

「経営会議を早急に開催してください。反対論はないと確信しました。〝コク・キレ〟だけでキリンに対抗することは難しいと思います。FXも市場に出して消費者の反応を見るべきではないでしょうか。共食いによる損失を最小限に抑えるためにアサヒにとって最も劣勢市場である東京、千葉、埼玉、神奈川の一都三県でのテスト販売をやらせてください。年間ベースで百万函です」

「ん？　百万函だと？　しかたない。やりたいようにやったらよろしい」

樋口は機嫌がよかった。一発でOKをもらえるとは信じられない、と青木は思った。

だが、十一月上旬の経営会議で、樋口は目も当てられないほど不機嫌だった。

「大田原と青木はちょっとした思いつきで、ここまで持ってきたことは大したもんだ。おまえたちの根性と力量は評価してやろう。しかし、この際はっきり言っておくが、この商品は絶対に失敗するぞ。これほどわれわれが反対しているのに、おまえたちはどうしてもやりたいと言ってきかない。本当にどうしようもない奴らだ。そんなにやりたいなら好きなようにやったらいいだろう」

経営会議終了後、池田が青木に小さく肩をぶつけて、にやっと笑った。

「一切の発言を封じてしまったんだから、凄い人だよな。『失敗するぞ』は成功を祈ると同義語と取ったらよろしい」

「それにしても凄い剣幕でした。身ぶるいしました」

「社長の見得の切り方が上手だってことだろう」

〝アサヒスーパードライ〟の発売を昭和六十二年三月十七日と決め、一週間前の三月十日に全国紙で赤と黒の二色刷りの全面広告を打った。上部四分の三のど真ん中にスーパードライのラベルを配置。

キャッチコピーは、『アサヒビールの新しい主張です』『苦みの強いビールから軽快で、すっきりしたビールへ』『わが国初の辛口・生ビール。ここに誕生』。

ボディコピーの要旨は「味が時代をつくり時代が味をつくる。ビールの嗜好も軽快ですっきりしたドライ化へ向かっています。アサヒ生ビールのドライな味が大好評をいただいている事実からも、その新しい時代の流れをはっきりとうかがうことができます。そんな味の好みの変化、時代のドライ化にアサヒビールはこう応えました」である。

テレビコマーシャルで、ジャーナリストの落合信彦を起用したのも受けた。取材活動やインタビューのあとで、ホッと一息ついてスーパードライを美味しそうに飲むシーンがこれでもかこれでもかと画面に流れる。ナレーションは『自分の意見を持っている新しいビール。飲むほどにドライ、辛口の生。アサヒスーパードライ』だ。

こうなると一都三県の限定販売ではとどまらないことが想定された。三月二十三日の経営会議で、″アサヒスーパードライ″の全国発売と大増産が決議された。第二次発売四月九日、第三次発売同二十二日、第四次発売五月十三日と日にちも決められた。

3

ビール酒造組合の公正競争規約委員会で、スーパードライのネーミングに問題ありとクレームがつけられたのは四月上旬である。しかも反対論は強硬で、監督官庁に裁定を仰がざるを得なくなった。

樋口は元大蔵官僚で専務の竹山勇治を社長執務室に呼んで知恵をつけた。

「きみの出番だな。当局にスーパードライ名の撤回を命じられたら一巻の終わりだ。撤回しろと絶対に言わせてはならん。MOF（大蔵省）に支援してもらう一手だろう。当社の有利になる裁定を引き出してきてもらいたい」

「社長に霞ヶ関方面はおまえに任せると言われたことを思い出しました。おっしゃる通りわたしの出番です。人事を尽くします」

竹山は胸に手をあてて、樋口を喜ばせた。

「さすが竹山君だ。大船に乗ったつもりで朗報を待っている」

竹山は素早く行動した。当局から「この程度の問題でビール四社がいがみ合うのはいかがなものか」との判断を引き出すのに一ヵ月とはかからなかった。

「スーパードライのネーミングは問題だとする強硬論も当局にありましたが、撤回しろと言われたら税金が払えなくなる。スーパードライで税金を一杯払わさせてもらいます、で押し切りました」

「ありがとう。よくやった。黙っていたら危なかったな。竹山君が動いたことは経営会議で話したほうがいいと思うか」

「思いません。とりあえず社長とわたしの二人限りのほうがよろしいのではないでしょうか」

「分かった。そのほうが無難だな。遠からず外から聞こえてくるような気がしないでもないが」

「それはないと思います」

竹山がにやっと笑うと、樋口も微笑で返した。

樋口の決断はスピード感が横溢《おういつ》していた。

「スーパードライの広告をどんどん打て。前年比二〇〇パーセント、倍になっても構わん」

コマーシャルフィルムは年間五本。事実、広告費はトータルで二倍の額になった。品薄、品切れの対応が営業部門に求められ、中元シーズンに詫び状まがいの新聞広告を、全国の主要紙に掲載する羽目になった。

コクがあるのにキレがある、新しいうまさのアサヒビールは、ますますご好評をいただいております。

おいしいビールを飲む喜びを、ひとりでも多くの方にお届けすることは、私どもの願いとするところでございます。

今後とも変わらぬ努力を重ねてまいりますが、一部の商品につきまして品薄となり、大変ご迷惑をおかけし誠に申しわけなく存じております。

ただ今、全社を挙げて皆様のご要望に、お応えできるよう尽力致しておりますので、これからも一層のご愛飲をよろしくお願いもうしあげます。

社長　樋口廣太郎

この時期、樋口は社員に「スーパードライを飲むな」と厳命している。また樋口が先頭に立って、問屋に頭を下げて回ったりもした。

九月上旬の某日夕刻、ソニー会長の盛田昭夫がアサヒビール本社に樋口を訪ねて来た。電話のアポイントメントもなく、たまたま樋口が在席していたから二人は対面できた。

「ご不在なら出直すだけのことです。お忙しい樋口さんにお手間を取らせては申し訳ありませんから」

「とんでもない。呼びつけてくだされば、わたくしのほうから伺いましたのに」

樋口は銀行時代から盛田とは親しい仲である。

「ウォークマンが流行した頃、最近、耳鼻科がはやりだし、交通事故も増えているなどという話がどこからともなく聞こえてきました」

「事実はどうなんですか」

「わたしが調べたところでは、そんな事実はありませんでした。いやがらせ中傷の類《たぐ》いです。しかも、他社も追いかけてきました。あなたも、そういうことがあるかもしれませんよ」

「おっしゃるとおりです。同業他社もドライを発売しようと躍起になっていると聞き及んでおります」

「当然、準備していると思います。その時はもっと良い製品をつくればいいのです」

「はい。当社の技術開発部門も製造部門も上昇志向は相当なものです。ドライについては常にトップであり続けたいと願っております」

「その意気その意気。一番大切なのはトップの姿勢ですよ」

盛田は三十分ほど話して帰った。

昭和六十二年、アサヒビールの新商品売り上げ函数はスーパードライ一三五〇万函、100パーセントモルト百十七万函、クアーズ四十九万函の合計千五百十六万函であった。年間総売り上げは前年の三千九百三十万函から五千三百万函に増加した。前年比一三五パーセントである。ビール四社の平均伸び率は一〇七パーセントなので、アサヒの伸び率は五倍を記録したことになる。なお、シェアは一〇・一パーセントから一二・七パーセントに上昇した。結果的に、心配された既存商品との共食いはほとんどなかったことになる。

4

昭和六十三（一九八八）年一月六日の経営会議で、樋口はゲキを飛ばした。

「本年のビール戦争の帰趨《きすう》は各社とのドライビールの戦いによって決する。アサヒが勝てば一挙に流れが変わり、アサヒのシェアは大幅に向上するでしょう。万一、負ければアサヒはシェアを下落させ、再起不能の恐れなしとしません。なるが故に何が何でも勝たなければならないのです。このため一つは上半期に決着をつけるつもりで、年間拡販費を前倒しして、全ての企業活動に取り組むこととしたい。二つはキリン、サッポロの二社が特約店に配布したパンフレットを見ると……」

樋口は机上のパンフレットに目を落として続けた。

「二社のドライビールのラベル、デザイン、広告などの表現があまりにスーパードライに酷似していることです。これでは消費者の誤認を招く恐れがあり、このことは不正競争行為に当たります。これを放置すれば必ずスーパードライに悪影響を及ぼすでしょう。直ちに競合他社に抗議して、変えてもらわなければなりません。社長名で抗議書を送付します」

日本経済新聞が一月十三日付朝刊で〝ビール名に「ドライ」だめ〟〝アサヒ主張、怒る業界〟の見出しで次のように報じた。

「ドライ」という言葉をめぐり、ビール業界がにわかに泡立ってきた。辛口ビール「スーパードライ」をヒットさせたアサヒビールに続けと、ビール各社は今春一斉に「ドライ」と名付けた新製品を発売する予定だったが、アサヒが「ドライ」とか「辛口」という言葉を使っては困ると言い始めたためだ。アサヒは「ドライ」（キリンビール）、「エキストラ」（サッポロビール）という名前を決めていた両社に社長名で文書を送り「必要ならば法的手段に訴えることもある」と強硬。

これを受けた両社はキリンが十一日大阪、十四日東京で予定通り特約店会を開き、新製品を披露するなどたたかう姿勢。「ドライ」は一般名詞で商標として成立しないとの判断だ。一方のサッポロは十二日東京で予定していた特約店会を急きょ延期、対策を練り直している。サントリーは二月二日、東京で特約店会を開き、「ドライ」と付けた新製品を発表するとみられていたが、この事態に模様眺めの構え。

他社のヒット商品を追うのは酒類業界の常。それに目くじら立てるアサヒを「大人気ない」とする声が多いが、アサヒとしては「巨額の販促費を使って育てた市場を荒らされては困る」との思いだ。ただ、業界内には「味で勝負と言ったのはどこの会社だったのか」と皮肉る声も出ており、今年のビール戦争は序盤から波乱模様となってきた。

〝「ドライ戦争」本格化〟〝サントリーも下旬発売〟（二月三日付朝日）、〝「ドライ戦争」激化〟〝ついに四社が競合〟〝キリン、サッポロも「辛口」ビール発売〟（二月二十九日付読売）など各紙が報じ、まさに「ドライ戦争」勃発の様相を呈してきた。

朝日にいたっては、二月二十九日朝刊総合欄のコラム〝時時刻刻〟でも大きくとりあげた。

見出しだけでも〝「アサヒのヒットに続け」〟〝「ドライ戦争」火ぶた〟〝辛口ビール3社次々〟〝発売日にも駆け引き〟〝ラベルでもさや当て〟〝「想像力貧困」と批判の声〟の六本とは迫力十分だ。

一般紙に限らず、週刊誌、テレビなども一斉に報じるに及んで、「ドライ戦争」として、急激に世間一般の間に広まっていった。

三月下旬の経営会議で、樋口は早々に「ドライ戦争はスーパードライの圧勝で収束しました」と勝利宣言した。

「皆さん、ご存じの通りキリンは一月末にネックラベルに文言変更し、サッポロもラベルデザインの変更に応じました。つまり、当社の主張を認め、他社は屈服したのです。ドライ戦争が社会現象化し、スーパードライの市場が急激に拡大したという点に大きな意味があったと思います。遠からず他社はドライから撤退するのではないかと予想、予感されてなりません。スーパードライの旨さ、美味しさが他商品を圧倒しているからです」

経営会議終了後、常務の池田は自席に戻るなり、部下を集めて樋口のスピーチを詳細に説明した。いつもはクールな池田が興奮気味なのに、部下たちも胸が高鳴った。

「わたしは、スーパードライ戦争でトップが先頭に立ってアサヒビールの正当性を主張したことが、社内に大いなるインパクトを与え、士気を高めたのだと思います。さらに言えば、キリンなどがアサヒの商品コンセプトに追随したというインパクトです。これによって全社員に大きな自信と誇りがもたらされました。また、社外に対してはアサヒビールの存在感を認識させたと思います。強いリーダーに恵まれたわれわれアサヒビールマンは幸せだとつくづく実感させられました」

誰ともなしに拍手した。部会では珍しい光景である。

スーパードライの爆発的なヒットにより一～三月で前年比七〇パーセント以上の売上増となり、品不足状態が深刻化した。

このためアサヒは四月に前年からライセンス生産を開始していたアメリカのクアーズを六～八月の間空輸に切り替えると発表し、併せて社員に対するスーパードライの禁酒令、系列ビアホールでの販売中止を決めざるを得なくなった。
五月十五日には全国各紙に〝お詫び〟広告を出した。

アサヒスーパードライに
絶大なるご愛顧を賜り、
誠にありがとうございます。
ただいま、全社一丸となって
フル生産をいたしておりますが
一部商品が品切れとなり
消費者の皆さまをはじめ
卸売店、小売店、料飲店と皆さま方に
大変ご迷惑をおかけし、
誠に申し訳ございません。
心よりお詫び申し上げます。
更に生産量増大にむけて
最大限の努力を傾注いたしますので、
何卒《なにとぞ》事情ご理解賜り

今しばらくお待ちくださいますよう
お願い申し上げます。
アサヒビール株式会社
社長　樋口廣太郎

自宅で新聞を広げ悦に入っている樋口に公子が語りかけた。

「ご機嫌ですね」

「見てごらん。効果抜群だろう。真実だしな」

樋口は笑顔で公子を見上げた。

5

昭和六十二（一九八七）年初秋の某夜九時過ぎのことだ。

「会社のことはめったに話さないが、入浴中に思い出したんだ。良い話だから聞かせてやろうか」

「お願いします」

公子は樋口の目を優しく見返した。

樋口はテーブルで向かい合い、好物のチャーハンをたいらげウーロン茶を飲んでいた。

二人共、くつろいでいた。樋口が背筋を伸ばしたので、公子も姿勢を正した。

「あのなあ。九州一帯の問屋さんを回ったことがあったろう。片田舎の問屋さんが総出で僕を迎えてくれたんだ」

「大きな問屋さんなのですか」

「いや違う。総勢十二、三人の小さな問屋さんだった。黙って聞いててくれんか」

公子は笑顔でこっくりした。

「若い社員だった。二十八歳と言ってたなぁ。だからこそ……」

樋口は社長以下全員と名刺を交わし、握手もした。

七番目の社員のネクタイと紺のスーツに目が止まった。

「おっ！　新品《しんぴん》ですね」

「はい。きょう樋口社長さまにお目にかかれるとお聞きし、新調いたしました」

懸命にふるえ声を押し出している青年に、樋口は胸にぐっときた。

「ありがとう。ありがとう。嬉しいことを言ってくれますねぇ。わたくしが佐藤章一さんのお顔を忘れることはあり得ませんよ。はるばる九州へやってきた甲斐があったというものです」

樋口は佐藤に身を寄せて、左肩に右手を乗せた。

佐藤は二歩後退して、最敬礼した。

「ありがとうございます。樋口社長さまにお声を掛けていただき、握手までしてくださったこと、生涯忘れません。ありがとうございました」

声も脚もわなわなしていた。

「佐藤章一さんに元気を貰い、勇気づけられたのは、わたくし樋口廣太郎のほうです。アサヒはこれからも旨いビールをどんどん製造するように頑張りますから、皆さんも張り切って一本でも多く、一缶でも多く販売するよう精を出してください」

樋口は一同を見回してから、深々と頭を下げた。

佐藤は感涙にむせび、身内をふるわせていた。もらい泣きまで始まった。

樋口の話を聞き終えた公子が、目尻の涙を拭《ぬぐ》った。

「素晴らしいお話ですねぇ。わたくし一人で聞くのは勿体ないと思いました」

「心配するな。とっくに会社で話している。営業の上のほうに四人、いや五人に話した。誇張して話した覚えはないぞ」

「はい」

「まったく修飾せんかった。ううーん。しかしなぁ、僕のことだから、彼らに伝える時、ちっとは……」

「いいえ。パパはお見事です。あなたの優しさを一番よーく知っているのはわたくしです。自然体で出来る人です」

「ママに褒められても、悪い気はせんよ。実を言うとなぁ……」

樋口にしては珍しく言い淀んだ。

「どうぞ先を続けてください」

「ううーん」

樋口が手で眼鏡を持ち上げたのは、迷っているか、反発か。あるいは気が変わったせいかもしれない。

「あのなぁ。件《くだん》の問屋の親父さんに『金一封ものですねぇ』って、こっそり耳打ちしたんだ。親父さんも感激してくれてなぁ。『はい。もちろんです』と言っていた」

「麗《うるわ》しいエピソードですねぇ」

「ウチの担当役員によれば、後日、宴会までして盛り上がったそうだ」

「パパが二千五百枚も名刺を配った中のおひとりですか」

「そういうことだな。僕に会うためにスーツを新調してくれた人は、佐藤章一君だけだ」

「さあ、どうなのでしょうか。パパが気づかなかったこともあり得ると思いますが……」

こいつ言うなぁ、と樋口は思った。聖心女子大を優秀な成績で卒業し、たった半年とはいえ、大学の秘書室に勤務しただけのことはある。ちょっと違うな。俺が一目惚れし、夢中になった唯一の女性だ。惚れた弱みで電話をかけまくった。デートの最中に「わたくしは完璧な標準語を話します」とのたまわった時、「おっしゃるとおりですが、お電話で『もしもし』から訛っていらっしゃいます」と、言い返してきた。

「それはあるかもなぁ。スーツ姿が不慣れな感じで目立ったのかも知れんな」

「スーツを新調した青年の挿話《そうわ》は、広く広く伝わるような気がします」

「まあなぁ。営業の管理職、平社員も聞いて、モチベーションが上がると良いなぁ」

「人口に膾炙《かいしゃ》する、はいくらなんでもオーバーだと思いますが、パパは営業部門のトップでもあるのですね」

「僕は広告塔もやっている。テレビカメラの前で、横から顔を出すぐらいのことは平気だからな」

樋口は覗くように体を斜交《はすか》いにして、公子を微笑ませた。

「コーヒーにしますか」

「おう。お願いする」

コーヒーを飲みながら、公子が話題を変えた。

「スーパードライが飛ぶように売れているのはどうしてなのでしょうか」

「旨いからだろう。美味しいから爆発的に売れてるんだ」

公子は小首を傾げた。

「ママ、なにが言いたいんだ？」

「もちろん、否定しません。それだけではないと思います」

「はっきり言いたまえ。マーケティングのパワーは分かってるぞ」

「はい。それは分かりますが、女性のニーズに応えたことが大きいのではありませんか。苦いビールが辛いビールに変化しました。ですから、女性たちが美味しくいただいているのです。娘たちも、きっとそうなんじゃないかしら」

「ふうーん。まあなぁ」

樋口は思案顔になった。

「言われてみれば、その通りだな。ウチの女性社員も皆、旨そうに飲んでいる。そんなことは疾《と》うの昔から分かっていたが、僕としたことが口に出すのを忘れてたな」

「…………」

「広告で使えるか研究してもいいが……。いや無理だな。男性優位社会は当分続くだろう。ただ、ママが言ったことは覚えておこう」

「くれぐれもよろしくお願いします」

「ふ、ふーん」

機嫌を損ねたかもしれない上目遣いに、公子はたじろがなかった。

「心に銘記してください。ついでにお尋ねしますが、製造のほうはどうなのですか」

「いっぱい、いっぱい。平均稼働率一三〇パーセントだろう。大森のおんぼろ工場が目一杯やっとる。なにかやらかしたら大変だ。いや心配したらきりがない。現場の緊張感は凄いことになっとる。考えてやらんとなぁ」

「新しい工場は……」

「建設するに決まってる。スーパードライが大当たりしたお陰で、製造部門の技術屋連中も大変なんだ。いっとう気を揉んでるのは僕だが。設計でも僕に敵う奴は一人もおらん」

「ベーシックな、ですか」

「基礎も細部も全部そうだ。束になってかかってきても負けん。日本一、東洋一、いや世界一のビール工場を作ってみせる」

「パパ。アサヒビール・グループのトップであることもお忘れなきようお願いします」

公子は小声で言い返しながら、テーブルの後片づけを始めた。

大企業のトップといえども、女房に向かって気宇広大《きうこうだい》な話をする人はいない。ましてや樋口は、アサヒの顧問時代にグループを掌握したのだ。いわばサラリーマンでありながら、大企業でトップダウン型の経営者が誕生したと言える。

初めに樋口廣太郎ありきである。スーパードライ・ゴーの経営決断は樋口なくして考えにくい。

6

アサヒビールはスーパードライの発売直後から主力の吹田工場（工場用地約五万坪）の増設工事に着手していた。

工場敷地内で子会社の新日本硝子が容器（ビール瓶）の製造などを行っていたが、容器工場を姫路工場（同約四万坪）に移設した。社名が新日本硝子からアサヒビールパックスに変更したのは平成元（一九八九）年九月だ。

近い将来、吹田工場は西日本のビール需要に対応することになり、東日本をカバーする新工場が必要不可欠だった。

新工場用地の物色はスーパードライのヒット直後から進められていた。

用地探しは静岡県、群馬県まで及んだが、最終的に茨城県守谷《もりや》町（現・守谷市）と埼玉県嵐山《らんざん》町の二地域に絞られた。

最大の必須条件は良質な水の確保である。

「〝坂東太郎《ばんどうたろう》〟に決まってる」

樋口の一声《ひとこえ》で守谷町に決定した。しかも利根川、鬼怒川、小貝川の三河川に囲まれ、水量、水質ともに折り紙つきだ。

樋口自身、守谷町に何度も足を運んだ。地元自治体の工場誘致に寄せる熱意も樋口の胸に響いた。

見渡す限り田畑、雑木林だが、約十四・五万坪の土地が入手できるという。

樋口は理系課長の杉山朝陽《あさひ》に、ひそかに目を付けていた。杉山は四十七歳で大田原恒平（理事・生産プロジェクト部長）グループに所属していた。昭和三十八（一九六三）年入社組の一選抜だ。

「おい、朝陽。ちょっと来い」

時には「おい、ちょうよう」と、からかったりもしていた。

樋口は、大田原、杉山の両人と守谷町に向かう常磐線電車の中で話し込んだことがあった。四人掛けのボックス席で、一対二で向かい合った。

「俺はこれでも暴走、独走は控えているつもりだ。おまえたちは、生意気だが、結構ものを言うからな」

「とんでもないことです」

大田原は首をすぼめ、低頭した。

「おまえはスーパードライ一番の功労者だ。ドイツ語のフレーズを覚えてるぞ。おまえ、もう一度言うてみろ」

「申し訳ありません。忘れました。汗顔《かんがん》の至りです」

忘れる筈がない。往時は若気の至りと思うしかない。

樋口のほうがドイツ語で話した。

大田原は顔面蒼白である。杉山は身内を硬くしながら、何度生唾を飲んだか分からない。

樋口が大田原の胸にピストル状の右手を突き出した。

「おまえがドイツで学んだことを忘れる訳がない。どうや今、冷水三斗《れいすいさんと》の思いなんだろうな」

大田原は黙って低頭し続けた。

杉山は入社年次で六年先輩の大田原が、かくもかしこまっている理由が薄々分かり、なにやらほっとした。なんせ大田原は社長表彰まで受けているのだ。

「おい朝陽、おまえ歳はなんぼ？」

「四十七歳です。大田原先輩に負けないように頑張ります」

声がうわずるのはやむを得ない。だが、杉山は樋口の目をまっすぐ見ていた。

「ううーん。大田原を目標にするのはええことだ」

大田原の右肘が杉山に触れたのを樋口は見逃さず、黒地に赤い柄の派手なネクタイをゆるめながら言った。

「おまえ、態度がでかいぞ」

「社長、勘弁してください。『ビールの前にワインを飲むな』で、まだ心臓がドキドキしてます。社長に『おまえクビだ！』って二度も言われています。始末書も書かされました。社長の声はハスキーでよく通りますから、初めての時はほんとうに泣きそうになりました」

「おまえ……。そうや。二度言うたんやった。場面も忘れとらんぞ」

樋口はちょっぴりバツが悪そうに引っ張った声で返して、「勲章みたいなものや」

と、ひとりごちた。

「朝陽、おまえはまだなかったたな」

「はい。覚悟しております」

「池田からなにか聞いとるんか」

「いいえ」

「そうか。青木からはどうだ」

「いいえ」

「そうか。あいつは所かまわずぺらぺらしゃべるほうだが。立場をわきまえることが大切やで。技術屋には、そういうのはおらんなぁ。〝ちょうよう〟は珍しくおしゃべりの素質があるやに見受けられる」

「おっしゃる通りです。こいつは理系にしては口達者で、おしゃべりも極まれりです」

こんどは杉山の左肘が大田原に触れた。

杉山は大田原に上体をぴったり寄せて、ささやいた。

「部長、いくらなんでも酷いですよ」

樋口がじれったそうに甲高い声を発した。

「おまえたち！　俺の前でこそこそやるな」

「失礼いたしました。申し訳ありません」

杉山は蒼くなり、脚ががくがくした。

大田原は杉山を庇《かば》った。

「極まれりは言い過ぎですので、撤回します。杉山はただのおしゃべりとは違い、立場をわきまえています」

樋口はむすっとした顔を窓外に向けたが、田畑と雑木林ばかりなので十秒とはもたなかった。

「おまえたち、技術系、理系でつるむのは良くないでぇ。皮肉、あてこすりを言われてると思うことやな。営業部門、製造部門、管理部門、本社と工場いろいろあるが、一体感をもつように自助努力しろ。大田原が朝陽をフォローしたのは褒めてやっていいだろう。おまえたちは仕事が出来るほうだ。それは認めてやる。俺がここにおるんだから、言わずもがなだったな。『背広新調』の話は聞いとるんか」

「いいえ。聞いておりません」

杉山のほうが早かった。大田原は小首を傾げた。

「自慢ったらしくなるので、あっちこっちで話してないが、福岡の田舎町での体験を聞かせてやる……」

佐藤章一のスーツ新調の話をしながら樋口は胸がじんとなっていた。

大田原は涙ぐみ、杉山も目頭を押さえていた。

翌週の経営会議で樋口が緊張した面持ちで切り出した。

「新工場については土地探しを含めてカネに糸目を付けるな。世界一のビール工場の建設を目指そう。大雑把に言って、七、八百億円っていうところでしょうか。それもこれもスーパードライの恩恵、恩寵《おんちょう》の賜物です」

樋口は経営会議の一同を見回して続けた。

「ご存じと思いますが、恩寵とは神や君主の愛や恵みという意味です。要するにスーパードライさまさまと言いたいわけです。建設資金はふんだんにありますので社長のわたくしにお任せください」

世はバブル経済絶頂期だ。スーパードライのお陰で資金はうなるほど潤沢だが、それにしても七、八百億円は呆れてものが言えないと、役員会議室に集まった全員が思った。

『社長、気は確かですか』

訊けるものなら訊きたいくらいだ。

シーンとなった。水を打ったような静かさは十秒とは続かなかった。

「七、八百億円にびっくりしているのは、わたくし自身も含めてと申し上げておきます。ただし、皆々さま、世界一ですよ。びっくりはいま直ちに撤回します。そのぐらいは覚悟すべきだと言っているのです」

きっとなった樋口の表情が明るくなった。

「やっと新工場用地が決まり、一歩前進したばっかりじゃないですか。今から心配し、日暮れて道遠しなんていう顔してたら前へ進めないでしょう。百歩前進、一歩後退。そんなところです。七、八百億はオフレコだ」

樋口の笑顔で、救われたかの如《ごと》く、みんなは頬をゆるめた。

ところが一人だけ挙手をしながら、議長席へ一歩近づいた男がいた。なんと杉山だった。

「なんだ、杉山。おまえに発言権はない。だが、文句があるんなら言ってみろ」

「いいえ。そうではありません。そこまで膨大な金額にはならないと思います。失礼いたしました」

杉山は説明要員で、役員会議室にいたが、矢も盾も堪らず発言してしまったのだ。

役員会議室から全員が退室した後で、樋口は杉山を社長執務室に呼びつけた。

「〝ちょうよう〟、おまえ、俺を舐《な》めとるんか！　ふざけるな！　汚い顔を二度と出すな！　辞表持ってこい。世界一の工場だぞ」

杉山は直立不動である。身内が硬直して動けなかった。〝樋口爆弾〟が炸裂したのだ。しかし、まさか自分に向かって飛んでくるとは夢にも思わなかった。

「出て行け！」

「は、はい」

杉山はお辞儀をするのがやっとだった。

自席で一時間ほど放心状態の杉山は、電話が鳴ったのに気づかなかった。

女性事務員が受話器を取った。

「課長、池田常務からです」

杉山はやっと我に返った。

「杉山です」

声がかすれていた。

「落ち込んでるんだろうな」

「自殺したい心境です」

「今夜あいてるのか」

「はい」

「京橋の〝ざくろ〟で六時半に待ってる。スーパードライを飲んで、〝しゃぶしゃぶ〟でも食べれば元気が出るだろう」

「は、はい」

〝ざくろ〟でスーパードライをグーッとやってから、池田はにやにやしながら切り出した。

「きみに電話をかけた十分前に、社長から電話があってねぇ。『今夜、朝陽の肩揉んどけ』って命じられたんだ。社長命令とあっては、先約を断らなければならん」

杉山は起立して、「失礼しました」と大声を出した。

池田の「席に戻るな」の体験談は薄々知っていたが、当人から聞くのとでは大違いだ。

池田の目が潤んでいたが、杉山も涙を誘われた。

「社長の『辞表出せ』『クビ』は、褒め言葉とも違うが、叱咤激励と考えたらいいと思う。わたし以上に辛い思いをした人はいないんじゃないかな」

実感が籠もっていた。

「杉山君は社長の目に止まったんだろう。もともとそうなんだろうとは思うけど」

杉山がどれだけ救われた思いになり、頑張ろうとの高揚感にとらわれたか計り知れない。

7

昭和六十三（一九八八）年四月の人事異動で、杉山朝陽は新工場設計室長に就任した。

樋口が設計段階で担当役員、担当部長の如く振る舞うとは、想像だにできなかった。誰にも止められっこない。

「こんなに余計いっぱいお働きになりまして、お体は大丈夫なのでしょうか」

杉山は一度だけだが、こわごわ訊いた。

「若いうちに、いっぱい病気しとるからな。見かけによらず頑健だから心配せんでよろしい」

「はい。お元気そうに見えます。しかしながら……」

「朝陽、よく聞いておけ。俺は銀行員時代に一番働いた。住友銀行一やろう。全銀行員の中でもトップかも知れんなぁ」

「よーく分かります」

「ウチの嫁さんもよう働くし、かしこい。一番の自慢なんや。自慢の嫁だが、俺に向かって結構言いよるしな。違うか。一番の自慢は亡くなった両親やな。いや、違う。やっぱり嫁や」

「はい」

この世に、樋口廣太郎に対抗できる人が存在するとは到底思えなかった。

「嫁さんも大病してるしな。三度目の手術のときは一巻の終わりと心配した。病院の個室の壁に僕の大きな笑顔の写真を貼っておったからな。娘たちが恥ずかしがってなぁ。俺も気恥ずかしかった。剝《は》がす訳にもいかんしな」

「お気持ちは痛いほどよく分かります」

杉山は目頭が熱くなった。室長風情に、ここまで胸襟《きょうきん》を開いてくれる大社長が存在するとは摩訶不思議に思えてならない。

仕事に戻ると、せっかくの仏が鬼に見えてくるから、これまた不思議だ。

「おい。世界一だぞ。このバカヤロー忘れたのか」

「イの一番は工場らしくないこと。アメニティ工場だ。タンクヤードはここらあたりか。展望台は筑波山が眺望できなあかん」

「この方向に〝坂東太郎〟が望める筈や」

「テクノロジーはこれにしろ」

「入り口は公園のように。緑地をもっと広げんか」

杉山は「世界一」を百回以上聞いた。チーム全員が歯を食いしばって頑張った。大社長が現場に立って、かくも仕事をしているのだ。へこたれてたまるか、とチームが一体、一丸となった。

樋口廣太郎の夢を見て、うなされたのは一人や二人とは思えない。

「お化けみたいに、こんな凄い人おるんだろうか」

「〝お化けのQ太郎〟しか目に浮かばないな」

杉山は部下のやりとりを耳にして、「おまえたち、大社長とお化けを一緒にしてどうするんだ!」と叱ったが、内心はうなずいていた。

皆がしゅんとなった時、杉山は笑顔になった。

「俺は池田常務の体験談を聞いた時、泣けてきたよ。『席に戻るな』って、怒鳴られたんだぞ。『おまえはクビだ』と同義語だってさあ。だが、事実はその直後の社長のフォロー、心優しさのほうが超凄いんだ」

ドライ戦争最中の昭和六十三年七月、アサヒビールは「三年間で三千億円の巨額設備投資」を発表していた。

〝コク・キレ〟による上昇気流下で、樋口は〝百歩前進〟を志向していたのだ。

8

樋口廣太郎は茨城工場の建設中に、一人だけで三回も現場へ足を運んだ。最初は平成元（一九八九）年晩夏の頃で、不機嫌だった。

「〝ちょうよう〟、こんなでっかい長靴履かせるんか。俺の足ちっちゃいんやで」

「申し訳ありません。すべて二十六センチです」

「銀行の秘書役は隅々まできっちり調べておくんや。頭取の足のサイズはなんぼやとか。きょうはパフォーマンスでおまえをどなりつけるぞ。心しとけ！」

樋口は一気にヒートアップした。頭に手を遣ってから、まくしたてた。イントネーションは関西訛りだが、家族向けなどの〝標準語〟だった。

「ここの悪さは問題だぞ！　こんなぶかぶかな長靴を社長に履かせるつもりか。俺が来るとわかっていて、なんということだ。文句があるんなら言ってみたまえ」

頭に遣っていた右手が杉山朝陽《あさひ》の胸板めがけて下りてきた。

「もう一度言う。文句があるなら言い返しなさい。何日の何時何分に誰から電話連絡があったか。長靴は全部二十六センチなんだな。辞表を出したまえ！」

杉山は京都弁で怒鳴られた覚えはある。演技・演出とは分かっていても〝標準語〟だけに薄気味悪く、身震いが止まらなかった。それどころではない。名刺肩書きの『茨城工場建設事務所長』の立場はどうなるのか。少しは考えてくださいと神に祈りたいくらいだ。数人の部下が遠巻きながら、耳をそばだてていた。

「辞表を今日中に人事部長に提出したいと存じます」

「生意気言うな！　バカヤロウ！」

樋口は一発かましてから、ライトバンへ向かった。

杉山は樋口を追いかけ、すぐ並んだ。

運転手は総務部の村上治で、後部ドアを開けて待機していた。

杉山が助手席に収まるのが遅れるのは仕方がない。

「失礼いたします」

「ふぅーん。とにかく、ランドマークの方向へ急げ」

「分かりました。移動します」

村上はひたすら沈黙あるのみだ。

三人が降車したのは一分後だった。

「ぬかるみの中をこのぶかぶか靴で、歩きにくいことこの上もないな」

「申し訳ありません。次回は必ずご用意いたします」

「辞表出すとか言うてなかったか」

「失礼いたしました。必ずそうさせていただきます」

「二度と来んから安心しろ。愚図愚図するな。すぐ案内せい。時間はたっぷりある。ゆっくり歩けや」

たっぷりあるはあんまりだ。社長の滞在時間は三十分と聞いていた。

「承りました」

俗にゴム長と称する長靴をまとめ買いするにはサイズを統一する以外にない。杉山の立場に立てば、現場はコスト削減を図ったことが理解できる。建設現場とはそうしたものだ。杉山は、しみったれとも、みみっちいとも思わなかった。現場には現場の意地もある。

樋口はさに非《あら》ずで、気が利かないにもほどがあるだった。

樋口の背広の上着を作業員と同様の作業着に着替える時も、杉山の手はふるえていた。派手なネクタイはいつもながらだが、今の杉山に気づく筈がなかった。作業着は大中小の三種類あるので、ひと安心した。

建設事務所には、技術屋だけではなく、文系の事務屋もいるが、樋口専用の長靴を準備することに、誰一人思いをいたさなかった。

杉山が〝樋口用〟を提案したとしたら、『三十分程の視察にわざわざ準備する必要はありませんよ』、『ゴマスリです』、『忖度もたいがいにしてください』などと若僧社員から揶揄されるのが落ちだ。

工場用地十四・五万坪の巨大なビール工場の建設中に、樋口に乗り込まれるのは迷惑千万だ。そう思う反面、樋口が叱咤激励に視察に来てくれるのはさすがだと、杉山は懸命に我が胸に言い聞かせたが、強弱はあれど胸のざわつきは連続していた。

「おーい！　朝陽ー。タンクヤードはこの辺りか」

「おっしゃるとおりです」

杉山はどれほどホッとしたことか。厭味たっぷりなもの言いだが、〝ちょうよう〟から〝あさひ〟になっただけでも、樋口はクールダウンしてくれたのだ。

再び三〇メートルほど移動した。

「降りるぞ」

「はい」

杉山がさっと降りて、後部ドアを開けた。杉山はヘルメット二つと魔法瓶も抱えていた。

樋口は作業服に長靴姿で無事に下車した。とはいえ、気を緩めてはならない。杉山は穏やかで優しい表情だが、ずっと引き締めっぱなしなので、一度だけ洗うように顔をごしごしこすった。

「朝陽、まだくよくよしとるんか。パフォーマンスと言うたやろう。もっとも途中で本気になったかも知れん。堪忍してや。池田周一郎を呼びつけて肩を揉ませる訳にもいかんしな」

「恐れ入ります。わたしは池田常務ほど気が利きません」

「きょうのところはバカヤロウはこれが最後だ。頭を下げろ。早く下げろよ。もっとこっちへバカ頭を寄せろ」

「は、はい」

杉山は拳骨でコツンとやられたが、痛くなかった。

「朝陽はさすがだ。新工場のイメージが分かっとる」

樋口は魔法瓶の冷たい麦茶を旨そうに飲みながら、話を続けた。

「ビール工場には違いないが、環境に優しい公園の中の美術館のようなアメニティ的なビール工場にすることやぞ。おまえの耳にはタコが出来とるやろ」

杉山は大きく頷いた。

樋口は背後を振り返った。ロボットみたいに身を固くしている村上は、一層直立不動の姿勢をぎこちなく強めた。

「向こうの雑木林の近くまで行ってくれ」

村上は樋口に最敬礼して、ライトバンを移動させたが、ロボット状態は変わらなかった。極度の緊張感で、ハンドルさばきもいつもと違う。村上の異様な気分が杉山には涙がこぼれそうになるほどよく分かった。そのお陰で杉山は気持ちが落ち着いてくるのを覚えた。

「朝陽、こっち来い。ヘルメットは被らんでええやろう。そこへ置いとけや」

「承りました」

杉山は魔法瓶を持って、後方シートへ移った。

「運転手さん、名前まで覚えておらんかった」

「総務部の村上治と申します」

「朝陽、研究所を作るとしたらここだな」

「あと五〇メートルほど先です」

「ここでよろしい。村上君止めてください」

樋口が眼鏡を持ち上げて、じろっとした目をくれた。ほんの少々先回りされたことを咎めている視線を、杉山は左頰に感じたので、正面を向いたまま軽く頭を下げた。

大仰に低頭したらどう言い返されるか想像もつかない。

車がゆるやかに停止した。

「村上君、歳はなんぼ」

「三十一歳であります」

声がかすれていた。

「そうかぁ。普通のサラリーマンが言いたいことを言えるのは、三十代までだな。こいつはちょっと違う。俺はもっともっと違う。分かるかな」

「…………」

村上は喉がからからだ。返事の仕様もなかった。

樋口は村上に接近した。

「心配するな。肩を叩くだけだ」

樋口は背伸びをした。

樋口は事務所へ戻る車の中で声量を落とした。

「朝陽、若造たちが俺のことを四の五の言うとるのは分かっとるぞ」

「社長が最前おっしゃいましたが、三十代までは……」

「朝陽は三十路《みそじ》も不惑も関係ないやろう。仕事ができるからな。銀行時代から目いっぱい働いて、結果を出したのが樋口廣太郎だ」

「アサヒビール・グループの全管理職は、全員百も承知致しております。樋口廣太郎社長の謦咳《けいがい》に接した社員も、それ以外の方々も、このことを誇りに思うのではないでしょうか」

「うん。ふぅん」

樋口は上半身をねじった。杉山も応じた。

「鬱陶しい社長だし、前社長のほうが楽ちんだったたって、おまえの顔に書いてあるな」

「とんでもないことです。あり得ません」

「朝陽、おまえは名前で得していることを忘れるな」

「心して、両親に感謝しています」

「技術屋のわりには口もまわるしなぁ」

「否定しません。いや、できません」

「守谷町の町長以下、みんながおまえのことを褒めてたぞ」

杉山はくぐもった声で返した。

「ありがとうございます。町役場の人たちの社長に対しましての評価は、わたしの百倍以上だと存じております」

「千倍と言いやがったら、『ちょうよう、クビだ』と吠えるところだったたな」

樋口の笑顔に、杉山はどれほど安堵したか分からない。ごく自然に両手を胸に当てていた。

「朝陽、事務所に戻ろうか。ランドマークの展望台と庭園は楽しみだな」

「展望台は社長のアイディアの中でも秀逸です。見学コースの目玉になります」

「朝陽の先回りは気に入らん」

「申し訳ありません」

「いちいち頭を下げるな」

樋口の顔は笑っていた。二重瞼の優しい目である。

「ゆったりと広がる庭園は一万坪だったな。四季折々の草花と水に恵まれた安らぎのゾーンだ。周辺の景観とマッチした快適な環境現場でなければならんぞ。地上六〇メートルの展望接待館のネームは、『アサヒZタワー』にしたらよろしい」

「アサヒZタワーですね」

「愛称、ニックネームだ」

「はい」

「Zタワーはこれぞ世界一間違いないやろう」

樋口は腕組みし、しばし瞑想にふけって「いいぞう」とひとりごちた。

樋口の頭の中はランドマークからの光景でいっぱいになったのだ。

9

樋口は建設現場視察の後、社員全員を集めて励ましてやりたいと思ったが、時間がなかった。

「皆さんが頑張っている姿を拝見しまして、安心もし、勇気づけられもしました。世界一のビール工場が完成することを確信しています。地元自治体、町民の方々と友達づきあいができるのは、少々先のことでしょうが、自助努力してください。杉山君、村上君、鈴木君、佐藤君、渡辺君ほかの皆さん、きょうはお世話になりました。わたくしも名刺の肩書きに負けないよう精一杯働きます。以上」

樋口は手短な挨拶しかできなかった。〝長靴事件〟は頭の片隅にもなかった。しかも作業着、長靴姿である。

樋口の挨拶は作業員全員の胸を打った。

杉山は樋口を車まで見送って事務所に戻った頃には、笑顔を絶やさないいつもの表情に戻っていた。手のすいていた管理職五人が会議室に集まった。

「所長、お疲れさまです」

「わたしは慣れている。気の毒だったのは村上だろう」

杉山は、極度の緊張感でロボットみたいに硬直していた村上の話をして、五人を笑わせた。

次長の鈴木が質問した。

「バカヤロウ！　は何度ありましたか」

「二、三回かねぇ。パフォーマンスとは分かっていても、緊張したよ」

鈴木は小首をかしげた。

「パフォーマンスとは思えませんが、だとしてもぶかぶかの長靴で、あれだけ怒り心頭に発する社長がいるとは、びっくり仰天です」

鈴木の発言を、杉山はたしなめるように右手を左右に振った。

「途中で社長の気持ちが劇的に変化したんだろうな。偶然ゼネコンの中堅社員が来ていることに気づいたからなんじゃないのか。社長の立場を強調したのかねぇ。これも帰り際に言われたが、『ゼネコンの社員が二人おったが、なぜ紹介せんのか』って」

「所長はなんと応えたのですか」

「大社長にゼネコンの課長を紹介するのは、いかがなものでしょうか、とね。そうしたら『ビール問屋さんの社員とは違うと思うか。もういい。車を出せ』でおしまいだ。怒った顔ではなかったが、きみたちどう思う？」

「大社長にしてはぜんぜん気取らない人ですから、名刺交換して、アメニティに重きをおいた素晴らしい工場を建設してください、ぐらいのことを言ったのではないですか」

「あり得るな。だが、所長の立場で社長に課長風情を紹介する訳にはいかんだろう」

「分かりますが、樋口廣太郎社長は、今や社長兼新工場建設本部長のつもりになっていることは間違いないと思います」

「うんうん。しかし、紹介してもらいたかったら、事前に言うべきだろう。それはないな。ゼネコンの課長たちに紹介するのがいいのか、きみたちに相談すべきだったかも知れない」

杉山は思案顔で「七時に守谷駅前の飲み屋で一杯やろうや」と言って中腰になった。

「わたしも単身赴任のアパート暮らしにうんざりしています。所長もヤケ酒ですか」

「佐藤、妙なことを言いなさんな。社長の叱咤激励に対する感謝感激会だ。朝が早いから二時間でジ・エンドだ」

杉山が強がりを言ったので、どっとなった。時計を見ると午後五時二十分だった。

10

平成元（一九八九）年四月に着工した茨城工場が竣工したのは、平成三年四月だ。記念式典はこれぞ〝世界一〟の展望接待館で開催された。

杉山朝陽の名刺は一年ごとに代わった。『茨城工場建設事務所長』、『茨城工場長代行』、『理事・茨城工場長』だ。セレモニーでは社長命令で挨拶もさせられた。

「我が社側の挨拶は社長お一人のほうがよろしいのではないでしょうか」

「朝陽が一番苦労したんや。工場視察で俺の面倒もずいぶん見てくれた。朝陽がスピーチせんでどうするんや」

「全員で苦労しました。畏《おそ》れ多いことで、そのような覚えはございません」

「〝ちょうよう〟、命令だ。工場長の立場をわきまえろ」

「承りました」

「あのなぁ。世界一のビール工場の竣工式の晴れ舞台で、スピーチできるいうことを喜ばんとな。朝陽は運のいいやつや。運のいいやつっていうのは、フロックちゃうで。先を見て考えて汗をかいて呼び込まないやつには、絶対運は回って来ない。俺は運がいいやつを選ぶんや。百パーセント花開くのは神様だけやからな」

大きな声を出したすぐあとで、樋口は杉山の背中を撫でた。

この人のためなら、たとえ火の中水の中の気持ちにならないほうがおかしい。

「ありがとうございます。スピーチは荷が勝ちすぎると思いましたが、頑張ります」

杉山は樋口に向かって最敬礼した。

名うての強心臓の杉山が部下を相手に、何度も何度もスピーチ原稿に手を加え練習した。

「まあ及第点をあげよう」

杉山は樋口にけなされなかっただけでも良しとした。

樋口の挨拶はさすがとしか言いようがなかった。要約するとぐんと減価する。

かねてより建設を進めてまいりましたアサヒビール茨城工場が、このたびめでたく竣工を迎えさせていただくことができました。監督官庁はじめ、茨城県、守谷町の関係各位のご指導、ご尽力に対して心から御礼を申し上げます。

当茨城工場は、都心から四〇キロメートル圏内にあり、関東一円の商品供給拠点として至便《しべん》な位置にあるばかりでなく、自然にも恵まれて、ビール工場として最適の立地にあります。この恵まれた環境の中で、お客様にご満足のいただける最高品質のビールづくりを進め、あわせて地域の皆さま方にも愛していただける工場にしていきたいと願っております。

このため、生産設備の面では製造工程全般にわたってコンピュータ・システムを導入し、品質管理を徹底するとともに、環境面では一万坪のオープンゾーンの庭園や地上六〇メートルの展望接待館なども設け、来場される皆さまに楽しんでいただけるようにいたしました。

おかげさまで弊社のビール販売数量は、この五年間で三・六倍と驚異的な伸びを達成させていただきました。これもひとえに皆々さま方のご支援の賜物と深く深く感謝申し上げる次第でございます。新工場の完成を機にさらに品質の向上に努める所存でございますので、一層のご支援を賜りますようお願い申し上げます。


来賓代表は竹内藤男・茨城県知事だ。竹内知事はスピーチの中で、『秋葉原とつくばを結ぶ常磐新幹線の建設がいよいよ具体化してまいりました。将来的には東洋一の規模をめざしたビール工場』などと話した。

竣工時のビール生産能力は、吹田工場に遠く及ばない。しかし、東洋一になるのは確実視されていた。

竣工式にはビール会社トップが必ず出席する慣わしだ。

この日、樋口のほうから個別に挨拶するのは当然だ。

セレモニー前の工場見学で、キリンビール社長の本山英世は感動に近い思いにとらわれた。

「最終工程の瓶・缶のパッケージング棟です。広さはジャンボジェット三機収納できます。幅一二〇メートル、奥行き二七〇メートルです」

本山は説明要員の話を聞いて、唸り声を発した。コンピュータ・ルームでも腕組みして何度も頷いた。最後の展望接待館で、本山はのけぞった。なんと筑波山も利根川も望見できるとは。『樋口廣太郎、やるじゃないか。ふーん。アメニティ工場ねぇ』

本山は胸の中の思いを樋口にどう伝えるべきか、ちょっと悩んだ。

「おい、朝陽。俺なぁ、きょうは嬉しくて嬉しくてならないんだ」

「はい。わたしも舞い上がっています。まだ心臓が音をたてています」

「違う。本山社長が『樋口さんに負けたわ』って言ってくれたんや。本音に決まってるやろう」

「はい。そう思います」

「池田はよう観察してる。『皆さん悔しそうな顔していました』と言うてた。本山社長はストレートに言うてくれるお人や」

二重瞼の大きな眼が嬉しさの余り、これほど輝くとは。美しい笑顔だ。綺麗な笑顔である。

「キリンさんは横浜工場の完全リニューアルが終わったばかりですので、違いがお分かりになったのだと存じます」

「おまえたち現場はようやった。いくら褒めても過ぎることはない」

「『VIPの見学中に一分、いや一秒でもラインを止めたら承知せんからな』と社長はおっしゃいました。作業現場の緊張感、プレッシャーのほうが大変です。作業現場は頑張っています。社長、あとで褒めてあげてください」

「朝陽、おまえ良いこと言うなぁ。池田も同じこと言うてた。池田の観察力、観察眼は大したものや」

杉山は樋口の優しさに、胸を熱くし、涙がこぼれそうになった。あわてて話題を変えたのはそのためだ。

「三年前でしたでしょうか。VIPの見学の最中にラインが止まり、トラブルを起こしたビール会社がありました」

「ううーん」

樋口の頭の中が切り替わった。

「この日のために立派なパンフレットを作製した広報の連中も褒めてやらなぁいかんなぁ」

タブロイド判ほど大きくはないが、横文字で〝SPIRIT〟〝茨城工場誕生。新しいビール神話の始まりです〟のカバーは見事な出来映えだ。色はブルー。裏カバーはスーパードライの缶の色だ。〝ENCYCLOPEDIA〟(茨城工場辞典)とある。

二十五ページ。読み応えのある分量で、大きな写真、イラストがふんだんに盛り込まれて見応えがあった。

11

樋口のアイディアのすさまじさと言ったらない。翌年五月上旬に「お客様感謝デー」を催したのだ。

子供たちが興じる姿を眺めていて、樋口はご機嫌だった。わけてもどじょう掬《すく》いは受けに受けた。なんせ一万坪もある庭園だ。大きな池の周りを走り回る子供たちに、神社の中を走り回ったワルガキ時代を思い出さずにはいられなかった。

「おーい。そこの子供たち喧嘩しちゃあいかんぞ」

樋口は小走りで子供たちに接近した。フォローする杉山たちも楽じゃない。

オリエンテーション・シアターでは超大型三面マルチスクリーンで、ビールの原料から製造工程など〝ビールの楽しい世界〟が映し出される。

上映時間は十分。終了と同時にスクリーンがゆっくり下がって、庭園が視界をいっぱいにする。息を呑む瞬間だ。歓喜の声があっちこっちから聞こえる。

この日は五月晴れで、澄み切った青い空に木々の緑がまぶしい。拍手喝采が鳴り響いた。実に印象深い。

樋口は杉山たちを集めて、一席ぶっていた時、通りかかった公子が足を止めた。

公子は樋口に近づいた。

「パパ。感謝デーですのに、何をワーワー怒ってるんですか。グチャグチャ細かいことを言っちゃダメです。現場の方々があなたを支えていることを忘れないでください。きょうは皆さん方に感謝し、楽しく過ごしましょう」

樋口はグウの音も出なかった。外した眼鏡をぶらぶらさせて、バツが悪そうな顔で返した。

「分かった。分かりましたよ」

杉山は生唾を飲み込みながら、令夫人に丁寧に頭を下げた。笑顔の素晴らしさは、樋口社長の比ではない。

第五章　創業一〇〇周年

1

アサヒビール茨城工場の総工費はなんと八百八十億円だった。昭和六十三（一九八八）年～平成二（一九九〇）年までの同社の全設備投資額は約四千六百六十億円に達した。

〝ドライ〟戦争たけなわの平成元（一九八九）年四月、アサヒビールは創業一〇〇周年を迎えた。

〝先人の碑〟の建立は、一〇〇周年記念事業の中に組み込まれ、旧社名の朝日麦酒株式会社からアサヒビール株式会社に正式に変更されたのは同年一月一日付で、これまた一〇〇周年記念事業の一環となる。

平成元年十一月には世界最大級の商用飛行船〝アサヒスーパードライ号〟を運航し、空からスーパードライをPR、国民を驚嘆せしめた。

大空を悠々、堂々と運航する〝アサヒスーパードライ号〟を見上げて、バンザイをしたアサヒの社員は少なくなかった。

同月、江戸川区の首都高速道路湾岸線の葛西《かさい》インターチェンジ付近に設置された巨大看板（幅九三・五メートル、高さ一五メートル）に度胆を抜かれた人々も大勢いる。横書きの〝Ａｓａｈｉ　アサヒビール〟は迫力十分だ。

樋口廣太郎が顧問時代に営業部門の中間管理職を対象に、四回講演した記録をベースに、池田周一郎がまとめ、三年ほど広報部で保管されていた二つの十則は、内容に手を入れて〝仕事十則〟と〝行動指針〟として、開示した。絶妙なタイミングで発表されたことになる。

昭和六十一年当初に発表していたとしたら、「〝夕日ビール〟が偉そうに」とビール業界で嘲笑された可能性も大ありだと池田は思った。

速水正人広報課長の顔には〝してやったり〟と書いてあった。

樋口の催促がなかったことも、速水たちを喜ばせた。

速水から「発表したい」旨の相談を受けた時、池田は「大賛成」と応えた。

速水に了承を求められた樋口は「いいだろう。グッドタイミングだな」と笑顔で言った。

「公表してよろしいでしょうか。たとえば記者クラブに……」

「そこまでやるのはやり過ぎだ。社内に留めておけ。待てよ。発表してよろしい」

「かしこまりました」

樋口の的確な判断に、速水は脱帽した。

仕事仕舞いの十二月三十日は恒例の年越し蕎麦を食べる日である。昼食時、本社十二階の大会議室に役員、幹部社員二十数名が集い、ざる蕎麦を食べながら歓談する。

どの顔も笑みがこぼれている。わけても樋口の表情は輝いていた。

「一～十二月の実績見込みでウチのシェアはどのくらいになるんか」

樋口が営業担当常務に訊いた。

「二四・六パーセントです」

「そんなになるんか。対前年比で五パーセントの伸長率は褒められていいな」

「品薄、品不足でお詫びの広告を出したなんて信じられません。生産が追いついていたら、もっともっと伸びていたと思います」

「そこまで欲張るのはどうかな」

二人のやりとりを聞いていて、池田は粛然となった。三年前の年越し蕎麦の光景が目に浮かんだのだ。

あの時、堤悟だけが妙にはしゃいでいたが、樋口はそそくさと蕎麦を食べて引き取ったものだ。お通夜のような雰囲気で、蕎麦を食べる気がしなかった。

なんという変わりようだろう。朝日の輝きを放てるとは夢想だにしていなかった。

「おい、池田」

樋口に名前を呼ばれて、池田はわれに返った。

「遠からず〝ドライ〟はアサヒの独占になると明言する。よく覚えておくことだな」

「遠からずとは、どのぐらい先でしょうか」

「せいぜい半年だろう」

「しかしながら、キリンは業界トップとして〝ドライ〟でもまだまだ頑張るかもしれませんが」

「うまさ、おいしさが断然違う。誰に訊いても否定しない。この差は大きいぞ。キリンに追いつき、追い越せるのも夢物語ではないかもしれん」

「サッポロを抜いて業界第二位に浮上したことは確かですが、キリンに追いつき追い越すのは大変だと思います」

「ううーん。だが、キリンも〝ドライ〟からは手を引くに決まってるんだ」

ちなみに昭和六十三年のドライビールのシェアはスーパードライ四九・七パーセント（七千五百万函）、キリンドライ二六・五パーセント（四千万函）、サッポロドライ一五・二パーセント（二千三百万函）、サントリードライ八・六パーセント（千五百万函）だった。

樋口の読みは正確だった。

平成二年にはドライ市場から姿を消したのである。

年越し蕎麦会の終了間際に思い出したように樋口が言った。

「スーパードライの大ヒットで、社長賞を出さなあかんな。大田原恒平と青木毅の二人だろう」

異議はなかった。みんなが納得できる名前だったからだ。

2

スーパードライの成功によるアサヒビールの変貌は海外からも注目された。とりわけ米国のハーバード・ビジネススクールの関心は高く、昭和六十三年九月から平成元年二月にかけてマルコム・ソルター教授らによる取材、文献収集などの調査が実施された。

樋口社長をはじめ三十人がインタビューに応じるなど、アサヒビールが全面的に協力するのは至極当然のことだ。最後は池田がソルター教授と向き合った。

平成元年五月二十三、二十四の両日、樋口がハーバード・ビジネススクールに招聘《しょうへい》されＩＳＭＰ（インターナショナル・シニア・マネージメント・プログラム）の授業で、受講生の質問に答える形でレクチャーを行った。むろん英語である。

「膨大な設備投資計画と資金投資計画をどのように考えているのか」との質問に、樋口は「計画が過大であると判明すれば変更すべきですが、今のアサヒビールは投資すべきチャンスと考えています。計画を実行していきたいと思います。チャンスは預金できないというのが私の信条でもあるからです」と応えた。

また樋口は、「私の経営の基本は、①経営とは顧客の創造であり、そのためにリスクに挑戦していくこと、②大きな会社になることではなく、良い商品を生み出すエクセレント・カンパニーをめざすこと、③利益責任は社長が負い社員には夢を持って働いてもらうこと」の三点を挙げた。

受講生は約百人いたが、スーパードライのヒットをバネに展開した樋口の積極経営に対して、ほとんどが口をきわめて異論を唱えたのには、樋口は啞然とした。

「そういう経営はやり過ぎです」

「元銀行家とは思えません」

などと辛辣だった。

資金を思い切って調達して敢行した巨額の設備投資が無謀だと彼らの目には映ったのだろう。

樋口は「チャンスに出会った時は果敢に挑戦しなければいけません。今は準備が整っていないから、またの機会にしようと見送ったら最後、いつまたチャンスが巡ってくるか分かりません。まず逃さずタックルすることです。慎重に考えるのはそれからでいいでしょう」と反論したが、受講生たちはなかなか理解しようとしなかった。

特にハーバード・ビジネススクールに留学していた邦銀の中間管理職や行員たちは、樋口講義に批判的だった。

強い批判に遭って、樋口は愕然とし、疲労感を覚えたが、ソルター教授が駆け寄ってきて、大きなジェスチャーをしながら「ワンダフル」と言って、労《ねぎら》われた。どれほどホッとしたか分からない。

儀礼的な要素もあったろうが、樋口は大いに勇気づけられた。人を励ますことの大切さをあらためて教えられた思いだった。

樋口は、ソルター教授らが主催してくれた歓迎の晩餐会で、土産に用意してきた一ダースほどのネクタイを披露した。

「このネクタイは皆さんのためにコシノジュンコさんという一流の芸術家がデザインしてくださった物で、手土産にしては豪勢です」

樋口はコシノジュンコとの出会いを教授たちに説明した。

「〝私のお城〟というテレビ番組を観ていた時、コシノジュンコさんのお宅が紹介されました。私は実物を拝見したいと思い、東京都渋谷区南青山のお宅に電話でアポを取って出向きました。今から十年ほど前、私はまだ銀行の副頭取でした……」

樋口とコシノジュンコ側とのやりとりはこんな風だった。

樋口は〝私のお城〟を観た翌朝、コシノジュンコが経営する青山店に電話をかけた。

「住友銀行副頭取の樋口廣太郎と申します。店長さんをお願いします」

「少々お待ちください」

若い女性から男性の声に変った。

「もしもし……」

「コシノジュンコ先生のお宅をテレビで観まして、ぜひとも実物が拝見したくなりました。許されれば明日の夕刻にでもお訪ねしたく思います。コシノ先生にお伺いして、折り返しお電話をお願いいたします」

むろん樋口は直通の電話番号を伝えた。約三十分後に直接本人から電話がかかってきた。

「コシノジュンコですが、よろしければ明日午後六時に南青山の自宅でお待ちいたします」

「さっそく、先生ご自身からお電話を賜りまして感謝いたします。お言葉に甘えて、その時刻にお伺いさせていただきます」

樋口は薔薇《ばら》の花を携えてコシノ邸を訪問した。

コシノが華やかなドレスをまとって樋口を迎えた。

「初めまして。コシノジュンコです」

「樋口廣太郎と申します。ぶしつけなお願いを叶えていただき嬉しく思います」

二人は玄関で名刺を交わした。そしてすぐに樋口は邸宅に導かれた。

樋口は吹き抜けのツーフロアを見回して、大きな声で独りごちた。

「うーん。これはあんまりお金がかかっているとは思えない」

コシノは聞き捨てならないと思い、きっとした顔で言い返した。

「空間にお金をかけています。壊して作った吹き抜けではありません。ハリも全部動かして、ガラスもビルの壁を作る前に入れていますので、できあがったビルでは不可能なデザインなんです」

「なるほど。独り言は撤回します。これだけのスペースがあれば大パーティが開けますねぇ」

「どうぞ。いつでもお使いになってくださって結構です」

二人はいつしか初対面とは思えぬほどうちとけていた。

昭和六十一年三月二十八日付でアサヒビールの社長に就任した樋口は、四月一日に仲間内だけの就任披露パーティを行ったが、パーティ会場はコシノジュンコ邸のフロアだった。

約百三十人が出席した。

後年、コシノジュンコが述懐している。

「ホテルじゃなくただの家ですから、駅みたいに混雑しちゃって大変でした。六時から八時と言うと、私のお友達は八時頃に来るんです。六時ちょうどに来る人たちはネクタイの人ばかりです。ネクタイの人たちが帰る頃に、作曲家の三枝成彰さんや水野誠一さん（後の西武百貨店社長）たちがいらっしゃいました。紺の背広にネクタイの人たちと私のお友達とはどこか異質です。樋口さん側にそういう方々を紹介しましたが、違和感なく溶け合っていたのは樋口さんだけだったような気がします。三枝さんは樋口さんがオペラにもの凄く興味を持っているからでしょうが、いつの間にか畏友みたいに親しい仲になっていました」

樋口は招待状を郵送する前に、電話をかけまくり事前に承諾を得た。住友銀行およびアサヒビール関係者は極力抑えて、個人的に親しい人たちを中心に八十人に絞った。

中山素平・日本興業銀行特別顧問にも声をかけたが、中山は外せない先約があった。

フジテレビ取締役編成局局長の日枝久《ひえだひさし》とも電話でやりとりした。

「エイプリルフールの日に社長就任パーティですか」

「いや、そんな大層なものじゃない。ただの集いです」

「駆けつけたら、誰もいなかったなんてことはないでしょうねぇ」

「そういうことを言ったのが他にもおるが、南青山のコシノジュンコ邸が会場なので、ちょっと面白いパーティになると思いますよ」

「立場上、予定を立てにくいのですが、なるべく顔を出すようにします」

結局、日枝は出席できなかった。

樋口の昔話をソルター教授たちは聴き入った。

樋口はコシノにネクタイのデザインまで依頼するのだから、ちょっとやそっとの仲ではない。ずいぶんと派手なネクタイだが、社長執務室のロッカーや専用車のトランクに山ほど積み込んで、誰かれなしに進呈していた。

ソルター教授がネクタイを褒めたあとで言った。

「アサヒビールのケーススタディをまとめた書籍はビール単品故、非常に分かりやすく説得力があります。ロングセラーになっているのは樋口CEOをはじめ三十人もの方々が我々の取材に協力してくださったからこそで、貴重な文献として末永く読み継がれると思います。樋口CEOは今日の特別講義で『チャンスは預金できない』とおっしゃいましたが、全く同感で、言い得て妙と申しあげたい。素晴らしいスピーチをしていただき、お招きした甲斐があると一同大変喜んでおります」

樋口にとってもハーバード・ビジネススクールでの講義は印象深いものとなった。

3

樋口はボストンのホテルのスウィートルームで回想した。

思えば昭和六十二年十月十六日はアサヒビールにとって記念すべき日になった。住宅・都市整備公団との間で吾妻橋工場跡地の土地買戻しの契約が成立したのだ。取得面積は約千七百坪、代価は約九十億円だった。

メイン事業が吾妻橋のアサヒビールタワー（正式名称アサヒビール吾妻橋ビル）の建設になることは、誰の目にも明らかだった。

アサヒビールタワーは平成元年十一月末に完成、十一月六日に竣工式が行われた。

延床面積一万坪強（約三万五千平方メートル）、一〇〇周年にちなんで高さ一〇〇メートル、地上二十二階、地下二階。ビルオートメーション、コミュニケーション、OA（オフィス・オートメーション）、アメニティの四つの機能を有機的に結合させたインテリジェントビルだ。

ビルの外観は、なみなみとビールが注がれた巨大ジョッキをイメージして、二十階までは琥珀色のハーフミラーガラスを用い、二十一〜二十二階は泡に見立てた白い外装が施された。

隣接のビアホール（四階建て）は屋上のユニークなオブジェが話題を呼び、のちの新名所となった。

この金色に輝くオブジェは「フラムドール（金の炎）」と称され、「新世紀に向けて躍進するアサヒビールの心の炎」をシンボライズしたものだ。長さ約四四メートル、重さ三百六十トンの鋼材を使用して制作された。

黒御影石を用いた逆台形のビアホールは〝アサヒビール吾妻橋ホール〟と名づけられた。愛称ないし通称は〝スーパードライホール〟である。

吾妻橋のスーパードライホールの建設に、樋口はのめり込んだ。

〝樋口ビアホール〟と呼ばれても、みんな異議なしだろう。〝樋口ビアホール〟のほうが相応《ふさわ》しいと思った人が大勢いるのも首肯できる。

樋口はまず設計の段階で徹底的に介入した。〝ヴィジュアル・メッセージ〟という専門雑誌の取材に応じ、樋口は思いのたけをぶちまけた。

「たまたま原宿のマニンというイタリア料理店に行きましたら、そこのトイレがおもしろい。非常にエキサイティングなんです。極端なことを言えば、男と女が同時にトイレに行くとしますね。中に入ると、お互いにシルエットが映るんです。もちろんトイレだけじゃありませんよ。入ると階段があるんですが、ズドーンと底に落ちてくような感じがするんです。

小さな建物ですけど、中身が凄い。ここを買えないかな、と思うぐらい惚れ込んだわけですね。設計したのはだれか訊いたら、フィリップ・スタルクという男ですと。そのとき初めてスタルクの名前を知ったんです。私は自分でいうのもヘンですが、感性みたいなものは、かなりあるような気がするんです。絵でも彫刻でも、いいものにぶつかると、ドーンと感動します。たとえば彫刻家のセザールなんかそうですね。最近はあまり行かなくなりましたが、日展なんかでも五回ぐらい通うんです。最初はサーッと観て、五点か六点、目星をつけます。次はそれだけ観る。さらに絞って最後は一点に絞るのです。本当にいいものに出会うと、夜眠れなくなります。値段の安いものでしたら、自分のものにするにはどうしたらいいかを考える、たいてい、なんとか手に入れてますけどね」

「私はコシノジュンコさんと親しいんです。コシノさんにスタルクの話をしたら、さっそく彼の作品集を見せてくれましてね。彼は建築家じゃなくて、デザイナーだと分かりました。しかも強いセンスを持っている。そこで、この男に頼もう、と決めたわけです。私の独断ですよ。こういうことは、だれに相談してもしょうがないんじゃないですかね。正式に依頼しまして、スタルクもフランスからやって来ました。いろいろ話して、フィーリングも合ったんですね。『いっさいお任せします。お金も出します。それによって、あなたはバルセロナのガウディを超えられますか』と言いましたら、『超えられると思う』と言うんで、『思うじゃ困る。超えるつもりでやってください』とハッパをかけたんです」

「途中のプレゼンテーションで、屋上にオブジェを乗っける案を初めて見たわけですが、私は別に驚きもしなかったですね。彼はオブジェが好きそうだったし、パリのマンションなんかで、屋上に何かを乗っけているのが、よくありますよ。あのオブジェは〝炎〟を表して、エネルギーとかパワーを象徴させているわけですが、人それぞれ感ずるものが違ってもよいでしょう。ただ、私は最初にプレゼンテーションを観たとき、どうしても気に入らなかったんですね。最初の案では、オブジェはもっと細くてスマートでした。力がないんですね。いっさい任すといっても、プレゼンテーションですから、強いとか弱いとかフィーリングは言ったわけです。ほんとうは、私の夢ですね。いまとは逆向きにして、このビルを突き抜けさせ〝シッポ〟を飛び出させたかったんです。ところが、法規上それはできないと分かったのです」

「それで、形も向きもいまのようになったわけですが、〝シッポ〟をもっと立てたかった。それも重量の関係でできないと言うんですよ。飛行船でも飛んでいるじゃないか、あんなもんがなんで立たんと言ってやりましたのですけど、やっぱりダメなんですね。だんだん腹が立ってきて、スタルクにはっきり言ったんです。『どうも私が持っているスタルクのイメージと違う。できあがって気に入らなかったら、建物はつぶして、スタルクはたいしたことない、と世界中に触れまわる』って」

「そしたらシュンとしちゃって、食事ものどを通らないようなんです。こりゃいかん、とこんどは激励せにゃいけなくなりました。ナイーブな男なんですよ。いっさい任せると言ったのに、結果的には、かなり注文を出すことになったわけです。要するに彼はデザイナーなんですね。国際的に著名ではあるけれども、いっさい任されたのは初めてだったんじゃないですか。デザインというのは、ああだこうだ、グジグジ言われながらできあがっていく面がある。そのへんで、多少まごついたのかもしれません。スタルクのなかには、アール・ヌーボーとか英国のデカダンとか、いろいろなものが同居している。そこを話し合って、交通整理したということじゃないかと思いますよ。まあ、建築家とデザイナーの違いが分かっただけでも、いい勉強になりました。しかし、プランが決まってからは、いっさい任せました。途中で素人が口を出すと、ろくなことはない。うちの担当者にもいっさい口を出すなと命じたんです」

「私はこのビルにしても、工事の途中では一回も見てないんですよ。車で近くを通るときには、わざわざ迂回してでも見ませんでした。自分のイメージができていれば、それでいいわけです。できあがったものを見て、やっぱりスタルクは違うな、というところありますよ。建物のカーブがすばらしい。それとトイレですね。私がスタルクの作品に感心したのも便所ですから。〝くさい仲〟みたいなものですわ。私はインテリアには、かなりうるさいほうなんですが、インテリアもいいですよ。スタルクが材料を徹底的に吟味して、全部フランスから取り寄せたのです。予算はムチャクチャにかかりましたが、かけただけのことはあります」

「ビアホールつくるのに、なんで、わざわざフランス人に頼んだのか、とよく言われるんです。たしかに、日本人の建築家に頼めば三分の一の予算でビアホールができた。日本にも、優秀な建築家がいっぱいおられるでしょうが、私の不勉強のせいもあって、私の目に触れなかったとしか言いようがありません。私はあれはあれでよかったと思っていますよ。日本の若い建築家が、日本であんなものができたんだから、と勇気づけられれば、それでいいんじゃないですか。あれがいいと認められれば、みんなが好んで思いきったものをつくるようになると思うんです」

思えばビアホールに限らず、樋口はずいぶんと口出しした。

十二月に開設した二階の「アサヒタワークリニック」も樋口の発案である。

樋口は経営会議でまくしたてた。

「きみたち考えてもみたまえ。酒類業界で働く人たちには重量物の運搬で腰を痛める人が多いんです。整形外科を中心に高度な診療を提供することを目的に診療施設があっていいでしょう。いや、あるべきです。まず診療所運営主体の医療法人財団を設立すべきだろうな。名称は〝アサヒ健友会〟とでもしたらいいでしょう。一般の人たちにも開放したらよろしい。付近の人たちに喜ばれるからな」

スーパードライホールの一～三階はビアレストラン「フラムドール」、四階は多目的ホールの「アートスクエア」。

今思い出してもわれながらよくやったものだが、一理も二理もあると樋口は自己満足に浸《ひた》った。

ハーバード・ビジネススクールから招聘されたのも、〝吾妻橋〟の景観を変えたのも、〝先人の碑〟を建立できたのも、すべては〝ドライ〟戦争で圧勝したおかげである。

全社員よくぞ頑張ってくれた。アサヒスーパードライがどれほどの利益をもたらしてくれたことか。スーパードライは奇跡のビールとしか言いようがない。

4

樋口廣太郎は東京・新宿区河田町にあるフジテレビジョン本社に日枝久を訪問した。

「日枝社長、東京でオペラ公演を開催したいのですが、フジテレビさん、協力してもらえないですか。フジテレビさんとアサヒビールの共催という形がとれたらありがたいです。表向きはアサヒビール一〇〇周年事業の一環として発表させてもらえると嬉しいのですが……。たとえば〝アサヒビッグスペシャル〟と銘打ちたいのは山々なんですけど、無理ですかねぇ」

「率直に申し上げます。無理難題にもほどがありますよ」

「日枝社長との仲でゼロ回答はないでしょう」

「…………」

「お願いしますよう。こうして三拝九拝しているのです」

樋口はうつむき気味に目を閉じて、両手を合わせた。

「樋口さん、いかがでしょう。とりあえずわたしがお預かりして、局内で検討させていただくということで……」

「おっ！　ゼロ回答ではないんですね」

「分かりません。わたしにも見当がつきませんが、わたし自身はゼロにしたくないと思っています」

「ありがとうございます。ありがとうございます。さすが一流テレビ局のトップだけのことはありますねぇ」

追従が過ぎると日枝は思ったが、笑いにまぎらわせた。

「一両日中にも良い返事をいただけるような気がしてきました」

「最低一週間はかかると思います。わたしはトップではありません。会長の鹿内宏明を説得するのが大変なのです」

「わからなくはありませんが、その人に話しても埒《らち》があかん。日本興業銀行出身で大きな顔しているらしいが、仕事はさほどできないって、みんな言ってますよ」

「さはさりながら立場、立場の問題もありますので」

「いずれにしてもゼロ回答でなくてよかったですよ」

日枝は我田引水も相当なものだと思いながらも、苦笑するしかなかった。

日枝がもてるネットワークを駆使して調べた結果、オペラ団を招くのに資金がどれほど必要なのかも把握できた。

一週間、五日間の引っ越し公演となると、オペラ団の滞在は十日だろう。歌手、指揮者、オーケストラ、演出家、裏方など総勢約六百人のスタッフとなると、目を剝くような巨額な資金を要する。オペラファンはごく限られていることも気懸りだ。初めて聞く話で乗り掛かった船になること自体不思議に思える。

樋口のことだから、当然すべて承知の筈だ。なんと二十億円近い資金を要する大イベント、大セレモニーではないか。

結論は、共催はあり得ない。テレビ局の立場はせいぜい協賛だった。

樋口と日枝の二度目のやりとりはこんなふうだった。

「日枝社長、ありがとうございます。フジテレビさんには三分の一を負担していただければ、ありがたいです。当社は三分の二です」

日枝は絶句し、眉をひそめた。

「ですから共催になる訳ですよ。アサヒビールとしてはフジテレビさんのパワーに縋《すが》り付くしかないのです。フジテレビさんのネームバリュー、看板が欲しくてならないのです。〝スーパードライ〟で大儲けしたのですから、アサヒビールは社会に還元しませんと。共催、それでお願いします」

「ちょっと待ってください。樋口さんはトップダウンで有名ですが、ウチはそうも参りません。事務局を立ち上げて、検討研究する必要があります」

「分かりました。日枝社長がＯＫなのですから大船に乗った気分です」

押しの強さでは人後に落ちないつもりだが、樋口に比べれば文字通り万分の一だと日枝は思った。

平成元（一九八九）年八月十日に第一次海部俊樹内閣が発足。同月十一日、日経平均株価終値は三万四千七百十二円。〝銀行よさようなら証券よこんにちは〟などと言われていた。

同月二十九日には三井銀行と太陽神戸銀行が平成二年四月一日に合併することで合意した。

十月三十一日には三菱地所が米国不動産会社ロックフェラー・グループの買収を発表している。バブルのピークだ。

十一月九日、〝ベルリンの壁〟が事実上崩壊、米ソ首脳が十二月に「東西冷戦の終結」を宣言した。

オペラ公演は帰するところ、負担額はアサヒビール約十億円、フジテレビ約五億円になった。

樋口と日枝は都内のホテルで記者会見に臨んだが、負担額など明かせる訳はなかった。

集まった記者は大勢いた。メディアに広く呼びかけたからだ。

樋口はよどみなくアサヒビールの文化活動、社会貢献の実績、「アサヒビッグスペシャル」と銘打って実行したイベントの数々を記者団に伝えた。たとえば同年三月に一〇〇周年記念事業に備えるため「財団法人アサヒグループ芸術文化財団」を設立したことなどだ。

続いて日枝が挨拶した。

「テレビ局といえども企業である以上は、利益、利潤を追求するのは当然です。しかし、樋口社長がおっしゃった文化事業や社会還元に寄与することも要請、要求されており、それに応えなければなりません。樋口社長にお声をかけていただきまして……」

「日枝さん、スピーチ上手ですねぇ」

樋口は『こいつには負けた』と思った瞬間、横から嘴《くちばし》を入れていた。

「社長、もう少しスピーチをさせてください」

「はい。黙ります」

日枝は樋口に流した目を記者団に向け、見回した。

メモを取りながら、記者たちの目は笑っていた。

「本場イタリアオペラの引っ越し公演を行うのは、我が国始まって以来の快事、快挙です。しかしながらわたしは不安で心配で夜も眠れないことがありました」

会場がどっとなった。

「オペラファンが非常に少ないことを承知しているからです。ただしフジテレビ挙げて頑張ろうと決めたからには、走り続けなければなりません。皆々さまの応援、ご支援がその前提であることは言うまでもないと存じます。オペラが成功すれば音楽、美術などあらゆる芸術、文化事業の裾野が広がるのではないでしょうか。石に齧《かじ》り付いても成功させたいのです。樋口社長に続いて、わたしも必死に、懸命に頑張りたいと思います……」

樋口が日枝の横顔を凝視して、また口を出した。

「うまいなあぁ。成功するに決まってますよ」

再び会場が沸いた。

日枝は樋口に流した目を記者団に向け直した。

「ほんとうに光栄に存じております。〝アイーダ〟が成功するかどうか心配しだしたら際限がありませんが……」

「必ず成功します」

また樋口が口出しした。

日枝はたしなめるように、ちらっと樋口に目を遣ってから続けた。

「樋口社長は心配症なわたしとは違い、成功すること疑いなしと確信しているご様子です。初めてオペラ団を呼ぶから協力しろと命じられたときにそう確信されておられました。察するに毎夜鼾《いびき》をかいて安眠していらっしゃるのでは……」

「そうそう」

またまた樋口が割って入る。

日枝は内心『参ったなぁ』と思っていた。

しかし、記者団のあちらこちらで笑い顔が見えるし、笑い声が聞こえる。

『ひょっとしたら、意図せざるスピーチが受けているのかも知れない』と思いながら、日枝は締めくくった。

「樋口廣太郎さんに励まされて、日本初のオペラ〝アイーダ〟が成功するのではないかと思えてきました。いずれにしましても意義の高い大イベントになることは確信できます。ご静聴感謝します」

会場内の拍手喝采で、樋口の「成功するに決まっています」は、かき消された。

アサヒビール創業一〇〇周年記念「アレーナ・ディ・ヴェローナ〝アイーダ〟」東京公演は、十二月八日金曜日から十四日木曜日までの間《あいだ》、国立代々木競技場第一体育館で開催され、大成功を収めた。

樋口は毎回、観劇した。日枝も然りだ。

住友銀行で樋口の後輩の花岡信平はチケットを買って通い続け、感激し、堪能した。

樋口が時折、アサヒビール側の面々に話しかける。

「実はなぁ、僕あんまりオペラ詳しくないけど、すばらしい歌声にオーケストラの演奏、豪勢な舞台はやはり最高やないですか」

オペラが初めての招待客への気遣いか。樋口一流のパフォーマンスだ。

休憩時間はもっぱら渉外活動を展開していた。

「僕はやった！　やった！　と思います。フジテレビジョンを味方にするために、日枝久社長を攻め続けました。だからこそ大成功したんです。自分自身を褒めたくなりますよ。文化事業としてもの凄いことと思われませんか」

「おっしゃるとおりです」

誰も異議なしだ。

第六章　プロパー社長への道

1

　樋口は専務取締役に昇格していた池田周一郎に社内電話をかけた。平成四（一九九二）年五月の連休明けの頃だ。

「浅草のどじょう屋を知ってるか。老舗《しにせ》の〝駒形どぜう〟だ」

「存じておりますが、行ったことはありません」

「個室を予約するから、六時半に待ってる」

　時計を見ると午後五時四十分だった。

「承りました」

　先約のキャンセルは致し方なかった。理由は「よんどころない」に決まっている。

　池田は隅田川を眺めながら、吾妻橋を渡った。〝駒形どぜう〟に着いたのは六時二十分だ。

　樋口はワイシャツ姿で待っていた。

「遅れまして申し訳ありません」

「僕が早過ぎたんや。渡辺孝之さんと昔話をしたくてな。孝之さんは六代目なんや」

池田は樋口の優しい目に促されて、向かい側に腰をおろした。

「江戸時代から続いている名門の老舗でなぁ。どじょう旨いぜ。美味しいぞ。銀行の常務時代によう来たもんや。孝之さんのお母さんが京都のご出身で、実家のすぐ近くだったんや」

「ご縁があったことはよく分かりました」

「孝之さんは昭和十四年生まれでな。彼の兄貴は日本石油だったか、サラリーマンだが、孝之さんは根性あるぜぇ。慶応ボーイだが、高一から家庭教師付けてドイツ語習って、ドイツにも留学したんやから半端じゃない。お父さんの五代目、繁三さんは商社へ行けって言うてたらしいが、内心は〝駒形〟の継ぎ手を頼むって願ってたのかもなぁ。京都と大阪で一年半、丁稚《でっち》奉公してきた。大卒じゃ受け入れてもらえないから、高卒と偽ってな……」

樋口の長広舌《ちょうこうぜつ》には慣れているが、池田は生唾を飲み込んだ。喉が渇くし、老舗の話を聞かせるために、俺を呼びつけたとは思えない。

「ビールにするか」

「いただきます」

樋口は二度手を叩いた。

スーパードライの大瓶と突き出しの〝どぜう骨せんべい〟が運ばれてきた。女性従業員で、礼儀をわきまえている。行き届いていた。

「お注ぎしてよろしいですか」

樋口がグラスを持ち上げたが、分量は半分、池田には大きめのグラスになみなみと注がれた。

「食事もお願いします。どんどん運んできてください。乾杯といこう」

「いただきます」

グラスがかすかに触れ合った。

池田は緊張して、両手でグラスを持ち、来るぞと身構えた。

「ほんとうは池田周一郎なんだ。磯田一郎大先輩の考え方が、『アサヒビールの社長は住友銀行ＯＢであるべきだ』は知ってるな」

「はい。存じております」

「だが、そうはいかん。そうあってはならん。分かるか」

「はい」

「瀧澤勲夫に決まってるだろう」

「おっしゃるとおりです」

「経営執行権は全て瀧澤に任せるつもりや。人事権は半分だな」

「はい」

「それでな。おまえにな、頼みがあるんや。おまえは二年間瀧澤を補佐しろ。その後は子会社の社長を考えるからな」

「ありがとうございます」

「僕は九月に会長になる。人事権者が僕なのはまずいと思うか」

「いいえ。よろしいのではありませんか」

樋口の笑顔に、池田のこわばっていた表情が穏やかになった。『半分』と言ったばかりだ。察するに半分を取り消したつもりなのだろう。

「瀧澤しかおらん。僕と池田で二年間瀧澤をフォローしてやろう。ただし、僕たちが鬱陶しい存在であってはならない」

「……………」

「おい。スーパードライをガンガン飲んでくれ」

樋口は大瓶を持ち上げて、身を乗り出した。

「恐縮です」

「あのなぁ。そろそろ顔を出すと思うが、孝之さんの凄いところ、僕が惚れたのはずーっとずーっと、アサヒビール一途でなぁ。僕も銀行時代にお客さんを大勢お連れしたんだ」

「孝之さんがハワイに出店した頃、国際線のフライトで、何十回もビールの銘柄を『アサヒビール』と指定し続けて、取り替えさせたんだ。すげえと思うだろう。そのお返しじゃないが、渋谷の〝くじら屋〟は系列だが、そこへもお客さんを紹介した。たいして飲めないこの僕がだぞ。おまえは馴染む必要はまったくない」

池田は、〝どぜうの唐揚げ〟や〝さらしくじら〟など、一品一品味わいながら、食事に集中した。

2

樋口のマスコミ・メディアとの対応、対処ぶりは強烈だ。瞬時に味方につけてしまう。誰にも真似できない。

樋口節で騒ぎになったことがある。新聞記者との懇親会で「樋口社長の次はどなたですか」と訊かれて、「もう住友銀行からはもらわないでしょう」と応じた。ベテラン記者は記事にしてはならないと心得ている。ところが一人だけ若手の記者が書いてしまった。フライングだ。

池田は自宅で新聞を読みながら、「えらいこっちゃ」と呟いた。

住友銀行のアサヒビール担当役員から池田に電話がかかってきた。

「磯田一郎相談役がおかんむりですよ」

「わたしも五代続けて〝住友〟はないと思います。プロパーの意気消沈をカウントしてもらわないと」

「磯田相談役の命令です。そのまま申し上げます。『樋口に電話をかけろと伝えなさい』ですが」

「直ちにですか」

「はい」

「樋口は今、大阪から東京に向かっている最中ですよ。新幹線に電話をかけろと命令している訳ね」

「申し訳ありません」

「申し訳ないにも、ほどがあるんじゃないですか」

「くれぐれもよろしくお願い致します。大至急お願いします」

「電話する身にもなってくれないかなぁ。ま、分かりました。命令には従わざるを得ませんね」

池田は頃合いを見て、新幹線のグリーン車の車掌に電話をかけ、樋口への取り次ぎを依頼した。

池田がことの次第を報告すると、樋口は笑いながら「分かった。分かった。すぐ本人に折り返すから心配するな」でおしまいだった。

樋口は東京駅八重洲《やえす》口から住友銀行東京本部へ向かう専用車の中で少し考えた。〝磯田一郎〟から呼びつけられても仕方がない。

豪勢な個室で約十分待たされた。早めに着いたのだから、至極当然だ。磯田が来客中なのはあらかじめ知らされてもいた。

「取るものも取り敢えず駆けつけましたが、一体全体なにごとでしょうか」

二人とも関西訛りだ。

「アサヒビールの社長は銀行のOBであるべきだ。プロパーはまだまだ先だ。わかってくれ」

磯田は斬りつけるように切り出したが、樋口はにこやかな表情をこしらえた。

「大先達に対しまして僭越ながら申し上げます。アサヒビールの社長は、わたくしを含めまして四代続いています。トータルで二十年余です。四人ともそれなりに頑張りましたが、全員イマイチです」

「違うだろう。四人共、よくやったんじゃないのかね」

「いいえ。さに非ずです」

「堤悟はしっかりやったんだろう」

「はい。ただし堤さんは四代目を考えた節はございません。プロパーの藤原豊仁に『次はおまえだ』と明言していた事実がございます。藤原は陸軍士官学校出の秀才ですが、わたくし以上にすばしっこい点が引っかかってなりません」

　磯田は嫌な顔をした。

　樋口は表情を動かさなかった。

「池田周一郎の間に、一人挟むのはダメなのかね」

「あり得ません。六代、住友銀行のOBなどをお考えなら、わたくしは会長になりません」

　磯田が声高に言い返した。

「そんなことは言ってない！　オンボロのビール会社を再生したのは住友銀行とOBなんじゃないのかね」

「そうではありません。生え抜きの底力です。わたくしは底力を引き出す努力もしましたが、フォローの風に乗っただけのことです。繰り返しますが、五代続くことになりますと、士気の停滞でアサヒビールは落ち込んでしまいます。すなわち、四代が限度なのです」

「納得できんな。最低、おまえさんの次は銀行OBであるべきだろう。銀行OBに人材は山ほどいる。巽外夫でもいいんじゃないのかね」

「冗談にもほどがあると存じます。プロパーのヤル気は一気に……。失礼いたしました。言葉遣いを間違えました。士気の停滞は避けたいのです。最前申し上げましたが、わたくしが退任すればよろしいのですか」

「バカ言うなよ。とにもかくにも五代目はウチのOBであるべきだ」

「お断りします。申し訳ありません。不肖わたくしはアサヒビール・グループ全体を把握いたしております」

「プロパーでめぼしいのがおるのかね」

「もちろんです。瀧澤勲夫なる優れものがいるのです。トータルのパワーはわたくしの比どころではありません」

「そんなの知らんな」

「近日中に拝眉の機会をお与えください。瀧澤も喜ぶと思いますが」

「そんなつもりはさらさらない。もう一度言おう。おまえさんは毛嫌いしているようだが、巽はいいぞう」

樋口は磯田に上体を寄せられて、頭だけ後方へ下げた。眼鏡に手が触れそうになった。

『嫌みな爺さんだ。しかし、恩人には違いない』

「お断りします。アサヒビールの人事権者は樋口廣太郎でございます。五代目はご勘弁願い上げます」

「瀧澤とかいう男のどこが気に入ったのかね」

「プロパーの意地で二十年余、当行出身のトップに対抗してきたのです」

「そんなサラリーマンがおるとは思えんが」

「事実です」

「にわかには信じられんなぁ」

「仕事もできます。上の上です。営業一筋とまでは申しませんが、一頭地《いっとうち》を抜いております。全役員、全社員が認めているのです」

「堤はどう見てるんだ」

「ふたたび繰り返しますが、瀧澤のパワーが抜きん出ているのですから認めて当然です。瀧澤に向かってこられたら、わたくしはおしまいです。役員に就任するまで、ずうーっと飲食代、タクシー代などで身銭を切っていたのですから。信じられないというお顔をされていますが、堤、池田にお尋ねしても応《こた》えは同じです」

磯田は首を振り続けた。

「妙なことを申して失礼いたしました。アサヒビール担当の当行役員もよーく存じておることですので」

「仕事ができるねぇ」

磯田のもの言いはトーンダウンしている。

樋口は咄嗟に返した。

「全国の工場、約九百基のビール保存用タンクを、技術系と組んで三菱・長崎造船所に発注したのは、紛れもなく瀧澤です。総額約四百億円です」

「造船会社は住友グループにもあるし、日立造船が強いんじゃないのかね」

「さに非ずです。ビールの貯蔵に適したタンクを提案してきたのは三菱だったのです」

「堤や池田も認めたのかねぇ」

「もちろんです」

樋口は当たり前ですと言いたいくらいだったが、声量を落とした。

「穂積先輩も承知しています。わたくしが確認いたしました」

「その男、歳はなんぼ?」

「昭和五年生まれですので、六十二歳でしょうか。瀧澤を一期二年で辞めさせろとでもおっしゃりたいのですか」

「そんなこと言ってない。おまえはその男が衆目を集めていると、くどいほど言っておる。分かった、勝手にしたらいいな」

『そんな言い方は許し難い。俺なら任せる、ご随意にどうぞ、と言うな。違うなぁ。

似たようなものか……』

「ありがとうございます」

「樋口も会長になったら、せいぜいゆっくりすることだな」

「重々承知しております」

磯田一郎には言われたくない、との思いもなくはなかった。呼びつけられて良かったと思いながら、樋口は黙って低頭した。

「穂積のことはどう思ってるんだ」

「大仕事をしたと思います。人員整理による合理化の効果は評価されているやに聞いております」

「それこそが銀行ＯＢの役割なんだ。堤の前のアサヒビール社長だったな。わたしは最も買っている。プロパーの恨みを買うのはしょうがない」

これまた、黙って頷くしかないが、冗談じゃないと、樋口は思った。『俺なら仕事を増やすことを考える』の言葉を吞み込んだ。

3

六月上旬の朝、樋口廣太郎は池田周一郎を社長執務室に呼び出して、申しつけた。

「JR西日本初代会長の堤悟さんが任期を全うされたので、慰労会を催したい。顔ぶれは磯田一郎、巽外夫、樋口廣太郎、瀧澤勲夫、池田周一郎の六人だ」

池田は動転した。根回しをしろと命じられたと思ったからだ。

「磯田相談役と巽頭取は……」

声がうわずるのは仕方がない。

「心配するな。二人ともOKだ。おまえは日程調整すればよろしい。場所は赤坂の料亭がよいだろう。決まったら、瀧澤にも伝えてくれ」

池田は樋口から「瀧澤を後継者にする」と聞いていたが、半信半疑だった。

瀧澤は営業担当副社長だが、樋口にとって最も手強い存在だ。アサヒビールのプロパーで実力は抜きん出ている。〝樋口会長〟がコントロール下に置けるか疑問符がつく。瀧澤は直情径行、直言居士でもある。

企業社会では、会長に退いても自分の言いなりになる者を後継者に指名しがちだ。

樋口は「瀧澤を二年間フォローしろ」とまで言ってのけたのだが、池田が下駄を履くまで分からないと思うのは仕方がなかった。

だが、堤の慰労会にかこつけて、瀧澤を引き合わせる、となれば話は別だ。決定的と取るのが当たっているかもしれない。樋口が嫌いな巽まで招くとは恐れ入った。

巽は大人だ。樋口が悪口《あっこう》をどこで誰に言い立てようと、巽の耳には聞こえてこない。耳にすれば聞き流すまでだ。

池田は日程調整を終え、樋口、堤、瀧澤の順に知らせたが、瀧澤は息を呑んだ。

「へぇえ。わたしなんかに接見してくださるんですか。磯田一郎さんは富岳を仰ぎ見る存在です。しかも巽頭取までですかぁ」

「堤さんの慰労会です。淡々とお受けしましょう」

「ストレートに言わせてもらえば、妙な気持ちだなぁ。駄々っ子みたいなわたしをねえ。信じられないよ。プロパーはたった一人なんだ」

「決まったことですので」

「樋口社長と堤相談役に挨拶しなくちゃ、いけないのかなぁ」

「そんな必要はありません」

「分かった。経営会議でも知らんぷりでいいんだね。話す場面がないかもなあ」

「もちろんです」


六月中旬の某夜、宴会が始まった。

和気藹々とまではいかないが、雰囲気は悪くなかった。

瀧澤は磯田、巽と名刺交換する時、かすかに手が震えた程度で、さほど緊張しなかった。樋口の気遣いもある。

「アサヒビールのエース中のエース、瀧澤勲夫君です」

「瀧澤と申します。ふつつか者ですが、くれぐれもよろしくお願い致します」

「磯田です。あんたの活躍ぶりは聞いていますよ」

「巽と申します。こちらこそよろしくお願いします」

瀧澤はホッとした。二人とも予想以上に鄭重だった。樋口が型破りなのだろうか。バンカーとはかくあるものなのだろう。

「堤先輩のJR西日本初代会長の卒業を祝して乾杯!」

樋口の甲高い声も、グラスの持ち上げっぷりも誰も気にならなかった。

「乾杯!」

「乾杯!」

五人は一気にグラスを乾《ほ》したが、樋口は一口飲んで、さりげなく卓上の漆塗りの膳に戻した。

樋口は情報収集力を披瀝《ひれき》しまくった。皆さすがだと感心する。

磯田が樋口を手で制しながら割り込んだ。

「樋口廣太郎さんみたいにうるさい社長は二人とはいないと思いますよ」

「認めざるを得ませんかねぇ」

「あんたに訊いている訳ではないでしょう。瀧澤さんどうですか。こんなにうるさい社長に仕えるのは大変でしょう」

「はい。毎日毎日にぎやかです。活気と緊張の連続とでも申しましょうか」

「あんた。うまいことおっしゃる」

座は哄笑の渦となった。

樋口にしてみれば、後継者お披露目の場のつもりもあったが、磯田も巽も分かっていない。

一頻《ひとしき》りしたあと、樋口は巽に気を遣って、横に並びかけた。スーパードライで酌をし、二人で談笑し始めたのだ。

池田はツレションで、樋口に訊いた。

「社長は巽さんとはそりが合わないと思っていたのですが、お二人で何を話されていたのですか」

「世間話だ。気になってたんか。だがなぁ。宴席はパフォーマンスの場でもある。覚えておくことやな」

「磯田相談役もおっしゃっていましたが、二人とはいらっしゃらないと思います」

「まあなあ。僕みたいなのはおらんやろう」

樋口と池田が席を外している時、磯田が瀧澤を凝視した。

「あんた、代表取締役副社長まで昇り詰めたのだから、満足しているんでしょう」

た。

「ええ。おっしゃる通りです」

瀧澤は、樋口と池田、磯田と樋口のトップ人事に関する相談など知る由《よし》もなかった。

4

樋口は七月に入ってほどなく、副社長の竹山勇治を社長執務室に呼び出した。

「半年間も悩まされ続けた。任期は三期六年が当たり前でしょう。磯田一郎さんが強引でねぇ。やっと納得してくれたんです」

「朗報ですね」

「もう聞こえているのかなぁ。僕のほうが緊張しているぞ」

「とんでもないことです」

「僕が話そうとしているのに、先回りしないでください。あなたは僕が社長にならなければ、社長になれたかも知れないと思って当然ですよ。ただねぇ、私の後任は生え抜きであるべきだと考えて来ました。六年前にも話したが、あなたは霞ヶ関方面に強い。監督官庁である国税庁の動きをきちっとしっかり見てくれている。私はそろそろ会長に退こうと思う。後任は瀧澤君を考えています。あなたは代表取締役副会長に就任して欲しいのです。お願いします。名簿上は瀧澤より上ですからね」

　樋口に低頭されて、竹山は深々と頭を下げた。

「喜んでお受け致します」

「僕は会長になりますが、経営執行権は瀧澤勲夫君に任せるのがよろしいと思うのですが、どうでしょう」

「当然です」

「やっぱり考えることは一緒ですね。瀧澤は良いでしょう」

　竹山はさかんにこっくりしていた。

　樋口も笑顔になった。

「理事を含めた上層部で無記名投票することも考えていますが……」

「あり得ません。社長は〝広報本部長〟や〝建設本部長〟でもあったのですから。トップダウンで行くべきです」

「冗談冗談。もう瀧澤に決めたんだったな」

「おっしゃる通りです。ひとつお尋ねしてよろしいでしょうか」

「どうぞ」

「ずっと管理部門で活躍されてきた藤原豊仁専務は、どうされるのでしょうか」

「目端が利く男ですから心配ないと思うなぁ。陸士（陸軍士官学校）、当時の東京幼年学校だったか広島幼年学校だったか忘れたが、秀才中の秀才ですよ。東大・京大より格上でしょう。そんなことはどうでもよろしい。そういうことです。くれぐれもよろしくお願い致します」

竹山はひたすら頭を下げ続けた。

事実、藤原は退職後講演活動などで名を上げ、ものの見事にスーパードライのPRをやってのけた。もっとも、大方の社員が見るところは〝慇懃無礼でしたたか〟だ。樋口自身もそう思わぬでもなかった。

樋口は竹山の次に瀧澤を呼びつけた。

「瀧澤君を次の社長にしますかねぇ。磯田一郎さんがもの凄い勢いで口出ししてきたが、五代続けて住友銀行からのそれはないでしょう」

「………」

「現場の仕事は全部任せる。皆の意見は聞いた方が良いと思うよ。僕の真似は無理だ。絶対にできっこない」

「おっしゃる通りです。しかし、わたしに務まるのでしょうか」

瀧澤は固唾を呑み込んだ。堤悟会長の社長時代に『次は藤原だ』と担保した事実は百も承知だ。藤原は仕事もできるし、切れ味鋭い。アサヒビールのトップに相応しいと思わぬでもなかった。

「確かにおっしゃる、おっしゃるはずはないな、おまえさんの言う通りだが、どう言ったらいいのかなぁ。藤原は頭脳明晰であり過ぎる。統率力はあると思うが、全体のパワーは営業マンの君の方が上なんじゃないのか。冗談っぽく言ってるが、僕は本音です。ふうーん、そうは思えないと君の顔に書いてあるが、磯田一郎さんに瀧澤勲夫さんの名前を出しちゃったのだから、引っ込みがつかないでしょう。違いますか。言い返してみたまえ」

「竹山さんはどうなのでしょうか」

「彼はプロパーじゃないでしょう。僕の次はプロパーに決まってる。僕が社長になった頃から次の社長はプロパーと決めていたのは分かっていると思うけどねぇ」

「…………」

「瀧澤君は僕と同じで悪ガキだったと思うが、いっとう評価するのは、部下への思い遣りだ」

むろん二人共スーツ姿だ。樋口はいつもながらど派手なネクタイを着けていた。

「君は僕に対しても、住友銀行に対してもずうっと反感を持っていたでしょう。本音を言えば、君は鬱陶《うっとう》しい。ちょっと違うか。でも、君は良い奴だ」

「そんな……」

「僕みたいに気配りする方じゃないけれどな」

「…………」

「ま、いいだろう。受けてくれるか。取締役会に諮っても、誰も文句言わんよ」

「はい、お受けします。一所懸命頑張ります」

樋口はじろっとした目を瀧澤に流して、「戻ってよろしい」と告げた。そして、頃合いを見計らって瀧澤のデスクに電話をかけた。

「いいか。こういう時はな、一晩考えさせてくださいって言うのが礼儀だ」

「失礼いたしました。申し訳ありません」

「分かればよろしい」

「はい」

瀧澤は池田周一郎の体験を耳にしていたので、仰天しなくて済んだが、深呼吸を何度も繰り返した。

5

この年の八月後半、瀧澤は夏季休暇を長野県茅野《ちの》市の山荘で過ごしていた。九月一日のアサヒビール社長就任を目前に控え、挨拶原稿を執筆していた。

しかし夜中に腹部の激痛に襲われ、早朝病院に担ぎ込まれた。持病の胆石が原因とされる急性膵炎《すいえん》だった。

医師から「絶対安静三ヵ月です」と告げられた。その日の午後十一時過ぎ、瀧澤は樋口からの電話を受けた。

「どうや。大丈夫か」

樋口の甲高い声が耳に響いた。

「大丈夫です」としか言いようがなかった。

「なら、気をつけてな」

「………」

「九月一日には戻って来られるやろうか。心配でならんのや」

「はい。必ず……」

瀧澤は、主治医に「東京に帰らせてください」と懇願したところ、「駄目です。死にますよ」と断られたが、「九月一日にアサヒビールの社長に就任することになっています」と伝えると、鎌田實院長が「あなたの人生にとって大切なことですね」と言って許可してくれた。

数日後、妻の紀子、看護婦たちと寝台自動車で帰京し、東京の病院に入院した。

絶食、点滴中に紀子から「お願いですから社長職を受けないでください」と、縋り付くように言われたが、「そうはいかない」で押し通した。

二十一年ぶりにプロパーに回ってきた社長の椅子を、病気を理由に辞退することはできない。アサヒビールはこのままでは廃《すた》れてしまう。浮上させるトップは俺しかいないとの功名心が勝っていた。意地もある。

瀧澤は社長就任の挨拶で、壇上に立ち両手で机の天板を摑み、全身を支えた。

「皆さん。一人ひとりが自分の足元を自らの目で見つめ直しましょう。わたしは自分自身が、かくありたいと願っております」と、声を励ましふり絞った。

樋口がどう思い、どう考えているかなど頭の片隅にもなかった。

樋口の胸のうちは『こいつ、やるなぁ。俺の眼鏡《めがね》に適《かな》った。さすがだ。間違っていなかった』。

瀧澤は、大会議室を揺るがす拍手に背中を押された。元気づけられた。気のせいか、降壇はスムーズだった。

樋口が瀧澤に身を寄せて、肩を貸してくれた。

「よう踏ん張った。ありがとう。ありがとう。短いスピーチも悪うないぞ。うん」

「はい」

返事がかき消された。

「すぐ病院へ戻れ。戻るんや」

「はい」

「きょうから仕事は全部瀧澤に任せるからな。一過性の病気だ。病院で指揮をとればよろしい。違うな。病気を治すのが先や」

樋口の甲高い声に、拍手が鳴りやんだ。


瀧澤は病室でアサヒビールのおかれている状況を冷静に分析した。

ビール業界におけるアサヒのシェアが現実の厳しさを突きつけていた。

昭和六十三（一九八八）年一九・六パーセント、平成元年二四・六パーセント、二年二三・七パーセント、三年二四・〇パーセントと平成元年をピークに低迷していた。

一方、過大な設備投資による借入金は膨張し続けていた。平成四年の借入金は単体七千四百三十一億円、連結一兆四千百十億円だ。

キリン、サントリーなどに比べて体力で劣っている。

瀧澤は〝行け行けどんどん〟に歯止めをかけなければならない。心しようと胸に刻んだ。

まずトップセールスありきだ。〝地道に丁寧に〟を肝に銘じるべきだ。

奇跡のビールに酔いしれていたことを猛省しなければならない。

6

鈴木修・スズキ社長に面会を求めたのは、その第一歩と思える。共に昭和五年生まれで、旧知の仲だ。

浜松駅で支店長の井上治夫と営業担当の渡辺枝美子が瀧澤を待っていた。

送迎車はスズキワゴンRだった。

「君たちやるねぇ」

「ありがとうございます。鈴木社長がお喜びになると思いました。提案者は渡辺さんです。いくらなんでもやり過ぎかなと思わないでもありませんでしたが」

「それはない。鈴木社長は喜ばれるに相違ない。お二人さん、でかしたな」

井上と枝美子は顔を見合わせながら、嬉しそうに頷いた。

スズキ本社は浜松市高塚町にあった。

瀧澤たちは玄関前で鈴木に出迎えられた。

「おっ！　ウチのワゴンR。上場企業の社長では初めてですよ。参った参った」

「支店長の才覚ですよ。アイディアは営業担当ウーマンです」

「営業マンも営業ウーマンも、かくありたいですねぇ。ふんぞりかえってるバカ社長もいますが、大中小問わず、こうこなくちゃぁ」

「鈴木社長、心します」

瀧澤と鈴木は応接室で、一時間ほど話し合った。

「さっきのウーマンがワゴンRは運転しやすいと言ってました。なぜ人気なのですか」

「機能性が良いからに決まってます。買い物袋を下げたまま、屈まずに乗れるんです」

「なるほど。よく分かりました」

瀧澤は帰りも井上と枝美子に見送られた。東京駅へ向かう新幹線で『機能性ねぇ。機能性。機能性』と幾度も独りごちた。

瀧澤が妻の紀子とスーパーマーケットに出向いた時のこと、紀子が冷蔵ケースの奥に手を入れて品物を選んでいた。

「どうしてなんだ？」

「新しいからよ」

「そうなんだ」

「あら、今気がついたの」

瀧澤は閃《ひらめ》いた。〝食料品の機能性とは鮮度〟なのだ。

紀文食品の保芦将人社長の意見も参考になった。「作った日の商品がお店に並んでなくてはいけません」と言われたのだ。だが、ビールとかまぼこでは仕組みが異なる。違いすぎて話にならない。製造から出荷まで十日間。比ぶべくもない。

瀧澤は大田原恒平常務たちに鈴木と保芦とのやりとりを詳しく話した。何度か意見交換、意見調整した。

瀧澤がフレッシュマネジメント委員会の立ち上げに踏み切ったのは、平成五（一九九三）年三月のことだ。メンバーは製造、営業、物流、システム、四部門の実務者レベルである。

七月中旬の某日、瀧澤はフレッシュマネジメント委員会委員長格の大田原に説明を求めた。大田原は吹田工場長を経験し、現場を知悉《ちしつ》していた。

「八月の最盛期に結果が出せるか気が気じゃないのだが……」

「フレッシュマネジメント委員会は立派に機能し、成果に結びつけました。現に製造から出荷までのスピード感も出てきています。〝新鮮なビール〟は健全です。スーパードライは勢いを取り戻します」

「おっ！　君の目が輝いている。いけるんだな」

「八月にジャンプします。ご安心ください」

「平成四年のシェアは二四・三パーセントで辛うじて前年を上回ったが、今年は下がることはないんだな」

「はい。低下はないと思います」

「弾みがつくような数値か」

「わたしはそう願っています。確信したいとも……」

アサヒビールの平成五年のシェアは二四・五パーセント、六年は二六・四パーセント。この年サントリーが発泡酒を発売し、もてるパワーを見せつけた。

平成六年九月に池田周一郎専務が退任、アサヒビール薬品の初代社長に就任した。池田が瀧澤を表敬訪問した時、握手で迎えた。

「永々とお世話になりっぱなしだねぇ」

「とんでもない。この二年間、お役に立てず申し訳ありませんでした」

「あなたの存在は大きかった。感謝してますよ」

「いやぁ。どうも……。アサヒビールは快進撃するのではないでしょうか」

「そうあって欲しいがどうなのかねぇ」

瀧澤は笑顔で言葉を濁したが、内心自信たっぷりだった。

瀧澤が話題を変えた。

「磯田一郎さんのパワーは凄いと思います。樋口廣太郎さんをウチの社長にしたのは、磯田さんなのでしょうねぇ。樋口さんに押し出された堤悟さんをＪＲ西日本の会長に推したのも磯田さんだと思えてなりません」

「ご明察とは言いかねますが、わたしも瀧澤社長がおっしゃった通りかな、と思わぬでもありません」

「わたしを社長に推してくださった人は樋口さんです。わたしより先にご存じだったのですか」

池田はうつむき、あいまいにうなずいてから、瀧澤を見返した。

「全ては結果なのではないでしょうか」

アサヒビールの業界シェアは、平成七（一九九五）年二七・八パーセント、八年三〇・九パーセント。三〇パーセントの大台達成は、プロパー社長の踏ん張りなくしては考えられない。

瀧澤は飯田庸太郎・三菱重工会長がスーパードライを愛飲していると、新橋の料亭で耳にするやいなやすぐさま行動してもいる。長崎はキリンビールが圧倒的に強い。瀧澤はシェアを伸ばすチャンスだと思ったのだ。

飯田に面会を求めたのだ。飯田が瀧澤の挨拶を歓迎するのは当然至極である。

「わたしがアサヒビールさんにお礼に参上しなければいけませんでした。先を越されてしまいました」

「とんでもないことです。あらゆる方面から見積もりを取ったところ、合致したのは三菱重工さんの長崎造船所だったのです。貯蔵タンクに適した鉄板の厚みや技術能力が断トツだったのです。最大のメリットはコストでした」

「造船不況で、熟練工の解雇も考えていましたので、感謝感謝、感謝感激でした」

飯田は起立して深々と頭を下げた。


瀧澤は社長就任五年後の平成九（一九九七）年二月頃、長崎新聞社の小川雄一郎社長に会った。

「たとえばですね、〝三菱重工のタンクがスーパードライをつくる〟という広告を出すとしたら、いかがお考えになりますか」

「興味深いし、嬉しいに決まっています。ほんとうに大歓迎です」

「アプローチ、いやトライしてお見せしたいと存じます」

「樋口会長もそうでしたが、瀧澤社長も負けていませんね。トップセールスは素晴らしい。わたしには真似できません。びっくり仰天ですよ」

「任しとき、と言って胸を叩きたいくらいです」

因《ちな》みに長崎造船所の所長は「刺激的ですねぇ」と言って、首をかしげた。

「念のため申し添えますが、是非とも本社にご連絡をお願いします」

『言われなくても分かっている。立場立場の問題だろう』と言いたいくらいだ。

三菱重工の増田信行社長の快諾は、瀧澤の予想通りだった。

「当社の技術力の高さを宣伝していただけるのですか。朗報です。お気遣い感謝申し上げます」

「こちらこそ、ありがとうございます」

「長崎新聞社の社長の立場になりましてお礼申し上げます」

「恐れ入ります」

スーパードライの瓶と缶をあしらった全面広告は、長崎や周辺の県で広く話題を呼んだ。

瀧澤は社長就任時(平成四年九月)、『基本忠実』『積極的な考え』『心のこもった行動』をモットーに掲げた。

この三つに徹すれば、数字は自ずと付いてくると主張し続けた。

第七章　朋友たち

1

平成四（一九九二）年七月上旬某日、樋口廣太郎は、アサヒビール本社社長執務室のソファーで日枝久フジテレビジョン社長と向かい合っていた。日枝《ひえだ》が秘書にアポイントメントを取らせて駆けつけてきたのだ。

「日枝さん。どうしたんですか。なにごとですか」

「樋口さんにご相談したいことがあります」

「はい」

樋口が日枝にぐっと身体を寄せた。

「鹿内宏明会長に振り回されているフジサンケイグループは、今、正に危機に直面しております」

「分かります。フジサンケイグループは気懸かりな存在です。前田久吉さんがいわば生みの親です。偉人・賢人と言えますかねぇ」

前田久吉は明治二十六（一八九三）年、大阪生まれ、叩き上げの新聞経営者として知られている。戦前、大阪府下の群小新聞（約五十社）を統合して大阪新聞を発刊、さらには産業関係紙等々を吸収合併して産業経済新聞を創刊し、戦後、東京進出を果たした。

前田は戦後の一時期、公職追放されたが、昭和二十五（一九五〇）年、産業経済新聞社、大阪新聞社の社長に復帰し、一九五七年には東京タワーを建設、翌年、大関西テレビ放送（現・関西テレビ放送）と大阪放送を設立、希代の風雲児として名を馳せた。

樋口は「分かります。分かります」と二度も頷き、膝を打った。

「〝そっぺいさん〟の出番ですかねぇ。あんな人、世のため人のためにならない。駄目なものはダメなんです」

樋口は腕組みして、厳しい顔になった。そして声をひそめた。

「岳父（故鹿内信隆）の威光と興銀OBの看板を鼻にぶら下げて威張っている。とんでもないバカヤロウを退治するチャンス到来でしょう」

『待てよ。この部屋なら、大声で話しても誰にも聞こえない』

「秘書を挟むのはややっこしい。中山素平特別顧問とじかにやります。日枝《ひえ》ちゃんには〝オペラ・アイーダ〟以来、お世話になりっぱなしですから、少しはお返ししておかないと……」

日枝は低頭した。

樋口が中山に電話をかけて、「折り返しお願いします」と話した五分後に電話が鳴った。

「お元気ですか」

「はい。あなたは？」

「元気潑剌《はつらつ》です。中山さんにお願いがあります。よろしいでしょうか」

「どうぞ」

「わたくしの目の前にフジテレビの日枝久社長がおられます。ご存じですか」

「樋口さんほど親しくはないが、面識はありますよ」

樋口が受話器を手渡そうとしたので、日枝は首を左右に振った。

「あのう日枝社長にご引見いただけますでしょうか」

「一、二分待ってください。それとも、かけ直しますか」

「お待ちします」

樋口は受話器をもてあそびながら日枝に訊いた。

「日程は大丈夫ですか」

「指定されて当然です」

「分かりました」

樋口は受話器を耳にあてた。

「もしもし。はい。承知しました。七月二十一日午前十時ですね。日枝さんに申し伝えます。ありがとうございました。お体をお大切になさってください」

「お互いさまです」

樋口は日枝の顔を覗き込んで、にこっと笑った。

吐息をついたのは日枝のほうだ。

「僕も一緒に乗り込みますか」

「わたし一人のほうがよろしいと思いますが……」

「お邪魔ですか」

「中山さんの立場をお考えください」

「分かります。〝そっぺいさん〟がどう振舞うか見物《みもの》ですよ。あとで教えてください」

「はい」

樋口はにこっとした。

「僕は〝そっぺいさん〟とはツーカーの仲ですから」

「存じています」

樋口は左手のパーに右手のグーを三度ぶつけた。

「僕は結果オーライになるような気がしてならない。出たとこ勝負だけど、〝そっぺいさん〟の仕切るパワーは僕の十倍、違う百倍上です」

日枝はあいまいに頷くしかなかった。

「僕は鹿内信隆も息子の春雄も好きになれなかった。逆に二人とも僕のことを嫌いだったと思う」

「信隆さんはカリスマ性もあり、パワーもありました。中山素平さんが信隆さんと近い関係にあったことも事実です」

「経済同友会を立ち上げる時に〝そっぺいさん〟の使い走りみたいなことをしたんじゃないですか」

「経済同友会の創立に参加したことは確かです。戦後間もない頃ですから大昔ですが、水野成夫さんとの縁も大きいと思います」

水野成夫は元産経新聞社長で鹿内信隆の協力を得てフジテレビジョンの前身、富士テレビジョンを設立したことで知られる。

昭和四十（一九六五）年にはプロ野球の国鉄スワローズを買収して話題を呼んだ。

樋口が往時を偲んで瞑っていた目を見開いた。

「水野さんは日本フィルハーモニーの理事長もやってましたね。吉田茂首相や池田勇人首相のブレーン的存在でもあった。〝そっぺいさん〟、水野成夫、鹿内信隆の共通項は経済同友会ですよ。他界した人を悪く言いたくないけど、春雄は四十歳でフジサンケイ・コミュニケーションズ・グループの議長になって、増長したんじゃないですか。〝フジサンケイグループはメディア文化の覇権《はけん》を目指す戦闘集団〟とかなんとか、偉そうなことを言いましたよねぇ。四十二歳の若さで急性肝不全で亡くなった。信隆さんは二年前に逝去されたが、そうなると養子縁組みした鹿内宏明がのさばる訳ですね」

樋口が喋り出したら止まらない。日枝は聞き役に徹していたが、強引に口を出した。

「春雄さんは張り切り過ぎたのです。お尋ねしますが、中山さんは本当にわれわれを支援してくださると思いますか」

「もちろんです。宏明さんが興銀を辞めることになり、〝そっぺいさん〟に挨拶に行ったときのこと、〝そっぺいさん〟から『社員を大事にしなさい』と言われたのに対して『言われるまでもない』と思ったんじゃないですか。東大法科を鼻にかけた傲岸不遜な態度だと興銀のOBから聞きましたよ」

「フジサンケイグループは重大な局面、岐路を迎えております。宏明さんではフジテレビの上場も覚束《おぼつか》ないと思わざるを得ません」

「冗談じゃない。フジテレビは株式を上場しなければいけません」

「おっしゃるとおりです。上場を志向したいと考えております」

「テレビ局は公益性も求められている。オーナー企業であってはならないのです。オーナー面《づら》してるけど、パワーはゼロときている。宏明はそういう男ですよ。小心でバカヤロウなんだ。上場すればバカさ加減が目立っちゃうから。化けの皮が剝がれちゃう。それが嫌で嫌で仕方がない。分かる分かる。よく分かります」

『先回りしてはいけない。ここは心して聞こう』

「あんなのは排除するに限ります。上場すればフジサンケイグループはもっと強くなるんですから。〝そっぺいさん〟はすべて掌握してますよ。なにやらこの辺りが……」

樋口は胸に手を当てて続けた。

「ぞくぞくしてきました。同席したいなぁ」

「中山さんにお任せした方が無難なのではありませんか」

「うーん。そうねぇ。僕とは貫禄が違う。役者が違い過ぎます」

「そこまでは……」

「二十一日のディナーはどうなってますか」

「おつきあいするのは難しいと思います」

「テレビ局の社長は立場上大変でしょうねぇ。特に今はそれどころじゃないですね」

「とりあえず電話でご報告します」

ノックの音が聞こえた。コーヒーが運ばれてきたのだ。麦茶のグラスはとうに空っぽだった。冷水のグラスもセンターテーブルに並んだ。

「上場ともなれば、興銀さんも住友も関与させていただくことになりますねぇ。ありがたいことです。ありがとうございます」

樋口は頭を下げ続けた。

「すべてはこれからです。せっかちにもほどがあるのではないですか」

「まあねぇ。申し訳ない。でも一、二年先には……」

樋口は日枝の目をとらえて離さなかった。

「そんな。無理ですよ」

「せっかちだねぇ。ごめんごめん、ごめんなさい」

樋口は言葉とは裏腹に、嬉しそうだった。

2

日本興業銀行の本店ビルは東京都千代田区丸の内にある。地下二階の駐車場にも受付があり、十二階の特別顧問室まで直行できるので、人に顔を合わせる心配はない。

中山素平特別顧問を訪問する人は後を絶たないが、時間調整は厳密である。

日枝が女性秘書に導かれて専用応接室のソファーに座ろうとすると、隣りの執務室のドアが開いた。

「おはようございます。お忙しい中をお時間をいただき恐縮です」

「久しぶりですね。樋口さんからの折角の頼みごとですから」

中山は笑顔で執務室のドアを背にセンターテーブルの前に腰をおろした。

身長は一八〇センチ近い。明治三十九（一九〇六）年生れの中山は八十六歳だ。背筋をスーッと伸ばしている。

「樋口さんから、今朝八時頃に電話がありました。フジサンケイグループをくれぐれもよろしくお願いしますって言ってましたよ。僕と同じで貧乏性っていうのか、色んなことが気になる性分なんでしょう。樋口さんとはよほど近い仲なんですねぇ」

「はい。若輩のわたしを可愛がってくださいます」

「なるほど」

「中山さんも然りですが。お二人とも、世のため人のために尽くしておられます」

「いやいや。僕はちょっかいを出すのが好きなだけですよ」

日枝は、中山は樋口と同様に性格が明るく、オーラを放つ人だとの思いを強くした。

ノックの音が聞こえ、女性秘書が麦茶を運んできた。センターテーブルにグラスが三つ置かれた。

中山は日枝が小首をかしげたので、タネ明かしした。

「間もなく中村が来ます。それから十時半に鹿内宏明君を呼んでいる。僕はせっかちなので一挙に片づけますよ」

「ありがとうございます」

中村金夫頭取はすぐに現れた。

「失礼します」

「お邪魔しています」

日枝は起立して中村に挨拶した。

「中村も興味津々ですよ。フジテレビと産経新聞にとって不都合な人が、ふんぞり返っていてはいけません」

中山は視線を日枝から中村に移した。

「君、どう思う？　鹿内宏明君は人徳がない。当行であずかるのがいいんじゃないかな。鍛え直さないとねぇ。これ以上フジサンケイグループを取り仕切れというほうが無理なんじゃないのかな」

中村は咄嗟の返事に窮した。

日枝が堪りかねて上体を乗り出した。

「そこまでは甘え過ぎです。事柄の性質上、フジサンケイグループなり当人なりが考えるべきだと存じます」

「そうねぇ。出過ぎましたかぁ。小林吉彦さんは今どうされてるのですか。鹿内信隆君の番頭格でしたかねぇ。いや、フジサンケイの大御所的存在でしょう」

「サンケイビルの社長をされています」

「彼は宏明君についてどういう立場ですか」

「評価していません」

「宏明君は孤立無援なんですね」

日枝は思案顔を俯《うつむ》けた。

「鹿内宏明会長を担ぐ人はおりますが、もちろん少数派です」

「小林さんをここへお呼びすることは可能ですか」

「はい。席にいらっしゃいます」

「なるほど。心配してるんですね」

「はい」

中村は終始無言だったが、ほっとした顔で中腰になった。

「わたしは失礼させていただきます」

中山がきっとした顔を中村に向けた。

「いいから。ここにいなさい。十時から一時間とお願いしたでしょう」

中山は中村が座り直したのを見届けてから、日枝に笑顔を向けた。

「サンケイビルは目と鼻の先じゃないですか。ここへお呼びしたらよろしい」

「お言葉に甘えさせていただきます」

中山に命じられて、中年の男性秘書が小林と電話連絡した。

小林はほどなく駆けつけてきた。

鹿内宏明は専用車を興銀本店ビル駐車場に乗りつけた。

地下二階受付に中山特別顧問付の女性秘書が待機していた。

「表敬訪問、表敬訪問」

鹿内はエレベーターの中で強がって見せたが、声がうわずっていた。ネクタイを締める手がふるえている。

鹿内は中山に向かって一礼した。

「主役がいらっしゃいましたね。お呼び立てしてどうも。ともかくお座りなさい」

「失礼します」

鹿内は日枝と小林を睨みつけたつもりだが、弱々しい眼差しだった。中村には目礼した。

「立ってないで早く座りなさい」

中山は鹿内に手でソファーをすすめ、灰皿に置いたハイライトを指に挟んだ。

中山が煙草を喫《す》っている間、鹿内たちは身じろぎもしなかった。吸いさしのハイライトが灰皿に戻った。ピストル状の右手が鹿内の胸につきつけられた。

「昨年の二月にフジサンケイコーポレーションを設立したことを中山特別顧問に報告するのを忘れていました」

「そんなことはどうでもよろしい。僕に報告する必要もない。君に社員を大事にしなさいと伝えたのは覚えていますか」

「ええ」

「評判がよろしくないのがどうしてなのか分かっているのかな」

「……………」

「求心力が乏しいの一語に尽きる。フジサンケイグループのリーダーとして不適格だと僕は思う。多くの役員、社員が君を見限っている。この際、潔《いさぎよ》く辞めたらどうですか」

「分かりました。辞任します」

「本日の会合について他言は無用です」

　この日の午後、産経新聞社は臨時取締役会を開き、鹿内宏明同社代表取締役会長を解任した。

3

翌七月二十二日正午、樋口と日枝は都内のホテルで会食した。

「〝そっぺいさん〟の仕切りは見事でしたでしょう」

「はい。スピード感に舌を巻きました」

「実は〝そっぺいさん〟と電話で話しちゃったんです。僕が日枝さんに電話を入れるのは憚《はばか》られて当然でしょう。猛烈に忙しいことは重々承知していますから。大変だったでしょ？」

「はい。昨夜はほとんど眠る時間がありませんでした」

「そう思います。一世一代の大仕事をやってのけたのですから」

「樋口さんがすぐに対応してくださったお陰です。ありがたいことです」

樋口も日枝もスケジュールがタイトだ。

アルコール抜きでカレーライスとミックスサンドだった。

「午後二時か三時に、鹿内宏明が記者会見すると聞いています」

「ふうーん。全部辞めるつもりでしょう」

日枝が不思議そうに小首をかしげた。

「オーナーでもない鹿内家がのさばり過ぎたことは、世間一般の知るところです。僕も〝そっぺいさん〟も始めから見抜いていたが、頼まれもしないのに口出しする訳にはいかないでしょう。日枝《ひえ》ちゃんから相談を受けた時しめたと思ったので、すぐ〝そっぺいさん〟に電話をかけたの、分かるでしょう」

「きのうのことですので。この案件で中山さんから電話がありましたか」

「もちろん」

樋口は声高に返して、下を向いた。

「実は一回だけ。僕は……」

樋口は左手をパーにして、指を折りながら続けた。

「三回。ツーカーと言えると思いますが」

「おっしゃるとおりです」

「小林吉彦はご存じですか」

「二、三度会ってます。小林さんは鹿内一家にうんざりしてたんでしょう。いい加減にして欲しい、そんな感じでした」

樋口が唐突に話題を変えた。

「巽外夫なんかが何故天下の住友銀行で頭取になれたんですかねぇ」

樋口は初対面の人にまで、巽をけなして、小首をひねられたことが一再ならずあった。巽の力量を評価していなかった節がある。磯田一郎が巽をかくも買うのが不可解だったのだろうか。そりが合わない。好嫌《こうけん》だけのこととも言える。

日枝は、樋口と巽とは格が違うと思っていた。だからこそ樋口に物申した。当然のことながら、樋口は日枝に親近感を覚えた。

また始まったと日枝は思ったが、いつもどおり静かに諫《いさ》めた。

「樋口さんが頭取になっていたら、アサヒビールはどうなっていたのでしょうか。もっと言えば日本の産業、経済を変えたとは考えられませんか」

「ふうーん」

樋口は眼鏡を動かして日枝を見上げた。

「日枝ちゃんだけですよ。そんなふうに言ってくれるのは。朋友だからね」

「そうです。何度でも同じことを言うだけのことです。話を元に戻しますよ」

「はい。鹿内宏明のことですね」

「記者会見でニッポン放送、フジテレビ、サンケイビルの会長職およびフジサンケイグループ会議の議長を辞任すると発表するやに聞いています」

「当然でしょう。フジサンケイコーポレーションは解散するしかない。それも当然です。鹿内春雄も宏明も勘違いしていたとしか思えない。実力はないのに、ちやほやされて舞い上がってしまったんです」

「わたしのほうが話題を変えます。後継者はどうされるのですか」

「秘中の秘。いくら日枝ちゃんでもまだ開示できません。でもないか。もう本人に伝えたんだ。僕にいちばん向かってくる、いちばん嫌な奴、瀧澤勲夫っていう営業担当副社長です」

「素晴らしい。樋口さんしか出来ない人事です」

「大企業はどこもかしこも、自分にとって都合がよいのを後継者に指名しがちだが、僕は違う。アサヒビールに強い遺伝子を残すことになると自負しています」

「その言やよし。乾杯しましょうか」

「オーケー、オーケー」

樋口は急いでグラスを摑んだ。

「樋口さんは十年先輩ですが、オペラの誼《よしみ》は大きいと思います」

「そうそう。フジテレビジョンの社長だった羽佐間重彰さんが、後任に日枝さんを推して、ご自分はニッポン放送の社長に就任したのでしたね。日枝ちゃんと朋友になれたことを神に感謝しなければねぇ」

4

アサヒビールの文化活動による社会貢献は、平成元年から本格化した。

平成二（一九九〇）年秋には「ボリショイ・バレエ学校日本公演」を、同三年秋には「アレーナ・デイ・ヴェローナ〃トゥーランドット〃東京公演」に特別協賛している。

樋口と日枝は〃アイーダ〃を機に親近感が増し、家族ぐるみのつきあいをするまでになった。両夫妻四人の国内旅行や食事会が何度も行われた。

平成六（一九九四）年六月には、財団法人・日本美術協会（フジサンケイグループ）主催による高松宮殿下記念世界文化賞の受賞者がニューヨーク近代美術館で発表された。

クリントン米大統領夫妻主催のレセプションがホワイトハウスで催され、樋口も出席した。

日枝らフジサンケイグループ側は同世界文化賞の関係者だ。メディアの立場もあって、ホワイトハウスの会場まで、ほぼフリーパスに近かった。

一方、樋口はいちいちチェックされ面白くなかった。

日枝のお陰でクリントン大統領にも謁見《えっけん》できたが、通訳の紹介を受けた大統領に「ビアボーイ」と言われるに及んで、樋口は淡々と言い返した。

「ビアボーイではありません。日本一、世界でも有数のビール会社のCEOです」

むろん英語だ。クリントンが笑顔で頷いたので、樋口も頬をゆるめた。

樋口はホワイトハウスからホテルに向かうリムジンの中で、冗談ともつかずに言った。

「日枝ちゃんは良いですねぇ。ホワイトハウスはフリーパスだったんでしょう。僕なんかビアボーイ扱いです」

「ジョークですよ。クリントン大統領は笑いながら話されていたじゃないですか」

「ジョークというより揶揄的でした。ふぅーん。そうですね。ビール会社の社長がホワイトハウスで大統領に謁見できたのは日枝ちゃんのお陰です。お陰様で箔づけできました。感謝してます」

日枝は樋口流の自然体で低頭されて、悪い気はしなかった。

「ホワイトハウスの御礼かたがたワシントンDCでゴルフをどうですか。コングレナショナルCCです」

「暑いこの時期にラウンドするのは日本人と韓国人だけです。嗤《わら》われますよ」

樋口が頬を膨らませた。

『駄々っ子、やんちゃ坊主にもほどがある』

「思い出づくりにどうですか」

「いま決めることでもないでしょう」

「ふぅーん」

樋口は再び下唇を突き出した。

5

樋口廣太郎は昭和電工名誉会長の鈴木治雄に招かれて新橋の料亭で会食した。平成三（一九九一）年秋のことだ。鈴木のほうが一回りほど年長だが、気心が知れた仲だ。鈴木は財界知性派、教養人として知られている。

四方山話の後で、鈴木はいつもながらの笑顔でさりげなく言った。

「モネの睡蓮に魅了されましてねぇ。昨年、パリの美術館で集中的に観てきたんですよ。もっとも、数年がかりで観ていますが……」

樋口は頷きながら箸を置いた。

「マルモタン美術館ですね。通称〝モネ美術館〟ですか。デビュー作の〝印象・日の出〟は当時の画壇では好評ではなかったと聞き及んでおりますが、〝睡蓮〟はたいしたものです。特に晩年の〝睡蓮〟は感動、感激しました」

「おっしゃるとおりです」

「失礼致しました」

「どう致しまして」

鈴木は小さく右手を振って、続けた。

「モネの若い時代の〝テームズ川〟や〝ラザール駅〟なども素晴らしいとは思いますが、やはり〝睡蓮〟です。自分が晩年にあるせいか僕は印象派というよりも抽象派と言いたいくらいなのですが……」

「晩年なんて、とんでもないです」

鈴木治雄は画伯としても名高い。自画自賛派は山ほどいるが、絵心のある人からの評価は抜きん出ていた。

鈴木は平成二（一九九〇）年六月二十八日（木）の日記に書いた。

この美術館でモネー的雰囲気を十分に味わった上で今度はオランジュリー美術館を訪れた。

いうまでもなくここには睡蓮の超大作の連作が、そのために建造された広い二部屋を占めて訪問者を圧倒する。

シャガールは、「モネーはわれわれの時代のミケランジェロだ」といったが、ヨーロッパに存在する数々の大作の中でシャガールが直感的に連想したのはヴァチカンにあるシスティン・チャペルにおけるミケランジェロの天井画だったことはいうまでもあるまい。そのスケールの雄大さとテーマの統一性ということにおいてモネーの睡蓮はまさにミケランジェロと対比して、ともに偉大だと断言したのは卓見というべきであろう。

オランジュリーの大きな二部屋に入る際、何人《なにびと》も陶酔ともいうべき感動に襲われる。魅力的な睡蓮のイメージの中に静かに溶け込むように引き入れられると同時に、音楽的なメロディーがきこえてくる気分に誘われる。この絵に接すると、真に絵画的なものは同時に音楽的でもあるとの感慨に陥る。

マルモタン美術館でも感じたようにここでも強く感じるのはモネー絵画の抽象性と詩的創造性である。

他の印象派の画家達、例えば、ピサロ、シスレー、ルノワールなどを遥かに超えて、その後に登場する近代絵画、とくに抽象画を予見し、その導き手の役割りを果たしているように思える。

すでに同時代のボナールがモネーを尊敬し、賞賛していたことは知られているが、モネーの絵が印象派絵画と異なる詩的創造性を実現していることを彼が感じとっていたに違いない。

　鈴木は樋口を凝視した。

「朋友の樋口廣太郎さんにお願いがあります。アサヒビールさんでモネの連作を購入されるのはいかがですか」

「はっ！　どういうことでしょうか。モネの〝睡蓮〟は約二百点ありますが」

「二〇〇センチ四方の超大作を含めて七作でしょうか。相当な額になるかもしれませんが、なんせ七作品ですから、むしろ割安と考えられるかもしれませんよ。安田火災さんはゴッホの〝ひまわり〟を約五十五億円で購入されました。多くのファンに公開されることを考えれば決して高く付いているとは思えません。ゴッホとモネを比較するのもなんですが……」

　樋口はグラスを握り締めた。

『超大作を含めて七作ねぇ。独断専行は許されない』

「実は第一生命さんがすでに確保しているのです。むろんパリの美術館所蔵の作品とは異なりますし、どういう経路で入手されたかも詮索してませんが、買い値で譲り先を探していると相談されたものですから。ふと樋口さんの顔が目に浮かんだのです」

「ありがたいお話ですし、個人的には理解できます」

「アサヒビール・グループには相応の体力があると僕は思いました。展示する場所については僕も知恵を出しましょうかねぇ。第一生命さんを支援したいのです。第一義的にはモネを日本国で所蔵、保有したい一心なのです」

樋口は鈴木の話に魅き込まれた。

「分かります。分かります。僕もモネには痺《しび》れました。しかし、今ここで決める訳にも参りません」

「それはそうです。即断即決しろは無理筋にもほどがあります」

「今夜は素晴らしいお話を賜り感謝申し上げます」

「僕のほうこそ感謝します。握手しましょう」

二人はテーブル越しに両手を握り締め破顔した。

「ところで鈴木治雄先生は第一生命が確保したという超大作の実物をご覧なさったのでしょうか」

「いいえ。しかしパリの美術館で観ていますので眼底に焼きつけられています。樋口さんも超大作を目に浮かべているのではありませんか」

「はい。その通りです……」

樋口の頭の中は遥か先を疾《はし》っていた。偶然だろうか。神の啓示かもしれない。

荒巻禎一京都府知事から大山崎山荘の開発計画に関する話が寄せられていたのであ

る。

6

樋口廣太郎は、経営会議でモネの連作について弁舌をふるった。

「第一生命は旭化成に次ぐ当社の大株主です。昭和電工の鈴木治雄名誉会長は僕を朋友と立ててくれました。アサヒビール・グループには相応の体力があるともおっしゃっていた。偶然というには余りにも不思議ですが、京都府の荒巻禎一知事から大山崎山荘の環境破壊をなんとか阻止したい、ついてはお力を貸してくださいと依頼されていることは皆さんご存じの通りです。鈴木治雄さんはそこまでは知らないでしょう。モネの連作を展示する場所は知恵を出すと言うてたからねぇ。大山崎山荘は京都と大阪の誇り、いや関西圏の誇りです。マンションの開発、建設のために取り壊されるなんて冗談やない。地元住民が環境破壊されてなるかと反対運動に立ち上がるのは当然なんです。その最中に鈴木治雄さんからモネ、睡蓮の連作をどうかという話が飛び込んできた。印象派の巨匠の絵画を展示するにこれほど相応しい美術館はないのです。アサヒビール・グループの総力をあげて大山崎山荘を蘇生させようやないですか。国益に適うと思わぬでもない……」

樋口の話はまだ続いている。

経営会議の議長はむろん会長の樋口だ。

社長の瀧澤勲夫は感慨にふけっていた。

瀧澤は四十年ほど前の大学一年生の秋に厳父、幸太郎の親友、加賀正太郎から大山崎山荘に招かれた。幸太郎は昭和二十四（一九四九）年八月一日に脳梗塞で急逝した。享年六十二。

「今宵は東京高商（現・一橋大学）の同期生たちで、月見を兼ねた瀧澤幸太郎君を偲ぶ会なんだ。よく来てくれた。お父上が亡くなって三ヵ月になるね」

加賀は端正な面立ちだ。その笑顔に瀧澤は魅き込まれ、一気に肩の力が抜け、楽になった。

「はい。父の死は未だに信じられません」

加賀は関西の富豪、実業家として聞こえている。ロンドンを拠点に欧州各地を周遊し、英国の王立植物園キューガーデンでは、洋蘭の栽培を見学して感銘を受けた。一方で日本山岳会に入会、アルピニストとしても名高い。スイスの名峰ユングフラウ日本人初の登頂者だ。

「瀧澤君、この別荘はわたし自身が設計し、建てたんだ。お父上から聞いているかな」

「いいえ。申し訳ありません。お招きいただき感謝申し上げます」

瀧澤の言葉が前後するのは致し方ない。身内の震えを制しかねていた。

「瀧澤君、ちょっとバルコニーへ行こう」

二人は階段を並んで上がった。

「川が見えるだろう。君は関西出身だから分かるな。木津川、宇治川、桂川だ」

眼下に望見できる。瀧澤は息を呑んだ。

加賀が川の方向を指差した。

「土手の木は何か、分かるか」

「いいえ。分かりません」

「しだれ桜だ。わたしが植えたんだが、十年後、二十年後の景色は最高だろうな。護岸にもなるので、地元の方々にも喜んでもらえる」

心あたたか、心豊かな人。壮大な人。大富豪で気宇広大な人物だ。

瀧澤は私事《わたくしごと》なので開示しなかったが、内心は樋口の話に拍手喝采だった。

相当な資金を要することになるが、鈴木治雄なり第一生命なりが大山崎山荘の蘇生を後押ししてくれたと取って取れないこともない――。

加賀正太郎は加賀証券のほか、多くの事業に取り組んでいるが、大日本果汁（ニッカウヰスキーの前身）への出資もそのひとつだ。

後にニッカウヰスキーの創業者となる竹鶴政孝は、摂津酒造を経て、寿屋（サントリーの前身）に入社。大阪山崎蒸留所の設立に携わったが、本場スコットランドでの留学で得た自らの本格的なウィスキー作りの技術を活かしたいとの野望を抱き、独立を考えた。会社設立のために出資者を探し求めていたが、近隣に住む加賀正太郎とは竹鶴夫人リタが加賀夫人の英語の教師を務めるなど心安い付き合いをしていたこともあって、相談を持ちかけたのは当然の流れといえる。

竹鶴の熱意に打たれた加賀は、出資を了承するが、最初はアップルジュースの製造から始めた。大日本果汁は昭和九（一九三四）年設立（昭和二十七〈一九五二〉年にニッカウヰスキーに改称）、北海道余市に工場が建設され、本格的なウィスキー作りが開始された。

苦難の連続にあった中で、常に竹鶴を励まし、共にニッカを支えたのが加賀正太郎だが、病に倒れ、昭和二十九（一九五四）年に死去した。加賀は死の直前、大阪の実業界の繋《つな》がりで深い親交があり、信頼を寄せていた朝日麦酒社長・大峰耕造に、ニッカウヰスキーの株を譲り、会社の行く末を託した。

同四十二（一九六七）年、「大山崎山荘」が加賀家の所有を離れ、転売された後、年代を経て建物の老朽化が進んだこともあって、一九八九年には、山荘を取り壊しマンションが建設される計画が浮上した。しかし「大山崎山荘」に愛着を覚える地元の人々を中心に山荘を保存したいとの運動が盛り上がった。

アサヒビールはニッカウヰスキーの設立や大峰耕造との親交など、加賀正太郎と奇《く》しき縁で結ばれていたこともあり、京都府からの要請に応え、平成三（一九九一）年、京都府との共同のもとに購入、山荘をもとの姿に戻すために美術館にすることを決定した。

平成十八（二〇〇六）年三月に刊行された『アサヒビール大山崎山荘美術館』収蔵品図録の〝ニッカウヰスキー設立〟に関する記述によるが、樋口廣太郎なくして、山荘美術館は存在しなかったことは紛れもない事実である。

荒巻知事は、京都に縁の深い樋口を頼って修復、建築を懇願したのだ。

樋口は〝モネの睡蓮〟を渡りに船と取った。

樋口はまず、京都支店長に実地調査を命じ、中村、林、武田の三人が現地に出向いた。

四半世紀も放ったらかしにされた山荘の庭は、雑草が生い茂っていた。玄関を入ると蜘蛛《くも》の巣だらけで、小動物が走り回っていた。薄気味悪さといったらない。

ヘルメット、軍手、懐中電灯の用意は当然だが、伸び放題の雑木林がざわざわしていた。

「鳥肌たちますぅ」

「まるでお化け屋敷やなぁ」

「窓ガラスは割れているが、建物はしっかりしとる。さすが天下の加賀正太郎さんが手ずから建築しただけの建物や。樋口社長が自分の目で見ないと気が済まないことは百も承知だ。そう思うやろう？」

課長の中村が部下に同意を求めると、二人とも二度三度こっくりした。

樋口は〝お化け屋敷〟時代に幾度も山荘へ足を運んだ。脚力は誰にも負けない。従うほうが顎を出した。樋口が後れを取ったのは安藤忠雄だけだ。年齢差もさることながら、一時期ボクサーを志したというのだから、敵うはずはなかった。

7

樋口廣太郎は晩秋の某夜、赤坂の料亭で鈴木治雄を接待した。

スーパードライで乾杯し、すぐさま樋口は切り出した。

「モネの睡蓮などの連作の件ですが、アサヒビール・グループで受け入れたいと存じます。僕の独断ではありません。経営会議で反対する者はおりませんでした。実は京都府の荒巻禎一知事から相談したいと言われまして……」

鈴木は話を聞いて真顔で低頭した。

「ありがたいことです。助かりました。第一生命さんになり代わって心からお礼申し上げます」

「鈴木治雄先生をお使い立てして申し訳ございません。これからは僕が責任をもって第一生命さんと話し合いたいと存じます」

「はい。当然のことながら僕は引っ込みます。それにしましても大山崎山荘の話は朗報も極まれりです。生きている間の楽しみが増えました。荒巻禎一さんにも感謝しなければいけませんね」

「僕は悩んでいたのですが、モネの連作を、日本国で所蔵、保有したいとのお言葉に励まされました。役員たちには国益に適うとまで申しました」

鈴木は真底、嬉しくて嬉しくてならなかった。

「おっしゃる通りです。握手しましょう」

鈴木も樋口も握手が好きで、共に明朗かつ陽性だ。

「山荘の敷地はどのくらいあるのですか」

「約五千五百坪です」

「ほおう。そんなにあるのですか。地元の人々にとっては宝物なんですね。かの大峰耕造さんは民芸品のコレクターとして知られています。大峰さんの所蔵品も美術館に展示できる訳ですねぇ」

「大峰耕造さんの所蔵品だけで約千点あります。全てを常に展示するのは不可能ですが、新美術館につきましては色々様々なものが……」

樋口は頭に手を遣りながら続けた。

「駆けめぐっているのですが、はっきり見えてきましたらご報告いたす所存です」

「報告なんてご冗談を」

大峰耕造は朝日麦酒の初代社長で、民芸運動の良き理解者だった。

「アサヒビール・グループには有力な子会社がありますねぇ。わけてもニッカウヰスキーは立派な会社です」

「加賀正太郎さんはニッカウヰスキーの生みの親でもあるのです。ニッカのために援助を惜しみませんでした。加賀さんのご恩に報いたいとの願いを込めて、大山崎山荘を修復し、美術館を新築したいと思っています」

「モネの睡蓮は錦上花を添えることになる訳ですね」

「それどころか目玉中の目玉です。第一生命さんとは可及的速やかに話を進めさせていただきます。鈴木治雄先生は企業メセナ協議会の会長ですから、そのお立場でモネの連作をなんとかしたいとお考えになったのではありませんか」

鈴木は微笑した。

「あなたも有力メンバーです。その思いはお互いさまでしょう」

同協議会は産業界が芸術文化活動を支援する目的で平成二（一九九〇）年に設立された。鈴木は初代会長である。芸術への造詣《ぞうけい》の深さは、樋口ならずとも否定しようがなかった。

「嬉しいですねぇ。楽しみです。京都の美術館でモネの睡蓮を鑑賞できるなんて夢のようです。樋口さんならではです。夢が叶えられるんですねぇ」

鈴木は感に堪《た》えないように抑揚をつけて言って、顔をあげた。樋口は鈴木の笑顔の素晴らしさに、思わず握手を求めていた。

「美術館が竣工した暁《あかつき》には、ぜひともご覧くださいますようお願い致します」

「駆けめぐっていた樋口さんの頭の中は、もう整理されたのですか」

「まだまだです。しかしながらトライすることは間違いございません」

「よく分かりました」

「一番先にご案内したいのは鈴木治雄画伯です」

「気が早いですねぇ。僕も負けてないが、樋口さんには負けます」

芸者や仲居が二人の話に入って来られないのは仕方がないが、笑い声の絶えない酒席は結構盛り上がっていた。

8

樋口は自他共に認める〝デザイナー〟だ。脇目もふらずに大仕事に励んでいると言われても、文句はつけられない。

樋口は異色の建築家、安藤忠雄に設計、建築を依頼した。近い仲である。

ある時、樋口は安藤からスケッチブックを見せられて唸り声を発した。

「おうっ！　ええぞう」

急勾配の傾斜地に建つ美術館が目に見えるようだった。

「これはエレベーターやな。円筒型の美術館。ふうーん。コンクリートの構造物を半分ほど地中に埋めるんか。新旧の建物が対話しながら調和する訳やな」

「おっさん。景観を壊したらあかんのです。木や花は大事にせなぁ」

「さしずめ〝地中の宝石箱〟やな。美術館は〝宝石箱〟に決まっとる。モネの睡蓮。タテヨコ二〇〇センチの睡蓮は見応えあるぞう。わくわくしてくる」

〝地中の宝石箱〟の予定地に北米原産のセンペルセコイアが聳《そび》えていた。大山崎山荘のシンボル・ツリーだ。

伐採するしかない筈だった。

樋口は悩んだすえ、安藤の意見を聞いた。

安藤は移植すべしだった。樋口は与《くみ》した。

大木一本を動かすのに数ヵ月も要するとは誰にも予測できない。

平成六（一九九四）年末に山荘の修復工事が完成した。翌七（一九九五）年一月十七日に阪神・淡路大震災が襲来。樋口は肝を冷やした。修復なかりせば山荘は甚大な被害を受けていたと思ったからだ。


新美術館が竣工したのは平成八（一九九六）年四月である。

樋口は〝地中の宝石箱〟に降りるエレベーター塔が気になってならなかった。

「景観をそこなう。壊すか」

「無理や」

安藤はにやりとした。冗談に決まっていると思ったに過ぎない。景観のほんの一部だし、眺める角度を変えるなり、少々歩けば済む。

樋口の注文の付け方、出し方の猛烈ぶりに『おっさん、たいがいにせぇや』と思ったが、施主ゆえに口に出せなかっただけのことだ。

鈴木治雄は、アサヒビール大山崎山荘美術館の見学、鑑賞を堪能した。

大庭園の四季の移ろいが目に浮かぶ。見事さが肌で感じられた。今はしだれ桜が満開だ。夏季なら山荘前の池の睡蓮がさぞや涼しげだろう。

人々は景色、景観で気持ちが和み心温められる。

加賀正太郎の遺産の巨きさは途轍もない。加賀に感情移入して、加賀になり切ったつもりで完走した樋口廣太郎は褒められて然るべきだ――。

いよいよモネの睡蓮だ。

鈴木は〝地中の宝石〟の睡蓮に心を奪われた。

「鈴木治雄先生のお陰です。高い買物とは露《つゆ》ほども思いません」

「樋口さん流に言い返しますよ。〝なにをおっしゃるウサギさん〟です」

「参りました」

「パリの美術館で観たものより素晴らしい。愛着を感じるせいでしょうか。見蕩《みと》れてしまいますね」

鈴木は超大作に接近した。

「睡蓮の花が奇麗じゃないですか。一九一四年から一七年の間に画《か》いたそうですが、さすが印象派の巨匠と言われるだけのことはありますよ」

「はい。観ているだけで掌《て》が汗ばみます」

二人ともスーツ姿だ。控えている秘書たちのほうが緊張していた。鈴木は気にもしなかったが、樋口は気遣った。

〝地中の宝石箱〟からテラスへ移動し、コーヒーを飲みながらの話になった。

「ここからの見晴らしは素晴らしいの一語に尽きます。山荘のたたずまい全てに胸がときめきました。睡蓮の超大作が霞むほど……。ジョークです」

「睡蓮なかりせば円筒型の美術館はありません。山荘美術館しかりです。僕は安藤建築士からスケッチを見せられたとき、『こいつやるなぁ』と思いました」

「なるほど。意表を衝かれた訳ですね」

「建築家の感覚、感性は鋭いというか、違います」

「樋口さんも負けず劣らずでしょう」

「安藤忠雄さんをやり込めたことが何度もありました」

「大山崎山荘美術館は、世界に冠たるものがあるのではないでしょうか。ドキドキしますね」

「国益に適うはいかがなものかと思わぬでもなかったのですが、後世に残るのですから、それでよろしいでしょう。本当にそう思います」

「僕は自信満々、自信たっぷりです。最初に山荘ありきです」

「睡蓮は押し売りみたいな気がしないでもなかったのですが」

「それこそご冗談が過ぎます」

鈴木も樋口もからからと笑った。

「サントリーさんから、大山崎山荘を譲ってもらえないかとの要請がありましたが、僕は頑としてノーと肘鉄をくわせました。モネのお陰、鈴木治雄先生がヘッジしてくださったのです」

「怖れ多いことです」

鈴木は頭を下げてから、「握手しましょう」と手を差し出した。

第八章　社外活動

1

樋口廣太郎は会長就任後、一年足らずで執務室を京橋三丁目の東京支社に移した。

「会長と社長の部屋が隣り合わせだと鬱陶しいだろう。気遣いするほうもされる側も面倒や。社長に面会した後、皆俺のところへも説明にくるからな。来なければ来ないで文句を言うのが俺流だが。おまえも社長として自立したいやろう」

瀧澤は頰をゆるめたが、とうに自立しているとの思いが強かった。ただし樋口の〝担保力〟は認めざるを得ないし、よくぞ社長に指名してくれたとの思いもある。人事問題で懊悩しない分、仕事に専念できて、好都合だと言いたいくらいだ。

「ともかく吾妻橋本部にはおらんからな。経営会議には出席する。前もって資料を読み込むから安心しろ。土日返上で勉強するしかないな。仕事はおまえに任せてよかったが、任せっぱなしというのは無責任やろう」

瀧澤は深くうなずいた。先回りしてはならないとわが胸に言い聞かせて沈黙した。

「瀧澤の営業センスは抜群や。褒めてやる。カリスマ性もあるしな」

瀧澤は首と手を左右に振った。

樋口は経営会議で〝引越〟をすでに宣言していた。

「仕事のことで口出しするのはあと一年だ。スーパードライはよかった。税金もいっぱい払ったので、国のためにも尽くした。もっともっと尽くしたいと願っとる。アサヒビールの底力を引き出したことをわれながら褒めてやりたい。なんだかんだ言っても、大中小を問わず企業を動かすのは人の心や……」

樋口は、胸に手を当てた。大企業の社長に向かって、こんなお説教を垂れるのはどうかと思わぬでもなかった。

「すまんすまん」

「いいえ」

「まだ時間はあるか」

樋口は時計から目を上げた。瀧澤は強く見返した。

「バブルが弾けて住友銀行はのたうっておるなぁ。不良債権が酷すぎる。僕が頭取になっとったら、こんな体《てい》たらくにはせんかったと思う。昔なぁ、磯田一郎さんに歯向かったことがあるんや」

瀧澤は察しがついた。樋口は住友銀行の副頭取の立場で、胡散臭《うさんくさ》い巨額融資に執拗に反対し、磯田の逆鱗に触れた。損失は大きく、樋口の反対論は正しかった。

瀧澤は突然、樋口に指差されたが、怯《ひる》まなかった。

「俺が住友銀行の頭取になっていたほうが、よかったと思わないか。異論があるなら言いたまえ」

瀧澤は居住いを正した。

「わがアサヒビール、アサヒビール・グループはどうなっていたでしょうか。落日はないと思いますが、朝日の輝きを放っていたか疑問符が付きます」

樋口は眼鏡を動かした。

「おまえに言われると嘘っぽく聞こえるなぁ」

「樋口廣太郎は産業界全体を変えたと評価されています。住友銀行のどえらいエラーは防げたとしましても、日本全体、トータルで考えるべきではないでしょうか。失礼ながら申し上げますが、住友銀行の頭取そして会長になられていたら、バブル崩壊後の処理で大変だったのではないでしょうか」

「偉そうに言うな。俺が頭取になっていたら、妙な人たちにしてやられるようなみっともない真似はせんかったろうな。未然に防いでいた。磯田一郎さんはこれから苦労するぞ。心配でならん」

樋口の古巣への思いは痛いほど分かる。だが、アサヒビールのトップだからこそ存在感がより強大なのだと瀧澤は思った。

「仕事面での口出しはなるべく控える。会長になると仕事以外の頼まれごとが多くてな、これからはお国のために頑張らなあかんと思うとる」

樋口は気持ちがふっきれたようだ。

バブル崩壊後、住友銀行は筋の悪いOB絡みを含めて、複数の大事件に巻き込まれ、世間一般の評価は低下する一方だった。しかし、不可解なことに住友銀行グループでは、磯田一郎相談役のカリスマ性が逆に増したとする見方が定着した。もっとも住友銀行に限らずバブル崩壊後の不良債権処理問題で日本経済全体が揺らぎ、大騒ぎになっていた。

2

京橋三丁目の東京支社に事務所を構えた樋口は、社外活動に傾注した。世のため、人のためと思ってほとんど引き受けてしまう。お国のために微力を尽くしたいと樋口は願っていた。

樋口の人気ぶりは財界人の中で突出していた。社長時代は社外活動を控えて当然だが、会長になれば、舞い込むことは予期していたが、予想を遥かに超えていた。

大学の客員教授は相当数求められたが、出来る限り任期を決めて引き受けた。『まさか。そこまでは』と樋口が思った一つが首相の私的諮問機関の〝防衛問題懇談会〟の座長である。

平成六（一九九四）年、細川内閣時に、冷戦終結後の「防衛計画の大綱」を見直すことになり、懇談会が設置された。

細川護熙《もりひろ》は肥後熊本藩の第十八代当主で朝日新聞記者、参議院議員、熊本県知事などを経て、日本新党を結成、平成五年七月の第四十回総選挙で衆議院初当選を果たし、三十八年ぶりに自由民主党からの政権交代を実現した。

樋口は懇談会の委員候補に挙げられ、渋々受諾した。防衛問題に関する知識は皆無に近い。

「ビール屋にお呼びがかかるとは、どういうこっちゃ」

樋口は経営会議の面々を見回しながら、冗談っぽくのたまわって、瀧澤に目を留めた。

瀧澤は真顔で返した。

「座長もあり得るんじゃないでしょうか」

「冗談言うな。僕はズブの素人や。防衛問題など縁もゆかりもない」

「だからこそ客観視できるのではないでしょうか」

専務取締役の吉村秀雄の意見に、樋口は『こいつ。言うなぁ』と思わぬでもなかった。

吉村は昭和三十二年の入社時に「ドン尻でアサヒビールに採ってもらえた。浪速《なにわ》の営業に徹する」と語ったほど率直で飾らない男だった。

樋口は吉村の明るい人柄と面倒見の良さを買っていた。

「ふうーん。座長の可能性もなくはないか。一、二割の確率やろう。委員にしろ、座長にしろ難儀するなぁ。勉強せなあかん」

樋口は笑顔で独りごちた。

首相官邸でも樋口の派手なネクタイは目立った。

樋口は細川とは初対面だったので、名刺を出した。

「内閣総理大臣閣下、アサヒビール会長の樋口廣太郎と申します。よろしくお願い申し上げます」

「細川です。こちらこそどうぞよろしく」

樋口以外の委員は細川と面識があった。

「細川首相とは初めてなんですか」

「はい」

委員の中には「どうして、あなたが呼ばれたのですかねぇ」と怪訝そうに質《ただ》す者もいた。

「知りません。逆にどうしてなのかお尋ねしたいくらいです」

座長候補者は複数存在したが、引き受け手がいなかった。

「樋口さん、座長を受けてください。皆さんにお聞きしたところ、あなたが適任だと言っておられます。お願いします」

細川首相に頭を下げられたら断れない。

「承知致しました。お受けします」

樋口は座長に就いた以上頑張り抜くしかないと臍《ほぞ》を固め、猛勉強した。

〝一割ぐらいの予算削減はどうか〟が細川首相の意向だった。

論議、討論の期間は約半年だ。その間、首相が細川から羽田孜（新生党）、村山富市（日本社会党）に代わった。

「懇談会は取りやめで、お役ご免でしょう。社会党の首班で防衛問題懇談会でもないと思います」

樋口は歯ぎしりする思いだったが、『なんぼなんでも中間報告書ぐらいは……』と、少々当てにした。

村山首相は懇談会の初会議で委員一人一人に丁寧に「ご苦労さまです。よろしくお願い致します」と労いの言葉をかけてから、二十分ほど挨拶した。

樋口はアサヒビールの経営会議で、興奮冷めやらぬ面持ちで披瀝した。

「僕は村山富市首相を見直しました。事実は知らなかっただけのことですが、人間的に立派な方です。これまでの防衛問題懇談会の議事録を丹念に読み込んでおられた。『皆さんのご意見を承ります』の言葉には頭が下がる思いでした。僕は懇談会を取り仕切って、必ずや後世に残るような報告書をまとめてご覧に入れます」

樋口の丁寧語は久方ぶりだ。

村山首相は懇談会で無遅刻、無欠席を貫き通した。樋口は一国の総理としてかくあれかしと思わずにはいられなかった。

報告書の出来映えは見事だった。樋口は自画自賛しても、誰にも文句を言われないと自信満々だった。

報告書は、冷戦終結後の時代に合わせて、安全保障政策の方向を示し、米国を中心とする協力関係の維持と関係強化をはじめ国連の役割についても踏み込んだ。

また、防衛力の効率化、正面装備の近代化、国連平和維持軍（ＰＫＦ）参加の凍結解除などを提案。この中で空中給油機の必要性、陸上兵力の削減、ただし、北海道の一個師団を削る代わりに正面装備を大幅に充実させる等々、実質、防衛力は向上することも明記された。

報告書は大きな反響をもたらした。

クリントン政権下の国防次官補、ジョセフ・ナイの「東アジア戦略報告（ナイ報告）」に影響を与えたのだ。

後日、樋口は米国防総省関係のＣＳＩＳから日本人初の「ハビブ賞」を受賞した。

3

樋口は平成七（一九九五）年春、日本興業銀行本店ビルに中山素平特別顧問を訪問した。

樋口は中山に会う度に思う。なんと姿勢の良い、きりっとした爺さんがいるものだと。

樋口は中山に「あなたとは朋友の仲ですね」と言われた覚えがあった。

中山は用向きを伝えなくても時間を割いてくれる。

「相変わらず元気潑剌ですね」

「中山さんには敵いっこありません」

中山は頬をゆるめた。

「寄る年波には勝てませんよ。注意しなければならないのは、トイレの後でファスナーを閉め忘れないことです」

「それは年齢に関係なく、若い人でもありますよ。そそっかしいかどうかの問題です」

「物忘れのほうはまずまずと思っていたのですが、最近ショックを受けましてね」

「ショックですか。中山さんほどの方が……」

「リビングから書斎に移って、さて何をしに来たのか分からなかったことがあったの」

中山はハイライトを咥《くわ》え、ライターで火を付け、煙を吐き出してから冗談ともつかず続けた。

「いったんリビングへ戻り、煙草を一服吸って、すぐに思い出したのでやれやれです。健忘症になったのかと悩みましたよ」

「そんなことはわたしにもあります。心配するには及びません」

「そうですか。樋口さんでもそんなことがあるの？」

「はい」

樋口はついぞ体験したことはなかったが、中山を庇ったつもりだ。たった一度だけで悩む中山のほうがどうかしているとの思いもあった。

「樋口さんとお会いすると元気づけられます」

中山が笑顔で続けた。

「用向きをお尋ねしてよろしいですか」

「経団連の副会長をどうかと打診がありまして、それこそ悩んでおります」

「胸を張ってお受けなさい」

樋口は怪訝そうに中山を見上げた。

「知る人ぞ知るですが、僕は豊田章一郎さんの秘書役……」

中山はハイライトを灰皿に捨てて、にやにやしながら話を続けた。

「まぁ相談役ですかねぇ。経団連副会長人事に限ってですが、相談にのっています。僕は公平に人事を見られる立場だと、多少自負している」

「分かります」

樋口は大きく頷いた。

『〝そっぺいさん〟が俺を推してくれたに相違ない』

「先回りして僕に売り込みに来る人もいる。そういう人はほとんど箸にも棒にもかからない。ちょっと言い過ぎたが、樋口さんだって首を傾げたくなるでしょう。僕は天の邪鬼なのかも知れませんが」

「天の邪鬼なんてとんでもない。売り込みに来る人がいるとは驚きました」

樋口は瞬《まばた》きして、コーヒーカップに手を伸ばした。

「中山さんは相談役とおっしゃいましたが、軍師……、失礼しました。豊田経団連会長の監督みたいな立場ですね」

「そこまでは自惚れていません。豊田さんの人物鑑定眼もたいしたものです。まぁ相談役でよろしいでしょう。意見が合わなかったことは一度もありません。特に〝樋口副会長〟についてはそうでした」

中山は茶目っ気のある目を樋口へ向けた。

豊田章一郎・トヨタ自動車会長は日本経済団体連合会（経団連）の第八代会長、任期は平成六（一九九四）年五月から平成十（一九九八）年五月までだった。

「財界四団体関係の人事などには疎いほうなので、中山さんの立場を忘れておりました。わたしは中山さんの眼鏡に適ったということなのでしょうか」

「強く推すのは当然じゃないですか」

中山は声をたてて笑った。樋口も応じた。

樋口が真顔になった。

「豊田章一郎さんは経団連の副会長人事で中山さんを頼らざるを得ないのはよく分かりました。社是とまでは申しませんが、中央財界に関心を持つべきではないが、かつてのトヨタの在り方でした。豊田章一郎さんは基本方針を変えた訳ですね」

「そういうことになりますねぇ。そのことでも相談を受けました。章一郎さんはしっかりした人物です。財界総理に相応しいと僕は思います」

「はい。それにしてもビール屋の経団連副会長は前代未聞です。非難囂々《ごうごう》なんてことにならないか心配です。諸先輩を差し置いて、わたしごときでよろしいのでしょうか」

中山のピストル状の右手が樋口の胸板めがけて突き出された。

「心配ご無用。嫉妬したり、焼き餅を焼く人はいっぱいいるでしょう。防衛問題懇談会を取り仕切ったのは樋口さんですよ。その功績が皆さんに認められたのです。繰り返しますが心配するには及びません。経団連副会長の肩書きを欲しがる人は大勢いますが、なってくださいと頼まれたのですよ」

「ありがとうございます。断る訳には参りませんね」

樋口は中山への感謝で胸が熱くなった。

「中山さんのお墨付きは嬉しいです。ただ務まるかどうか心配ですが」

「なにをおっしゃるか。樋口さんの力量が評価されたのですよ」

「防衛問題懇談会の報告書は、各委員、その道のプロの意見を集約しただけのことなのです。わたしは座長で得しました」

「その言やよし。樋口さんは謙虚でもあるんですねぇ」

中山は小さく笑って上体を寄せた。

「参りました。謙虚でも謙遜するほうでもありません」

ふたたび二人の笑い声は特別顧問応接室外にも聞こえた。

樋口の声は甲高いので音量・音響ともにけたたましい。

「樋口さん、笑い疲れたでしょう」

「いいえ。大笑い高笑いは健康によろしいと思います」

「おしゃべりもそうなのでしょうねぇ」

樋口は手で口を押さえた。吹き出しそうになったからだ。

「樋口さん、副会長として汗をかかされますよ。覚悟したらよろしい」

「はぁ。副会長は名誉職とまでは申しませんが……」

「違います。副会長の中で樋口さんが一番、仕事をしなければいけません。樋口さんの出番でしょう」

「はい。バブル崩壊の後遺症は重く険しいと思います」

樋口は表情を引き締めた。

樋口はその年五月に経団連副会長に就任、直後から財政金融委員長として、住専問題の対応に奔走させられた。

設立当初の住宅金融専門会社（住専）は主に個人向けの住宅ローンを扱うノンバン

クだった。

大企業は増資などによって資金を自己調達できたため、銀行への依存度が大きく低下していた。いわゆる間接金融離れ、銀行離れである。

大銀行の住専参入で、住専市場が圧迫され、結果的に不動産産業に対する融資が膨張した。

当時、住専問題は、日本の金融システムを揺るがす大事になっていた。

各金融機関に不良債権の処理を強く要請するとともに、場合によっては公的資金を投入する必要があると提言したのは、樋口が率いる同財政金融委員会だ。


樋口は会長就任後およそ三年の間に以下の公職に就いた。
▽財団法人・日本スペイン協会会長
▽防衛問題懇談会座長
▽中央連合簡易保険加入者の会会長
▽財団法人・日独協会会長
▽社団法人・経済団体連合会副会長
▽イタリアにおける日本年推進委員会委員長
▽通商産業省・輸入協議会委員

▽財団法人・日伊協会副会長
▽大蔵省・財政制度審議会委員

4

樋口は富士桜カントリー倶楽部の理事長就任を要請された時、日枝《ひえだ》久（フジテレビジョン社長）を副理事長にすることを受諾の条件に挙げた。

樋口は昼食時に都内のホテルで日枝と会食した。

「理事長になりたがっている人は結構多いらしいのです。ということは僕の後任を内定しておかないと後でガタガタするでしょう」

日枝の返事はつれなかった。

「お断りします」

「そんなぁ。お願いしますよぅ。日枝《ひえ》ちゃんがノーなら僕も断ります」

「殺し文句めいたことを言われても副理事長を受ける気になれません。だいたい〝富士桜〟に副理事長ポストはないと思いますよ」

「新設すればよろしいでしょう」

富士桜カントリー倶楽部は、昭和五十（一九七五）年に開業した。場所は山梨県南《みなみ》都留《つる》郡富士河口湖町だ。

富士山を仰げるし、都内から日帰りでのプレイが十分可能である。初代理事長は旭ダウ（旭化成と米・ダウ・ケミカルの折半出資による合弁会社）社長の堀深《ほりふかし》だ。堀は任意団体・石油化学工業協会（石化協）の会長職にあったことから、石化協がゴルフコンペをしばしば開催した。基礎産業の石油化学メーカーは大企業故に〝富士桜〟を接待で利用する。いわば業界こぞって支援し、盛り上げたのだ。

「お願いします。頼みますよう。〝富士桜〟にまつわる興味深い話をしましょうか。僕は堀深さんが腰に手拭いをぶらさげてラウンドしているのを見かけたことがあるのです。質実剛健を旨とする堀さんらしいと言えばそれまでですが、ゴルフコースでいかがなものでしょうか。日枝ちゃんは微笑ましいと思いますか」

日枝は頰をゆるめたが、〝副理事長〟とどう結びつくのか思案した。

「樋口さんのことですから、注意されたと思いますが」

「さに非ずです。なんぼなんでも口にできません。口にすべきではないと思うのです」

「それでよろしいのではありませんか。ルール違反ではありません。マナーが悪いとも言えませんよ。話を戻しますが、副理事長はお断りします。名門クラブにもそんなポストはありません」

「そうですね。キャプテンはどうですか」

「樋口さんの後の理事長は光栄とは思いますが、どうか辞退させてください。数年先のことを今ここで決めるのも、なんだかおかしいでしょう」

「せいぜい二、三年です。テレビ局のトップなら、誰も文句は言えません。文句の付けようがないのです」

「勘弁してください。オペラはずっとおつきあいします」

「筆頭理事でいきましょう。〝富士桜〟の理事会は都内のホテルで行われます。理事の皆さんにきちっと挨拶させていただきます」

日枝はあいた口が塞《ふさ》がらなかった。

「僕が〝富士桜〟を応援してるのはお分かりですか」

「重々承知しています。資金のやりくりでも心遣いされているとか」

「おっしゃる通りです。僕は住友信託銀行とは相性がよくないので、貸しにきても絶対に借りるなと注意しました。その代わり、なにかあったら言いなさい。いついかなる時でも面倒をみると言ってます」

「具体的になにか」

「いいえ。それが一度もないのです。そんなことより、後任の件くれぐれもよろしくお願いします」

「気が早すぎるにもほどがあると思いますが……」

「ありがとうございます」

樋口は理事長時代、夏の早朝、〝富士桜〟のゴルフコースを一人で散歩することがあった。ステッキを振り回しながら歩いている麦藁帽子姿の樋口を作業員が見咎めた。

「おい！　爺さん。ダメだ。ここはゴルフ場。散歩するところと違う。さっさと出て行って」

「はいはい。分かりました」

樋口はステッキを左手に持ち替えた。右手は帽子をさわっただけだ。

「あんたたち、よう仕事しとる。いいぞう。ずっと見ておった。さようなら」

樋口はにこやかに右手を振って、作業員に背を向け散策を続けた。

中年の作業員は呆然と見送るしかなかった。

この挿話は、富士桜カントリー倶楽部の開発を手掛けた経営者、富士観光開発株式会社の二代目社長、志村和也からメンバーにも広く伝わった。

〝堀深の腰手拭い〟と〝樋口廣太郎の麦藁帽子〟は逸話になった。

5

樋口廣太郎は平成八（一九九六）年一月二十五日に古稀を迎えたが、この年アサヒビールはビールの年間シェアを三〇・九パーセントに伸ばした。

三年前にフレッシュマネジメント委員会を立ち上げ、陣頭指揮した瀧澤勲夫社長は面目躍如、さすがだと賞賛された。

製造から工場出荷までの日数を劇的に短縮した成果といえる。十日以上要した日数が平成八年には五日になった。

過去三年のシェアは平成五（一九九三）年二四・五パーセント、同六（一九九四）年二六・四パーセント、同七（一九九五）年二七・八パーセントだった。

樋口の社外活動は旺盛で、特筆すべきは平成十（一九九八）年八月に発足した経済戦略会議の議長に就任したことである。

樋口が座長を務めた防衛問題懇談会は首相の私的諮問機関だったが、経済戦略会議は首相直属の公的な諮問機関だ。国家行政組織法に基づく同会議の議長の立場、責務は途轍もなく重く大きい。

時の首相は小渕恵三だ。小渕内閣は七月三十日に成立したが、日本経済の再生と二十一世紀の経済社会構造の在り方を提示したいと意欲的だった。

樋口は八月に小渕首相との〝電話会談〟に応じざるを得なかった。小渕からの電話で議長就任を強く要請されたのだ。後にブッチホンと命名された。宰相でありながら、下手下手に出て相手の気持ちをとらえて放さない。

ブッチホンに引き込まれた有識者は結構多かった。

樋口は小渕と知らない仲ではなかった。小渕が外務大臣の頃、絵画の展覧会やコンサートで立ち話をしたこともある。大山崎山荘美術館にもわざわざ足を運んでくれた。

経済戦略会議議長の就任を請う時の小渕の電話はこんな風だった。

「樋口さんは経団連の自然保護基金運営協議会会長になられたばかりで、お忙しいことは重々承知しておりますが、なんとしてもお受けしていただきたいのです。樋口さんを措いてほかにおられません。各界のオーソリティの方々がそうおっしゃられます。どうかよろしくお願い申し上げます」

さしもの樋口も息を呑んだ。

「ちょっとお待ちください。わたくしにそんな大仕事は無理です。無理にもほどがあります」

「そんなつれないことおっしゃらないでください。電話ではなんですので、お目にかかりたく存じます」

ここまで言われたら、面会を断れない。ただし議長職は受けない積もりだった。樋口はその場で断り切れず、経団連、経済同友会などの幹部の意見を聞いた。全員が「樋口さんしかいません」だった。詰まるところ、外堀は埋められていたののである。

「お受け致します」

「ありがとうございます。経済には疎いので、一生懸命勉強します」

小渕の嬉しそうな顔といったらなかった。

経済戦略会議の議員は井手正敬＝西日本旅客鉄道（株）会長、伊藤元重＝東京大学教授、奥田碩＝トヨタ自動車（株）社長、鈴木敏文＝（株）イトーヨーカ堂社長、竹内佐和子＝東京大学助教授、竹中平蔵＝慶応義塾大学教授、寺田千代乃＝アートコーポレーション（株）社長、中谷巖＝一橋大学教授、樋口廣太郎＝アサヒビール（株）名誉会長、森稔＝森ビル（株）社長の十名である。

樋口はブッチホンで攻め続けられたが「いつでもどうぞ」と快く応対した。

「きょうの発言の中にありましたが、こう解釈してよろしいでしょうか」

「ほんの少々違います……」

「なるほど。よく分かりました」

樋口は密度濃く小渕と接し、情報交換した。

経済戦略会議の発足一ヵ月後、デフレによる貸し渋りや信用不安の深刻化で、日本経済は重大な危機に直面していた。

樋口の対応は素早く、「この会議が設置されていたことは勿怪《もっけ》の幸いです。危機回避に全力を尽くしましょう」と小渕に進言した。

各議員にも異論はなく、数十兆円の公的資金の投入、所得税、法人税の減税などを盛り込んだ「短期経済政策への緊急提言」を短時日でまとめることが出来た。

「樋口議長のお陰です」と小渕に褒められ、悪い気はしなかったが、樋口をねばり強く口説いた小渕の手柄でもあった。

樋口たち議員は当初から答申案の執筆を官僚任せにしないという方針を明らかにしていたが、緊急提言で経済戦略会議は早くも存在感を示したことになる。

平成十一（一九九九）年二月、財政、金融から教育にまで及んだ二百三十四項目の提言は「日本経済再生への戦略」と題して答申された。

〝護送船団から決別し、創造性と活力にあふれた健全な競争社会を構築する〟〝敗者復活を可能とし安心を保障する（中略）セーフティ・ネットの構築〟などの提言は新味が横溢していた。

樋口は経済戦略会議の閉幕に際して、小渕から相談を受けた。

「議員の皆さんに感謝の気持ちをお伝えしたいのですが、どうしたらよろしいでしょうか」

「一人五分間ずつ、スピーチをさせてください」

「何かお贈りしたほうがよろしいのではありませんか」

「労いの言葉だけで十分です。それで皆さん満足されますよ」

「いやぁ」

小渕は首を傾げた。

小渕は〝総理大臣　小渕恵三〟と署名し、硯箱《すずり》を贈呈した。

樋口は後日、述懐している。

「小渕さんは大変気遣いされる方でした。小渕さんに酷似している政治家を挙げるとすれば、外務大臣をされ、総理大臣に推されながら断られた伊東正義さんだと思います」

「一般に小渕さんは〝真空総理〟などと言われて、中身がないように見られていましたが、とんでもない。審議会などの運営も、他人任せではありませんでした。自分がやりたいと思っていることを直接言わないだけで、各種の審議会、委員会を設けて、自分の考え方に近い人を座長や委員に選んで、対話しながら、結局は自分の思う方向に導かれたのです。慎重にいろいろな人の意見を聞くけれど、全部自分で決めて、これはと思う時は自ら電話をかけて進めて行かれた」

「小渕さんは坂本龍馬を尊敬してやみませんでした。龍馬が書いたと言われる〝船中八策〟の中の第二策に〝万機を参賛せしめ、万機よろしく公議に決すべきこと〟とあります。このことが常々念頭にあったのではないかと思います」

6

小渕恵三は平成十二（二〇〇〇）年四月二日に脳梗塞で倒れた。どさくさ紛れに乗じて首相になったのが森喜朗である。

樋口は森喜朗が大嫌いだった。

樋口は日頃から、懇意にしているベテラン記者たちと京橋事務所で意見交換する時間を大切にした。

ベテラン記者は憎悪剝き出しで、「史上最低の首相です」と言い切った。個人的に何かあったのだろうか、と勘繰りたいくらいだ。

「ラグビーをやっていたので体力は抜群でしょう。政界における遊泳術は相当なものだと思いますよ。人を取り込み、引き寄せる術《すべ》は心得たものです。しかし、態度のでかさと言ったらありません。能力に見合っていない。一国の総理になれたのが不可解千万です。日本国の国民の一人として恥ずかしくてなりませんよ」

「…………」

「樋口さんは森喜朗をご存じなのですか」

「ちらっとね。おまえなんか目じゃないっていう顔をしてましたよ」

「その逆でしょう」

「そうかぁ。目を背けたのは僕のほうかな」

「何故、かくも不人気なのでしょう」

「マスコミ、メディアを惹き付ける能力がゼロということでしょう。僕はそう思う。小渕さんと真逆。対照的です」

「ブッチホンはいかがなものかと思わぬでもありません。ブッチホンを鬱陶しいと思っていた人たちも結構いました。その点、樋口さんは親身になって対応しましたね。ご立派ですとしか言いようがありません」

樋口は笑顔で小さく手を振った。

「そういう言い方はいけません。僕に失礼でしょう。冗談冗談。小渕さんが倒れて三日後に森首相が決まった。嫌な予感が当たり、参った参ったって、周囲の人たちに何度言ったことか。一番大きな問題はマスコミとの距離の取り方です。その点僕は自信たっぷりです」

「だからこそ、小渕さんと極めて近かった樋口さんを妬んだり、やっかむ財界人がいる訳ですよ」

記者は抑えた声で続けた。

「樋口さんに擦り寄るジャーナリストもいるような気がしますが」

「一人もいません。断言します。僕は常に自然体です。銀行でも会社でもそうでした。社外活動は当然でしょう。相手によって温度差が相応にあるのは神ならぬ人間として仕方がないと思います」

『そんな。力量は抜きん出ているが、〝自然体〟はいくらなんでも……』

記者が居住まいを正した。

「森喜朗首相の今後について、どう思われますか」

「分かりません。森首相を担いだ大物政治家たちにお尋ねしたいくらいです。口にするのも愚か。かれらは沈黙あるのみでしょう」

「さあ、どうでしょうか。言い訳がましいことを……」

「言いますかねぇ。いやぁ、話せた義理じゃないでしょう」

「われわれは叩きますよ。一日も早く引き摺り下ろしたいと、本音、本気ベースで考えています」

「頼もしい。頼もしい」

「腰が引けることは誓ってありません。ところで、部下から頼まれ事があります。宮沢喜一さんの評価について聞いて欲しいと……」

宮沢は大蔵官僚から総理、総裁に昇り詰めた。宮沢は小沢一郎が自民党幹事長として権勢をほしいままにしていた時代に、小沢の面接に応じざるを得なかったのだ。宮沢は英才中の英才、秀才中の秀才として聞こえていた。かたや小沢は党人派中の党人派だ。

樋口はにやりとした。分かっているくせにと顔に書いてあった。

「僕の宮沢さんに対する評価は高くはありません。五十点以下です。もっともっと低いのは小沢一郎さんですが……」

宮沢内閣が〝不良債権問題〟を乗り切るなり、切り抜けていれば、〝不良債権問題〟の負の広がりは未然に抑えられた筈だ。

小沢一郎たちが不良債権問題で方途を狂わせ、大混乱させた。元凶は小沢一郎かもしれない――。

小沢は不良債権問題の全体像が見えてなかった節がある。宮沢は百パーセント理解していたが、小沢に立ちはだかられたらどう仕様もない。

その三年後の〝住専問題〟で政府は大間違いをしでかした。

樋口は腕組みをして話を続けた。

「宮沢さんは図太さがなかったですね。繊細な政治家とも言えるでしょう」

嫌な予感どころではなかった。

森政権は約一年で潰《つい》えた。

平成十三（二〇〇一）年二月十日、宇和島水産高校の実習船〝えひめ丸〟が米原子力潜水艦に衝突され、九人の高校生と教員が犠牲になる大事故が出来した時、森首相は神奈川県内のゴルフ場にいたが、すぐさま官邸に戻ることなく、長閑《のどか》にゴルフを愉しんでいたのだから救いようがない。直後の言動、行動のみっともなさも極まれりだ。

国民の怒りを買い、メディアの攻撃ぶりも凄まじかった。

7

樋口は平成十二（二〇〇〇）年、七十四歳の時に政府から警察刷新会議座長職の就任を要請された。

当時、警察官の不祥事が頻発し、世の中が混乱、国民が動揺していた。

樋口は幼少期、警察官は一目置かれる存在だと子供心にも思ったものだ。人々に尊敬されて然るべきではないか。市民を守る警察が〝不祥事のデパート〟などと蔑《さげす》まれ、社会不安をかきたてるなどあってはならない。樋口は警察の威信を取り戻すために一身を投じようと肚をくった。

しかし、これまでに受けた公職とは比ぶべくもないほど厄介きわまりない大仕事である。

一歩引いて考えると到底適任とは思えない。樋口の気持ちは揺れ動いた。

「そうだ。〝ナベツネ〟さんしかおらん」、樋口は思わず独りごち、右手の拳を何度も左掌《て》にぶつけた。

当時、渡邉恒雄は読売新聞社の社長だった。

情報の収集力、発信力の彼我《ひが》の差はかなりあると思わざるを得ない。存在感も然りだ。座長職はマスコミ関係者であるべきだ。だとしたら〝ナベツネ〟さんしかいないが、樋口の結論だった。

樋口は渡邉に面会し、懇願した。

「樋口さんがわたしを立ててくれるのは光栄に思うし、嬉しくもあるが、ご存じのように読売ジャイアンツのオーナーでもありますから、分かりました受けましょうとは言えません。四六時中、メディアからウォッチされている身でもあります」

「よく分かっています。しかし大丈夫です。わたしが座長代理として徹底的に補佐させてもらいますから。出来る限り、渡邉さんに迷惑をかけないように頑張りますので、どうかお受けください。警察が不祥事のデパートなんて冗談じゃあないですよ。見るに忍びないとは思われませんか」

「わたしも考えることは先輩と同じですが」

「いくらなんでも先輩はないでしょう。渡邉社長には同期の誼で仲良くさせていただいております」

「先輩はジョークですが……」

「重々分かっております。そこのところを枉《ま》げてお引き受けください。お願い致します」

樋口は大正十五（一九二六）年一月二十五日生まれ、渡邉は同年五月三十日生まれだ。

「樋口さんにいくら頭を下げられても、警察刷新会議の座長は受けられません。不適任……。いや忙し過ぎるんです。樋口さんの忙しさも承知しているが、現場を離れたので、ちょっと違うでしょう」

樋口はアサヒビールの取締役相談役名誉会長から相談役名誉会長に退いていた。

渡邉は気を遣う人だ。

「座長はマスコミ人で在るべきではないでしょうか」

「在るべき論できましたか」

「三拝九拝します。拝み倒すしかありません」

樋口の拝むポーズに渡邉は笑い出した。

「あなたの同意が得られるかどうか分かりませんが、今ふと氏家《うじいえ》の顔を目に浮かべました。氏家は適任なんじゃないかなぁ。無二の親友です。わたしの誕生日に呼ぶのは、いや来てくれるのは氏家夫妻だけですよ」

「そうですか。氏家さん……。なるほど」

樋口は腕組みした。数秒で思案顔が真顔になった。

「ありがとうございます。氏家さんは渡邉社長に次ぐ適任者だと存じます」

氏家齊一郎は日本テレビ放送網の社長である。

「電話一本で氏家を口説きますが、樋口さんが座長代理として全面的にフォローしてくれるんでしたね。それが条件です」

「もちろんです。当然ですよ」

「樋口さんほど頼まれごとを一所懸命になさる方は他に知りません。ひと言多かったかなぁ」

笑顔とキッとなった時の顔がこれほど違う人は珍しい。樋口は、自身を棚に上げて、真底そう思った。

警察刷新会議のメンバーは氏家、樋口、中坊公平（弁護士）、大宅映子（ジャーナリスト）、大森政輔（元内閣法制局長官）の五人。

樋口の奔走で、後藤田正晴（元副総理）が顧問としての参加を受諾してくれた。いちばん汗を掻いたのはむろん樋口である。もてる情報網も抜きん出ていた。秘書たちの支えもある。資料の読み込みもちょっとやそっとのものではなかった。世界各国の警察制度がどうなっているかまで調べ尽くした。

メンバー各位は樋口に対して脱帽あるのみだ。

樋口が七十四歳時に引き受けた公職などを以下に挙げる。

▽警察刷新会議座長代理
▽日本ナスダック協会会長
▽市町村合併推進会議議長
▽財団法人都市緑化基金会長
▽産業新生会議委員

8

一年前の平成十一（一九九九）年七月、樋口は新国立劇場運営財団の理事長に就任した。

むろん固辞したが、林田英樹・文化庁長官から、執拗に「是非ともお願い致します」と要請されて断り切れなかったのだ。

文化庁長官の諮問機関、文化政策推進会議会長を務めていたので、適任と見られて当然なのだ。

二年ほど前にオープンした新国立劇場の建設費は約八百億円。

約千八百席の専用オペラ劇場、演劇・舞踊用の中劇場、バイオリン・コンサートなどが催せる小劇場も備えていた。

世界的にはオペラ劇場の客席は四千席ほどだが、新国立劇場は二分の一以下と小さい。経営的には難しく、運営方法、採算性などをめぐって注文、クレームが絶えなかった。火中の栗を拾うも同然なので引き受け手は不在だった。

文化庁は樋口なら矢面に立って、なんとかしてくれると踏んで、懸命にかき口説いたのだ。

樋口はアサヒビールの代表取締役会長から取締役相談役名誉会長に退いていたので、理事長職に時間を割けた。就任初期の段階はクレーム処理係に重きをおいた。クレームの中にこそ種々様々なヒントがある。企業経営も劇場経営も変わらないと考えたからにほかならない。

樋口のカリスマ性、トップ・ダウンは世に轟いていた。メディアを味方につける術にも長けていた。

失言、放言はメディアのほうが取捨選択してくれる。そして樋口に対する評価が鰻《うなぎ》上《のぼ》りになるのは当然の帰結である。

見方を変えれば、理事長職はうってつけ、嵌まり役だったことになる。

某大物記者とのやりとりは興味深い。

「新国立劇場の建設費が膨大であり過ぎるとの批判が絶えませんでした。樋口さんも認めざるを得ないと思いますが……」

「いわゆる〝箱物〟はスケールなどによって建設費が嵩《かさ》むのは仕方がないのです。音響などは最高のレベルです。〝オペラ劇場〟をご覧いただければ、なるほどなって理解していただけると思います」

「樋口さんは推進派でしたね」

「はい。僕は大のオペラファンです。オペラのみならずバレエ、演劇を含めて年間五十回は劇場に足を運びます。電車を利用することが多いんですよ。電車のほうが時間が正確でしょう。新国立劇場は国内初の本格的なオペラハウスです。正の遺産として後世に残るのです。劇場の建設を願ってやみませんでした」

「巨額の建設費を含めて新国立劇場を無用の長物視《ちょうぶつし》している人も多いのでは？」

樋口は右手を振った。

「ブラジルのアマゾン川中流のジャングルに囲まれたマナウスという町に、百年以上前に建てられたオペラ劇場を見に行ったことがあるんです」

「アマゾン川奥地のジャングルの中ですか」

「イタリア産の大理石をふんだんに使った豪華な劇場でした。当時のマナウスは天然ゴムの産地として栄えていたのです。人々は、天然ゴムで潤った財力で〝アマゾナス劇場〟を建設したのです。人々の文化に対する情熱を強く感じました。文化施設を後世に残した事実を評価しないでどうしますか。イタリアから大理石を輸入し、木材をヨーロッパに送って加工させ、職人まで招き寄せたというのですから凄いことです。種明かしすると、NHKのテレビ番組〝世界・わが心の旅〟に出演する機会がありまして、〝アマゾナス劇場〟を見学しました。感動しましたねぇ」

記者は首を傾げた。

「理事長職を名誉職と思っている人は、それこそいっぱいいます」

樋口は記者に突き出した右手をすぐに引っ込めた。

「勘違いにもほどがあります。僕は名誉職として名前を貸した覚えは全くありません。理事長職は人事、財務など全般に目を通さなければなりません。経営的には難しい劇場ですが、文化事業を栄えさせ、この国に根付かせるためにも、僕は一肌も二肌も脱ぐ覚悟です」

樋口は本音を吐露し、記者に向かって頭を下げた。

記者はたじたじとなった。

「恐れ入ります」

「一度、オペラをご覧になってください。魅了されること請け合いです。軽い気持ちで観てください」

記者は樋口の笑顔に魅き込まれた。

「なんとか時間をつくるようにします」

「十年後、二十年後を見据えて永い目で見てください。新国立劇場は輝ける存在になります。全世界に誇れる、全世界に通用する劇場なのです。繰り返しますが、日本初のオペラハウスなのです。オペラはスケールが大きいので、国立でなければ立ちゆけません。その点もご理解賜わりたいと存じます。オペラでは楽団が脇役になる。その一点だけを取っても、凄いことだと思いませんか。クラシック・ファンは大勢いますでしょう。クラシック・ファン、イコールオペラ狂だと、わたくしは思っています。オペラに匹敵するのが歌舞伎です。共通項はいっぱいあります……」

記者がもう充分という顔をしたので、樋口は少し話題を逸らした。

「わたしはサントリーホールにも何度も足を運んでいます。あれだけの施設に巨額の資金を投じたサントリーさんは立派です。わたしは佐治敬三さんを尊敬しています」

記者は煙に巻かれたとは思わなかった。

この年、アサヒビールのビール全国シェアは四三・七パーセントだった。

前年（平成十年）は三九・九パーセント。なんと四十五年ぶりにトップシェアを奪還する快挙を成し遂げたのである。

樋口にしてみれば、プロパーの底力を引き出した功績と自負したいところだ。

役員、社員の中で必ずしもそうは思わなかった者もいる。二十年余も銀行支配を続けられたのだ。プロパー社長だからこそではないのかと考えても不思議ではない。

特に瀧澤勲夫を慕う者にその傾向は強かった。瀧澤なかりせばアサヒビールの輝きはあり得ない。当の瀧澤はトップ・ダウンに反発しながらも、樋口に目をつけられたことを感謝していた。

同業他社も瀧澤なくしてアサヒの輝きはないと舌を巻いていた。瀧澤の存在感は大きい。

第九章　トップマネジメント

1

樋口廣太郎は平成十（一九九八）年十二月中旬某日朝、瀧澤勲夫社長を京橋事務所に呼び出した。京橋事務所はアサヒビールの会長室でもある。

「会長を三期六年もやった。経営を瀧澤に任せてよかったと思う。社業を疎かにした積もりは毛頭ないが、経団連副会長職などの社外活動で多忙を極めた。われながら、よう走り続けていると褒めてやりたいくらいや」

瀧澤は緑茶をすすりながら小さくうなずいた。

「世のため、人のため、お国のためにもうひと頑張りしたいので、代表権を外して取締役相談役に就くことにした。それと名誉会長の肩書はあってもええやろう。どう思う」

樋口に人差し指を突き出されて、瀧澤は「ごもっともです」と応えた。

「名誉会長の肩書はアサヒビールのためにもなるだろう。実はなぁ、経団連に留まらず大仕事が目白押しなのや」

「社長をお任せくださって、感謝しております。ありがたいことです」

「まだ社長を続けたいのか」

「とんでもない。三期六年、わたしなりに精一杯やらせてもらいました」

「そうだな。ようやった。今年のビールのシェアはなんぼ？」

「約四〇パーセントでしょうか」

「大きな工場を造ったお陰やな。フレッシュマネジメントはお手柄やった。おまえを社長にしてよかった。俺の手柄でもある」

「恐れ入ります」

樋口は手前味噌がすぎるとは思わなかった。

一番目障りで手強いのを引っ張り上げたのだ。メインバンクの猛反対を押し返すのに難儀した往時が思い出されてならない。生え抜きの底力を確信していたからこそ頑張り抜けたのだ。

樋口は上体を乗り出して、瀧澤を上目遣いにとらえた。

「次のトップマネジメントは俺とおまえの大仕事やな」

「はい」

「瀧澤の意中の人物と同じやと思うが。吉村しかおらんやろう」

「おっしゃる通りです」

副社長の吉村秀雄は財務部と経営企画部を担当していた。常務までは営業一筋で得意先回りが主な役割りだった。

人当たりが柔らかく、ぶったところがなかったから、営業部門で持てる力量を発揮した。専務時には物流・情報システム、研究所などを担当させられたが、自助努力の甲斐あって、なんなく乗り切った。

樋口は、吉村を一喝したことがある。

「新聞にアサヒビールの借金がキリンビールの七・七倍と書かれているのはけしからん。当社が工場を幾つ造ったと思っておるんか」

吉村は、広報部長から経営企画部長になって間もない速水正人と、スーパードライの増産また増産、さらに増産に伴う借入金をどう圧縮するかについて話し合っている最中だった。しかし、このことを樋口に開示するのは憚られた。

吉村ならずとも、借金まみれ、借金漬けから脱却したいと思って当然だ。

「おまえを副社長にするんじゃなかった」

樋口は冗談ともつかず続けた。

「新聞社とのコミュニケーション不足と違うか」

「はい。心します」

吉村は、樋口の社業への執念、執着ぶりに半ば感服した。

吉村は些細なミスで樋口から苦言を呈されたことがしばしばあった。樋口はその度に必ず口にする。

「おまえを専務にするんじゃなかった」

いわば樋口流の叱咤激励である。

樋口は瀧澤に対しては口にしたことがなかった。いや出来なかった。その分が吉村に向かって、倍加したと思える。「おまえを副社長にするんじゃなかった」イコール「おまえしかおらん」で、いわば同義語とも取れる。

樋口がちらっと時計に目を遣《や》って、瀧澤を見返した。

「そういうことだ。俺もおまえも吉村に対する思い入れは一緒や。俺が鍛え抜いたからな。仕事は吉村に任せたらよろしい。瀧澤は大所高所から指導するんやな。いや違うな。吉村のことだからおまえを立てるやろう。瀧澤も会長の立場で頑張ったらええ」

「はい」

「九時五十分か。そろそろ現れる頃や。聞いとるんやろ」

瀧澤は上目遣いの強い視線を見返した。

「いいえ。吉村君とは二、三日会ってませんので。二人とも忙しくしています」

「そうか」

ドアのノックの音が聞こえ、樋口が「どうぞ」と甲高い声を発した。

女性秘書の案内で、吉村が会長室に入って来た。

「失礼します」

「やあ」

瀧澤は起立し、小さく右手を上げて目礼した。

二人が腰を下ろし、テーブルの湯飲み茶碗が三つになった。

樋口は吉村をひと睨みしてから、笑顔になった。

「おまえに社長をやってもらう」

吉村はほんの少々うつむいてから、努めて優しく樋口を見て、頭を下げた。

「ありがとうございます」

吉村の脳裡に『しばらく考えさせてください』があった。瀧澤が樋口に社長職を命じられた時の顰《ひそみ》にならえば、そうあるべきだ。礼儀でもある。

だが、当の瀧澤を前にして、それはない。

樋口は右手で眼鏡を動かしかけたが、「ふうん」と言って、にやりとし、吉村を指差した。

「おまえは付いてる。上げ潮の時の社長やからな。付きも実力のうちや」

「瀧澤社長と二人三脚で走り抜く覚悟です。お陰様でアサヒの体力は抜群ですので……」

「よろしい。二人共、文化事業のなんたるかを理解しているのも俺の自慢やしな」

樋口は約三十分でトップマネジメントに関する話を打ち切り、二人が退出したあと十分ほどぼんやりしていた。

〝吉村社長〟は既定の路線である。「吉村は良いでしょう」と各方面に吹聴した覚えもあった。得意先には「吉村でよろしいですか。大丈夫でしょうかねぇ」などと聞いて回ってもいた。吉村への高評価を確認しただけのこととも言える。

「素晴らしい方です」

「樋口会長は後継者に恵まれましたね」

「われわれは〝吉村社長〟を待望しておりました」

樋口はいちいち確かめて安心した。

「なにか至らぬことがありましたら、わたくしに何なりとお申しつけください」

得意先は天下の樋口と接触できただけで満足した節もある。

JR西日本（西日本旅客鉄道）初代会長で名を挙げた堤悟も、吉村の力量を評価していた。

「吉村君は小倉高校、長崎大学きっての英才だが、入社時はビリだったらしいね。それこそがアサヒビールのトップにまで押し上げた気がしてならない。地味な雰囲気で得しているが、九州男児の気概いうか結構強気だからねぇ。何をやらせても、どこへ持って行っても全力投球する。彼をぐんぐん引きあげ、育てた樋口君には頭が下がるよ」

吉村は昭和三十二（一九五七）年に入社した。新入社員は二十八人。当時もアサヒビールは一流の大企業だった。

「最終面接者が、かの大峰耕造社長だったこともツイていましたね。母上と父上のどちらを尊敬しているのかと尋ねられて、『二つに割った饅頭のように味は同じです』と応えたというから、凄いヤツですよ。本人から聞いた話なので事実に決まってます」

「樋口君の眼鏡に適ったのだから大したヤツだ」

「先輩も然りでしょう。いずれにしても五代も六代も住友銀行OBなんて冗談やないですよ」

「そこへ話が飛ぶかねぇ」

樋口は堤とのそんなやりとりを思い出していたのだ。

2

吉村秀雄は平成十一（一九九九）年一月十三日付で社長に就任した。

営業マン時代は仕事一途、ひたぶるに仕事に打ち込んだ。

妻の佐代子は、さっぱりした性格ながら世話好きだ。吉村は内助の功を大いに認めていた。不満をこぼされたのは一度きりだ。

「十七回も引っ越しをしたのに、全く手伝わなかったことだけは許せません」

樋口が社長に就いた頃、ファミリーパーティがしばしば催された。そんな時、さりげなく気を遣いながら座を盛り上げる佐代子の姿に、微笑を誘われた。

「君が営業部長になったらいいね」

「まぁ。とんでもない」

小さく頭《かぶり》を振った時の佐代子の笑顔は印象的だった。

吉村は、面倒みの良さでも佐代子に敵わないと思ったものだ。女房自慢をした覚えはないが、周囲が内助の功を言い立てるのだから仕方がなかった。

佐代子が仕事に口出しすることはあり得ないが、社長内命を明かした時に「会社が大変なことは分かっています。しっかりお願いします」と励ましてくれた。

吉村は社員への挨拶で、にこやかに語りかけた。

「トップシェアを獲得した今こそ改めて〝これが本当に最高の品質なのか〟、〝本当に心のこもった行動なのか〟ということを、胸に手を当てて考えてみることが一番大事なことだと思います。わたくしは経営目標として『グローバルなエクセレントカンパニーへの成長』を掲げたいと思います。そのためには、売上高の拡大や収益力の強化はもとより、一企業市民として環境保全への取り組みや社会への貢献、トップ企業としての自覚と共に市場をリードして行く先進性など多くの要素を併せ持つことを目指さなければなりません」

吉村のスピーチを受けて『経営理念』と『企業行動指針』が決まった。

『アサヒビールグループは、最高の品質と心のこもった行動を通じて、お客様の満足を追求し、世界の人々の健康で豊かな社会の実現に貢献します』

吉村は経営のスピードアップ、グループ経営への移行、意思決定の透明性確保を方針に掲げた。ガバナンス（企業統治）の改革が急務だと常日頃から考えていたからだ。

アサヒビールの取締役は四十人。多すぎて会議にならない——。

吉村は瀧澤との連絡を密にした。

「取締役を四分の一に減らしたいと思いますが、いかがでしょうか。執行役員制度の導入は時代の要請に適うとも思うのですが……」

「取締役になって間もない人たちの顔が目に浮かぶなぁ。執行役員は格落ちと誰しも思うぞ」

「人情として忍び難いのは分かります。一人一人に頭を下げてお願いします。理由はガバナンスのためにです」

「君は居丈高《いたけだか》でも上から目線でもないからなぁ。得な性分や。わたしにはとてもじゃないが無理筋だが……」

「会長との合意が前提ですし、当然でもあります。会長も分かってくださったので決まりですね」

「社長就任早々、嫌な役回りだなぁ」

「恐縮です」

「名誉会長の耳にも入れないとな」

「はい。承りました」

「社業はわれわれに任せると言ってたが……」

「まだまだ存在感は大きく、カリスマ性は薄れていませんよ」

「そうだな」

樋口の了承でガバナンス改革は成し遂げられた。

アサヒビールは吉村の社長就任八ヵ月後の九月一日に同社単体の中期経営計画、『アサヒ・イノベーション・プログラム２０００』を発表した。

吉村は瀧澤との二人三脚に徹し、〝車内会議〟を幾度も行った。

早朝、社長専用車で瀧澤邸に向かう。会長専用車に同乗して、吾妻橋の本社までの約三十分が貴重な時間になる訳だ。

「経営企画部は負の遺産は今世紀中にすべて処理したいという意向です」

「社長就任の年に赤字決算はないだろう」

「同感です。いくらなんでも、それはない、勘弁してくれと言ってます。当期利益の減益は仕様がないが、たとえ百万円でもいいから最終損益は黒字にしてくれと指示しました」

「中期計画に名誉会長は反対してたなぁ」

「ええ。年次計画の積み重ねで十分だろうってくどいほど言ってました。経営のグローバル化、キャッシュフロー重視の経営移行がお気に召さないとは思えませんが、中期計画不要は言い過ぎですよ」

「二人がかり、二人は一体だから、押し切れたんだ」

「一九六〇年代から八〇年代にかけての当社の低迷期に、ナイアガラの滝のようにシエアを落としたと大仰に言い立てるのが樋口流です。しかし赤字決算は一度もなかったんですよ」

「夕日ビールは確かだったが、二十一世紀初頭の来年は心配でならんなぁ」

「わたしは形振《なりふ》り構わずやるつもりです。メンツに拘泥《こうでい》する時代ではありません」

「経団連副会長は非常に名誉なことだが、われわれの立場はビール屋だ。ビール屋だと割り切らんとねぇ」

「アサヒビールの広告塔は認めますが、現場主義も大切にしなければいけませんね。時代の移ろい、移行を自覚し、肝に銘じたいと思います」

〝車内会議〟はいろんな局面で続けられた。巨大企業故に会長も社長もスケジュールがびっしり詰まっているので、時間の調整がつかなかったのだ。

平成十二（二〇〇〇）年の年頭挨拶は、〝車内会議〟を受けてのものだ。

「中期経営計画がスタートする二〇〇〇年を〝創造的挑戦の年〟と位置づけ、過去の成功体験から脱却し、これからの時代に相応しい発想や行動力を身につけて、自ら変化して行けるような新しい取り組みに挑戦して欲しいと願わずにはいられません……」

キャッチフレーズは『世界に挑戦する革新・創造する企業を目指す』だ。

「何故、この時期にあえて中期計画を策定したかについてその理由に触れます。今まで当社には『キリンビールに追いつき追い越そう』という全社員共通の目標がありました。一九九八年にトップシェアを獲得したのは、『わたくしたち自身が目標を作って、それに挑戦していくステージに立った』ことが第一の要因でした」

「そしてもう一つは、国際会計基準の導入や酒類販売の自由化など経営環境の大きな変化が待ち構えていることが背景にあります」

吉村は中期経営計画の目的は①業界トップ企業としての目標を持ち、それに挑戦して行く②経営環境の変化を先取りし、チャンスに挑戦して行く③株主重視の経営を明確にして行く、の三点だと強調した。

〝車内会議〟でこんなやりとりもあった。

「赤字決算見通しを発表せざるを得ないと思いますが」

「先送りしたくないっていうことだな。君の決断に与するしかないか」

「当然ながら役員賞与はゼロになります。ガバナンス改革に続いて、新任役員は割を食うことになりますが……」

「運、不運の問題で、悩み出したらきりがない。甘受するしかないだろう。判断するほうはもっと辛いんだ」

「ありがとうございます」

平成十二年秋のことだ。

3

発泡酒の販売に参入するかどうかで吉村は悩んだ。アサヒは瀧澤社長時代に参入しない方針を宣言していたが、スーパードライだけに特化していていいのかどうか――。

平成十（一九九八）年二月にキリンビールが「麒麟 淡麗〈生〉」を発売した。

翌年七月には同社とサントリー、サッポロビール、オリオンビールの四社で発泡酒連絡協議会を設立した。割安感が受けて発泡酒の市場が拡大していることを示して余りある。

アサヒビールは社長交代期に、発泡酒市場へ参入する布石ではないかと業界で取り沙汰された。吉村も瀧澤の方針をフォローし続けてきただけに懊悩した。

吉村は〝車内会議〟で「発泡酒のマーケットが急成長していますが」と切り出した。

「営業部門はどうなのかねぇ」

「真っぷたつというか、二分しています」

「君は行くぞ、だろうな。他社との違いが出せる商品なら反対しない。いや賛成だ。

ラベルは目立つ赤にしてくれないか」

「そこまでおっしゃいますか」

「試作品を飲んだが旨かったよ。海洋深層水、大麦エキスが……味噌、隠し味なのかねぇ」

瀧澤は吉村の肩を叩いて、カラカラっと笑った。

吉村はこれで決まったと思う半面、女房には弱音を吐いていた。

「発泡酒が失敗したら、社長を辞めるからな」

「成功するに決まってます。ご安心なさい」

吉村は佐代子のきれいな笑顔に救われた思いだった。

アサヒが初めて発表する発泡酒「アサヒ本生」の発売時期は平成十三(二〇〇一)年二月。

吉村は茨城工場の初出荷を見届けた時、目頭が熱くなった。

六十台ものトラックに大量の「本生」が積み込まれ、発車して行く。忘れ得ぬ光景だ。

日曜日にはイトーヨーカ堂、西友、ダイエーなどの大手スーパー・マーケットがひしめく東京・赤羽を見て回った。

「社長、大変です。全部売り切れました」

店頭で試飲を勧める若い女性社員の興奮ぶりも印象的だった。

吉村が目の当たりにしたスーパー・マーケットは全て特売セールス並みの荷動きを見せつけた。

品不足の嬉しい悲鳴はスーパードライに匹敵する。

吉村は翌月曜日の経営会議で、高揚感あふるる面持ちで指示した。

「〝本生〟は飛ぶような売れ行きです。名古屋工場でも〝本生〟を作りましょう」

メンバーも事務方も大きく大きく頷きながら拍手した。

多くの役員、社員がスーパーの店頭を覗きに行ったに相違なかった。

初年度の売れ行きは三千九百万ケース。新商品としては破格である。「本生」は「淡麗」と同様の人気銘柄になった。

4

吉村はアサヒビールの経営第一線から退いて約二年経った平成十九（二〇〇七）年秋、富士フイルムホールディングス社長の古森重隆と会食した。二人は気心が知れた仲である。電話で誘われたのだ。

「飯でも食いませんか」

「はい。喜んで」

「お呼び立てしてよろしいですか」

「もちろん、結構です」

六本木の料理屋でビールを一杯酌み交わすなり、古森が切り出した。

「NHKの会長をおやりになる積もりはないですか。わたしは吉村さんは適任だと思っていますが」

吉村は一瞬、顔色を変えたが、すぐ笑顔で返した。

「お断りします。アサヒビールで半世紀、五十年間走り続けました。もはや経営最前線に立てるとは思えません。NHKは組織が大きすぎますよ」

「わたしが吉村さんにお願いし、あなたは聞きおく、そんなところでどうでしょうか。今夜のところは……」

「本案件は今夜限りでご容赦ください」

吉村もテーブルに両掌を突いて低頭した。

古森はNHK経営委員会委員長を務めていた。NHK会長人事を取り仕切る立場だ。

この頃、NHKは箍《たが》がゆるみ、見るも無残なほど組織が傷んでいた。発端は平成十六（二〇〇四）年の紅白歌合戦プロデューサーによる不正事件だ。

全国的な受信料の不払い問題に波及し、海老沢勝二会長が引責辞任に追い込まれた。大揺れに揺れているＮＨＫの会長を誰が受けるかは、社会問題である。

吉村は当時アサヒビール社長の飯岡正と話した。

「古森さんに三度頼まれたが、断ったからね」

「ほっとしました。皆さん心配していますから。経営会議で話しておきます」

「アサヒのＯＢからも猛反対されている。ＮＨＫの改革を進めて成功したらしたでリストラされた側の恨みを買う。失敗すれば、ざまあみろと笑われる。ブランドに傷が付くだけだ。メリットは何もない。デメリットだけだって」

「わたし一人ではたかが知れてますが、経営会議の担保力は大きいですよ」

「おっしゃる通りだ。古森さんに吾妻橋まで押しかけてくると言われて、富士フイルム本社へ行ったこともあるんだ」

「さすがですね」

交渉時は相手先に出向くのが吉村の流儀だ。

しかし、古森は吉村と狙い定めていた。拝み倒すしかないと心に期していた。ほかに当てがなかったこともある。

四度目のしつこい電話に吉村のほうが匙《さじ》を投げた。

投げやりな口調になるのはやむを得なかった。

「もう分かりました。やりますよう」

「ありがとうございます。ねばった甲斐がありました」

吉村は非難囂々の中で、平成二十（二〇〇八）年一月二十五日、NHK会長に就任した。

奇しくも樋口廣太郎の誕生日である。樋口に背中を押されたと思いたいところだ。

吉村秀雄はNHKの大会議室で、約百人の幹部職員を前に一席ぶった。

「NHKの信頼回復こそがわたくしの最大の任務であることは言うまでもありません。自宅の本棚に印象的な本が二冊ありましたので、持って参りました。一冊は一九九八年に発刊された『アンダーセン発展の秘密』です。もう一冊は二〇〇三年に発行された『名門アーサーアンダーセン消滅の軌跡』です。アーサー・アンダーセンは世界の五大監査法人に数えられた巨大法人ですが、わずか五年で成長の秘密と消滅の経緯に関する本が刊行されたのです。一件のメールが不祥事の証拠となり、信頼を失い、八万人もの社員が職を失いました。今現在のNHKも同じ崖っ縁に立っているのですよ……」

吉村は壇上から会場を見回した。

歯を食いしばった職員たちの厳しい表情が見てとれた。

「二冊の本から学ぶことは余りにも多いと思います。NHKの信頼回復が容易ならざることは、会長に就任する前、助走の段階で把握しました。綱紀粛正だけでは視聴者の離反は止まらないことも、よく分かりました……」

吉村は笑顔で声量を少し落とした。

5

平成十三（二〇〇一）年十二月の某日、吉村秀雄は瀧澤勲夫と会長室で長時間話し込んだ。

「次期トップマネジメントについていささか考えることがあります」

「それはお互いさまだ。まず君の考えを聞かせてくれないか」

「会長は社長を約六年されましたが、わたしは半分の三年で結構です」

「わたしはいつでも会長を退く。樋口流に言えば疲労困憊《こんぱい》の極《きわみ》、もうへとへとだよ。いつぶっ倒れてもおかしくないと思っているくらいだ」

「会長とわたしの年齢差は四歳とちょっとです。会長はお元気ですが、社長時代の激務を考えますと、三期六年は大変だったと思います。わたしは丸三年で、もう結構という気分です」

「そうはいかない。その前に君の次は誰を推すつもりなのか教えてくれないか」

「会長の胸の中と変わらないと存じます……」

吉村は湯呑み茶碗を口へ運んで間を取った。

「沢田はどうでしょうか」

「いいな。異議なしだ」

「ありがとうございます」

吉村は笑顔を返した。

沢田一宏は昭和三十八（一九六三）年に入社し営業一筋で伸してきたが、二年ほど前、専務に就任し、財務リストラの道筋をつけた。

「特約店、千葉県酒類販売に出向時の沢田の仕事ぶりは見事でした。外からアサヒを見ているのでグループ経営に役立つと思います」

「明朗闊達なのも良いな。君が会長で苦労することも少なくて済むだろう」

「わたしは口が減らないほうです。その時は注意してください」

「会長が出すぎるのは良くないぞ。君がわたしを立ててくれたり、支えてくれたのは感謝しているが」

「それこそお互いさまです。わたしは海外ＩＲ（投資家向け広報）に専念することを考えています」

「専念するはないだろう。とりあえず力を入れて取り組むくらいのところだろうな」

「ところで、社長の任期を二期四年で制度化するのはいかがでしょうか」

「六年は長かったよ。それも異議なしだ」

「名誉会長については、どうお考えですか」

「なるほどなぁ。名誉会長を名乗りたいと言えるのは、アサヒでは一人しかおらんだろう」

「社外活動をする上で名誉会長の肩書はあってよかった。樋口廣太郎氏に限って当然と思います。というより仕方がなかったのではないでしょうか」

「おっしゃる通りだ。アサヒビール・グループにとって、樋口廣太郎の存在は余りにも大きかったと思うしかないのだろうな」

「同感です」

「年齢はどうなの？」

瀧澤は窺う顔になった。

「喜寿、七十七歳でよろしいのではありませんか。数えなのか満で言うのか迷うところですが、わたしがご本人にお伝えします。お任せください」

「よしなに頼む」

二つの手が同時に湯呑み茶碗に伸びたので、微笑を誘われた。

「やれやれです」

「会長、社長、相談役の就任はいつにするんだ」

「一月五日でいかがでしょうか」

「経営会議に諮って正式決定だが、今ここへ沢田を呼んだらどうかな」

「そのつもりです。待たせてますので」

沢田は「自席で待機してなさい」と吉村から命じられていたが、何で待たされるのか意味不明のままだった。

用向きは知らせられていなかったし、知ろうともしなかった。

「次期社長をお願いします。来年一月五日付です」

沢田は顔面蒼白になった。想定外にもほどがある。一年後ならあり得るかも知れないとも思わぬでもなかったが、固唾を飲み、生唾を飲むばかりで発声できなかった。

吉村が会長と社長の交代ルールを明かし、話を瀧澤が引き取った。

「ま、当初は社長心得みたいなもので、吉村君が色々な局面で口出ししたり、横槍を入れるから安心しろ」

「会長も負けてませんでしょう」

「相談役の立場では控えんとなぁ」

瀧澤も吉村も相好《そうごう》を崩していた。沢田は少しくホッとした。

「わたくしで務まるのかどうか不安です。ご指導のほどくれぐれもよろしくお願い申し上げます」

「われわれにとってグループ経営の強化は最大の課題だと思う。わけてもアサヒ飲料は気になってならない。きちっと連絡してください」

「承りました」

瀧澤も頻りに頷いている。

アサヒ飲料は清涼飲料水を扱うアサヒビール系列企業だ。平成十一（一九九九）年八月に株式を上場、平成十四（二〇〇二）年の売上高は約千七百七十六億円と見込まれていたが、経営は低迷していた。

因みに同年のアサヒビールの売上高は約一兆三千七百五十二億円、経常利益は約五百七十五億円、利益は約百四十七億円である。

沢田の社長就任時の社員向けメッセージは概《おおむ》ね次の通りだった。

「アサヒビールの苦しい時代も急成長の時代も、わたくしは一貫して営業の第一線に身を置いて、多くの皆さんと苦楽を共にしてきました。そんなわたくしが今後、社長としてどのようなリーダーシップを発揮できるのかと言えば『現場から物事を考え、現場から物事を動かす』ということに尽きると思うのです」

「わたくしは現場感覚を大切にし、市場の変化を見据える眼を持って決断力と行動力で大きな経営環境の変化に対処して参る所存であります。先輩の方々が路線を敷いてくださった中期経営計画の後半三年間にあたるグループ全体の向上と成長、総合酒類事業の強化という課題に対しましては、今こそ具体的成果を出していくスタート地点にあると認識し、強い意志を持ちまして取り組む決意であります」

「アサヒビール・グループ中期経営計画の推進を引き継ぎ、完遂することが、わたくしに課せられた責務であると思わずにはいられません」

吉村はCEOの立場で沢田をバックアップした。

吉村は海外IRに力を入れたが、出張中もアサヒ飲料の業績データをチェックしていた。月末に予算を達成した支社長には必ず国際電話をかけた。

「よくやったな。この調子で頼む。頑張ってくれ」

十一支社の中には二十ヵ月以上予算を達成した支社があった。二十回以上も会長の電話を受けた支社長は大いに元気づけられ、支社全体の士気が鼓舞された。

もっとも、グループ経営の強化を謳《うた》ったわりには吉村会長の判断ミスも少なからずあった。

吉村自身が回顧している。

アサヒ飲料が缶コーヒーの「WONDA」（ワンダ）という商品を〝朝に飲むコー

ヒー〟のコンセプトで発売すると聞いた時に、吉村は強硬に反対した。

「人間の味覚は朝鋭いのではないのかね。不味いと言われたらどうするんだ。コンセプトを代えるべきだ」

沢田は「現場に任せましょう」と言って吉村を宥《なだ》めた。

さしもの吉村も現場に押し切られた。結果オーライだ。「WONDA」は人気商品に成長した。

吉村は子会社のニッカウヰスキーが、「竹鶴」をウィスキーの商品名にすると言い出した時も反対した。

「創業者の名前を付けて売れるのだろうか。そうは思えない。途中でやめる訳にもいかないからな」

至極もっともな反対論と思える。だが、ニッカ側は強気だった。

吉村の読みは外れ、「竹鶴」のブランド力は定着した。

「吉村会長の反対は成功する。会長に反対されたらしめたものだ」

社内雀にさえずられても仕方がない。吉村は以て瞑すべしと思ったに相違なかった。

6

平成十八（二〇〇六）年三月三十日、アサヒビールは経営体制を一新した。沢田一宏社長は会長に就き、飯岡正が社長に就任した。吉村は相談役に退いた。

飯岡は昭和四十（一九六五）年に入社、営業部宣伝課でマーケティングを担当した後、営業部門の第一線で実績を積み重ねてきた。

飯岡は若い頃、樋口廣太郎の目に適ったアサヒビールマンであるのは当然だ。浅草の名門老舗〝駒形どぜう〟に呼ばれたこともある。

「〝どぜう〟旨いやろう」

「緊張していて、よく分かりません」

「物怖じせんで堂々としているように見えるのが、おまえの取り柄でもある」

「いいえ。感激して声がかすれ、膝頭がふるえています」

「そうかぁ。たかがビール屋の大将ぐらいと思っとるのとちがうか」

「とんでもないことです」

「おまえが仕事大好き人間なのはよう知っとる」

社長でありながら、ぶったところが全くなかった。気軽に声をかけるのも樋口流だ。

昼食時間だったが、オーナーで六代目の渡辺孝之がわざわざ挨拶に顔を出した。和服姿が板に付いている。彫《ほり》の深い男前だ。

「僕よりだいぶ若いが、朋友でな。飯岡、名刺を出さんか」

「はい」

「樋口様には長年にわたってご贔屓いただいております」

「飯岡には勿体ないお店だがせいぜい贔屓したらよろしい」

「承りました」

飯岡は平成十四（二〇〇二）年に専務執行役員に就任、同十五（二〇〇三）年からアサヒ飲料の社長を務め、三年間で同社を蘇らせた。いわゆるV字回復をやってのけたのだ。柔和でありながら実直、上下左右から慕われるのもむべなるかなである。

二年後、リーマンショックで世界中が騒然となった。

「新たなスタートを切ろうとしている今、われわれの置かれている環境、状況は決して楽観を許しません。しかし、わたくしたちには『スーパードライ』を始めとして、さまざまなことに挑戦し、やり遂げてきた力が備わっていると確信しております。当社本来の持てる力を思う存分発揮することが出来れば、この厳しい環境の中で勢いを取り戻し、成長していくことが十二分に可能であると確信しております」

「社員ひとり一人の実行力に期待してやみませんが、わたくしは常日頃からお客様目線で仕事をすることが肝要だと考えております」

第二次中期経営計画の総仕上げを行い、平成十九（二〇〇七）年以降の中長期的な経営計画を立案する節目の年でもあった。飯岡社長にグループ全体のリーダーシップが問われていたのである。

飯岡が社長に就任して約半年後に第三次グループ中期経営計画が策定された。

この中で『食と健康』を事業ドメインとして、アジア地域を中心に、お客様へ生涯を通じた喜びと感動を提供し続けることにより、成長性溢《あふ》れるリーディングカンパニーを目指す〝が長期ビジョンとして掲げられた。

同年二月のカゴメの株式取得、同年四月の和光堂の完全子会社化、平成二十（二〇〇八）年七月の天野実業の株式取得、同年四月のアサヒ飲料の完全子会社化、平成二十一（二〇〇九）年三月のシュウェップス・オーストラリア社の株式取得、同年四月の青島ビールの株式取得などが第三次中期経営計画の期間中に実行された。

主力の茨城工場の強化、拡充、集約化も飯岡社長時代に実現した。

グループ全体の最適生産、物流体制を構築するため、アサヒ飲料・柏工場、ニッカウヰスキー・柏工場の機能をアサヒビール・茨城工場に集約し、低アルコール飲料、清涼飲料を製造する総合飲料工場に一変させ、あわせて物流拠点としての機能を強化、拡充したのである。

平成二十一年五月に新発売した〝アサヒ・ザ・マスター〟が、〝2009ワールド・ビアア・チャンピオンシップ〟のピルスナー部門で国産ビールでは初めて最高得点（金メダル）を獲得する栄誉を担った。

7

アサヒビールでは営業部門で鍛えられた社長が瀧澤勲夫、吉村秀雄、沢田一宏、飯岡正と四代続いたが、飯岡の後任は速水正人だ。

速水の社長就任は平成二十二（二〇一〇）年三月二十六日で、飯岡は会長に就任した。

速水は広報部長、経営企画部長、経営戦略部長、グループ経営戦略本部長などを歴任し、五十四歳で取締役になった。

常務取締役時には酒類本部長を委嘱されたが、一貫して管理部門で力量を発揮し、歴代社長を支えてきた。

吉村秀雄は一期三年間会長としてＮＨＫの再構築に全力投球した。二期続投を強く要請されたが、「心身共に疲れ切っている」と言って固辞した。

吉村は平成二十三（二〇一一）年一月二十四日にNHK会長を退任したが、次の仕事が待っていた。新国立劇場の理事長である。後年速水も同理事に就任している。二人とも樋口廣太郎のDNAを色濃く受け継いだのだろうか。

吉村の理事長就任の挨拶は興味深い。

「わたくしは舞台に関しては素人ですが、皆さんが安心して舞台をつくれるようにお手伝いをさせていただきます。また、理事長としてすべての公演を観ることをお約束します」

吉村はアサヒビール時代に取引先や支社をくまなく回ったこと、NHK会長時代には全放送局へ赴き、現場と意見交換したことと同じやり方だと思ったまでだ。

だが、三年間でオペラ三十三回、バレエ二十回、演劇二十七回。地方の公演を含めると百回を超えた。もちろん舞台裏にも足を運び舞台衣装やセットに触れたり、手にもした。

吉村は東京芸術劇場の館長職にも就いていたが、平成二十三年三月十一日に発生した東日本大震災後の対応をどうするかで悩んだ。

三月三十一日にパイプオルガンコンサートを開催する日程で、二千枚のチケットは完売していた。

震災直後は娯楽性のあるイベントは自粛するケースが多く、中止やむなしの判断がまっとうとも思える。

　ふと樋口の笑顔が目に浮かんだ。樋口なら「やるっきゃない」に決まっている――。

アーティストは練習に励んでいた。観客も楽しみにしている。中止は自己満足にすぎない。

　吉村は開催に踏み切った。

　吉村は舞台挨拶で「大震災後ですからずいぶん悩みましたが、開催を決めました。その代わり今回のチケット代はすべて被災地への寄付とさせていただきます」と語り、万雷の拍手が沸き起こった。


　この年五月十九日昼過ぎ、瀧澤は自邸で電話を受けた。相手はかつて瀧澤が農業の手ほどきを受けた面川義明（宮城県在住）だった。

「今年もなんとか田植えが出来ました」

「よかったよかった。心配してたのです」

「しかし大変なんです。政府も自治体も対応が遅すぎます」

「逆境にあっても立ち向かう面川さんの強さで田植えまでこぎ着けたのでしょう。お気持ちはわかります。百の題目より一つの実行が一番大事だと言いたいのでしょうねえ」

瀧澤は五月二十三日から二十五日まで飯岡と中国山東省の農場を視察した。

五年前に開設した農場は、アサヒの三人の社員が日本人の農業プロの手ほどきを受け、中国人と一体になって作り上げた。今や屈指のモデル農場に成長し、作業にいそしむ人々の光景に瀧澤も飯岡も胸を打たれた。

「よくぞここまで。皆んなの目が輝いているな」

「大きな夢とロマンがありますね」

「人間の力は無限なんだ。やれば出来る見本がここにあるな」

二日目の夜、会食後、「農業基地」「世界一」「一致団結」を中国語で唱和する社員たちの姿は印象的で、瀧澤の胸に滲み入った。

8

吉村はアサヒビール会長就任早々、〝京橋事務所〟に樋口名誉会長を訪問した。

「そうか。おまえは三年で会長になるんか。四年やらんのはどうしてなんや」

「二期四年を制度化するために一年短縮したほうがアピールすると思ったのです。早く若返りするのがよろしいのではないでしょうか。沢田君は安心して任せられます」

「沢田はよう知っとる。瀧澤にも異論はないやろう」

「もちろんです」

「沢田は吉村と肌合いが違うのもいいな。おまえに向かってくるほうだろう」

「はい。むきになることはなく、やんわりとです」

「副社長の大田原がグループ生産・研究開発担当になったのもいいな。あいつは茨城工場の建設に死力を尽くした。技術系、理系が頑張ってるのもアサヒのメリットだろう」

「おっしゃるとおりです」

「アサヒビール薬品に出した池田周一郎と吉村の関係はどうなんだ。おまえは営業一筋に近い、池田とは接点がなかったなぁ」

「はい。ただ、わたしのほうが年齢は上ですが、銀行出身で立場は池田さんのほうが上でしたし、堤社長時代からアサヒには欠かせない方だったと思います」

「銀行に残っていれば頭取になっていたかも知れん」

テーブルの上が湯呑み茶碗からコーヒーに変ったのをしおに、吉村は本題に入った。

「名誉会長制度を廃止したいと考えておりますが……」

樋口は一瞬、顔色を変えた。

「俺が目障りなのか」

「いいえ。名誉会長を名乗れるのは樋口廣太郎氏しか存在しないという意味です。瀧澤さんもわたくしもその器に非ずであることは重々承知しております。名誉会長は一代限りでよろしいのではないかということで、瀧澤さんとの合意も得られました。アサヒビールでは樋口廣太郎さん以外に該当する者が誰一人おりません」

樋口の頰がゆるみ、眼鏡にさわりかけた右手が膝の上に下りた。

「瀧澤にもおまえにもその資格はあるんじゃないのかね」

心にもないことをと吉村は思った。樋口に「おまえを専務にするんじゃなかった」「おまえを副社長にするんじゃなかった」と言われたことを思い出していた。いくらなんでも「会長にするんじゃなかった」と言われることはなかった。だからこそ「その資格はある」が本心、本音である筈がなかった。

「わたくしは論外です。沢田さんも然りです。その資格があるとすれば瀧澤さんだけですが、固辞されています。名誉会長は一代限りでよろしいのではないでしょうか」

「今すぐ辞めろとでも言いたいのか」

「いいえ。満七十七歳の喜寿までが適当かなと思いますが、いかがでしょうか」

「うん。いいだろう。よいよいになってまで名誉会長に居座るのはどうかと思うよ。

社外活動上その肩書が必要だったというだけのことだ」

樋口の口調が改まった。

「僕は名誉会長に就くに相応しい仕事もしてきたと自負してます。前言を取り消すのがいいでしょう。一番の力仕事は僕の後任を生え抜きの社長で押し切ったことです」

「よく分かります。ただし、堤悟社長は四代目は藤原豊仁さんだと社の内外で公言していたように記憶しておりますが。藤原さんには大阪の営業時代に可愛がっていただきましたが、将来、アサヒのトップになる方だと思っておりました」

「おまえの眼が節穴とはよう言わんが、瀧澤のほうが上だろう。それと住友銀行が、いや磯田一郎さんが堤さんの言うことを聞くと思うのか。磯田さんに抵抗できるのは僕しかおらん。僕が四代目の住友銀行出身のトップになったことに君たちが不愉快だったことは分かっている」

「おっしゃるとおりです。しかし、ほどなく氷解し、樋口社長のパワーに圧倒される思いになりました。営業部長の立場でも凄い方が社長になったと感じ入りました」

樋口は「うんうん」と笑顔でうなずいた。

「訂正する。一番はスーパードライや。二番が生え抜きを後継者に登用したことだ。三番目はなんだろうなぁ」

「茨城工場ではありませんか」

「おまえは過剰投資だとケチをつけたな」

「そうは言っていません。赤字決算は一過性です。トータルで茨城は主力工場として機能しておりますし、アジア一のビール工場であることは間違いありません」

「大山崎山荘美術館も僕の手柄だとは思わんか。今はおまえが館長だな」

「はい。アサヒが世界に誇れる大山崎山荘美術館です」

「昭和電工の鈴木治雄さんに一杯食わされたと思っているのが銀行の連中におるが、とんでもないバカヤロウたちだ。オペラもそうだが、文化事業のなんたるかが分かっておらんのだ」

「山荘美術館は後世に残る遺産です」

「サントリーが喉から手が出るほど欲しがったのも分かるが、僕が京都出身であることを時の荒巻禎一知事は理解してくれたのや」

「名誉会長の強運には頭が下がります」

「自分で言うては価値が半減するが、最強の経営者であり、かつ最強の文化事業者というところだな」

「ただただ脱帽あるのみです」

「君たちプロパーの底力を引き出した功績も忘れんでくれ。君たちが僕のＤＮＡを多少なりとも受け継いでくれていることを感謝せんとなぁ」

「名誉会長の薫陶が得られたわれわれは幸せでした。中堅社員にも受け継がれていくのではないでしょうか。繰り返しになりますが、名誉会長は唯一人であるが故に、その価値が分かりやすいのではないでしょうか。世の中にもアピールすると思います」

「僕を超える者がおらんということだな」

「はい」

「瀧澤もおまえもよう頑張ったな。褒めてやる」

「名誉会長に褒められたのは初めてです」

「僕はこう見えても苦労性、心配性なんだ」

「よく存じています」

「二人ともよくぞ僕の期待に応えてくれたな。感謝しとるぞ」

樋口が握手を求めてきたので、吉村は両手で力を込めて握り返した。

参考文献

『Ａｓａｈｉ　１００』１９９０年8月24日発行、アサヒビール株式会社
『アサヒビールの１２０年　その感動を、わかちあう。』２０１０年11月1日発行、アサヒビール株式会社
『樋口廣太郎　わが経営と人生――私の履歴書』樋口廣太郎著、２００３年10月24日発行、日本経済新聞社
『情熱創生の人／樋口廣太郎語録』ソニー・マガジンズビジネスブック編集部、１９９７年2月20日発行、株式会社ソニー・マガジンズ
『月給取りになったらアカン――私の履歴書』瀬戸雄三著、２０１２年6月25日発行、日本経済新聞社
日本経済新聞「私の履歴書（福地茂雄）」２０１４年6月、日本経済新聞社

解説　組織活性化の極意に迫る──「最強」である理由

加藤正文

辛口ビール「スーパードライ」（一九八七年発売）の大ヒットをきっかけにしたアサヒビールの躍進劇は経営学の事例に取り上げられるほど有名だ。その立役者である樋口廣太郎《ひろたろう》（一九二六〜二〇一二）の物語に経済小説の第一人者・高杉良が挑んだ。樋口は住友銀行（現・三井住友銀行）副頭取からアサヒビール社長に転じ、苦境だった経営を立て直した。明るい人柄で知られ、率先垂範の行動力と核心を突く発言で周囲を動かしていくのが持ち味だった。

一六年刊の単行本の帯に「作家生活四〇年、著者最後の企業小説」とあった。これまで約八〇作品を書いた高杉が、「最後」に樋口を選んだわけをこう説明している。「かくまでに魅了された人物は、中山素平《そへい》（元日本興業銀行〈現・みずほフィナンシャルグループ〉頭取）以来である。アサヒビールの活性化はむろん樋口独りで成し遂げられたとは思わないが、トップで企業は変わる。少なくともアサヒビールのような巨大企業でトップ・ダウン型の経営方式を確立したケースは希有《けう》であり、奇跡的と言えるのではなかろうか」（「プレジデント」、引用は抜粋・要約。以下同）

「夕日ビール」からの脱却

沈滞した組織はどうすれば活性化するのだろう。伝統があり、名門であればなおさら再建は難しい。負のイメージを独自のバイタリティーでプラスに転じた樋口。リアリティー重視の高杉はその言葉を丁寧にすくい上げていく。住友銀行の支店長会議で行った退任挨拶の場面は印象的だ。

「アサヒは危急存亡の時にありますが、必ずや〝夕日〟は返上し、輝ける〝朝日〟にする所存です。わたくしが死んだと思ってください。詰まる所、香典が欲しいのです。それぞれのお金でいますぐアサヒビールを買ってください。わたくしへの香典であり、香典返しは買ってもらったビールです」

樋口がアサヒビールの社長に就いたのは一九八六年三月。当時のビール業界は折からの焼酎ブームで市場は縮小し、「もはや成熟産業化した」といわれていた。とりわけアサヒは「夕日ビール」と揶揄《やゆ》され、毎年のようにシェアを落とし、八五年には九・六％と一桁台になっていた。

樋口が求めたのは根本的に社員の意識を変えることだった。「前例がないからやらない」のではなく、「前例がない。だからやる！」という発想の転換だった。本作では樋口の活躍ぶりが数々のエピソードを通して生き生きと描かれる。

就任直後は「アサヒのビールを置いた東京の酒販店は一〇軒に一軒もなかった」という。まず社員にしっかりとあいさつする習慣をたたき込んだ。そして「酒の商売が分からない銀行屋」と冷ややかな目線を向ける酒問屋に頻繁に足を運んだ。店頭の商品を新しくするため、古いビールを処分するという、当時のビール業界の常識では考えられないことを実行し、古い慣行を変えていった。

月に一度、社内で開催される「ビール・デー」。樋口は秘書に命じて店頭に残る古いビールを用意させた。以下の場面は樋口イズムの面目躍如だ。

古いビールはうまくない。三〇分ほどで工場長と支店長が樋口に近寄ってきた。

「今日は皆さん疲れているので早めに切り上げてよろしいでしょうか」

「帰りたければ帰れ。その前に新しいビールを飲ませてやろう」

新しいビールは美味《おい》しい。樋口は壇上に駆け上がった。

「古いビールから新しいビールに替えたら、みんな楽しそうに飲み始めたじゃないですか。帰する所、きみたちはお客さんに古いビールを売りつけて、自分たちは新しいビールを飲んでいることになるのではありませんか。そんな社員にアサヒビールが売れるんですか。よくよく考えてもらいたい！」

「上を見るな、外を向け」

住友銀行副頭取からアサヒに転じた社長は樋口で四人目である。その存在が際立つが、飛躍の礎を作ったのは前任の社長・村井勉《つとむ》（一九一八～二〇〇八）である。住銀から副社長として送り込まれた東洋工業（現・マツダ）の再建でまず手腕を発揮し、「再建屋」の異名をとった。その後、住銀副頭取などを経て八二年にアサヒビール（当時は朝日麦酒）へ。本作では「堤悟」という名前で登場する。

「現場第一、顧客第一。人と組織はかき回せ」と訴え、社名を現名称に変更し、CI（コーポレート・アイデンティティー）を導入した。注目すべきは村井の指示で開発に成功し、八六年二月に発売した「アサヒ生ビール（通称コク・キレビール）」だ。コク（芳醇な味わい）とキレ（喉ごしのよい爽快な味）はそれまで二律背反すると考えられていたが、マーケティング部のコンセプトが技術部門に提示され、技術陣の不断の努力でこのハードルをクリアした。幸い、これがヒットし、翌八七年三月発売の

「スーパードライ」の成功の足掛かりとなった。その後、村井は国鉄の分割民営化を受けて同年から九二年までJR西日本会長を務めた。

二〇〇〇年、村井に組織再生の方策についてインタビューした。マツダ、アサヒ、JR。いずれも技術力はあるが、名門にありがちな組織の沈滞に苦しんでいた。そこへ持ち前の「ネアカ」精神で飛び込んだ体験をこう話した。

「『進駐軍帰れ、銀行帰れ』。広島のマツダで出迎えてくれたのがこれ。アサヒでも技術と営業に壁ができていた。風通しが悪い上に縦割りだった。組織は本来、開発の段階から一枚岩にならなければ。老舗ほど、経営はワンマンになりがちで社員は上ばかり向いてしまう。違うんだ。『上を見るな、外を向け』と、マツダ時代は世界中を回り、アサヒ時代は全国八百軒の酒屋を三回ずつ訪ねた。顧客第一主義だ」

村井、樋口の時代にアサヒビールの躍進の土壌が作られたことが分かる。住友銀行で村井は樋口より七年先輩。樋口はこう述懐している。「たとえて言えば、村井さんはあまりいい音の出ないオーケストラの指揮者を引き受けて、ドならドの音が出るように音合わせをしてくれたのです。つまり、よくなる下地を作ってくれたわけですから、私は村井さんに大変感謝しています」（樋口『わが経営と人生』）

村井や樋口といった、バンカーの枠に収まらない逸材を生み出したのが住友銀行である。樋口は行内に流れる雰囲気について「自由闊達に論議して、いったん決まったことについては一丸となって取り組む」と表現している。ただ、樋口は実力者の磯田一郎の経営方針に違和感を抱き、関西相互銀行との合併計画で衝突、イトマンへの大口融資を巡って対立は決定的になったという（前掲書）。

もうすでに「銀行を辞める覚悟ができていた」というが、本作品では磯田が樋口に引導を渡す住友銀行会長室の様子が臨場感たっぷりに描かれる。

「まだ先のことだが、小松（康）の次は巽（外夫）だ。樋口と巽とどっちがよいか、これでも相当悩んだんだ。樋口のほうが心丈夫だが、行内事情はそうもいかない」

「会長、よーく分かっています。バンカーとして、巽さんのほうが評価されるのは当然でしょう」

樋口の胸中は違った。大過なく静かにしていれば頭取になれるのかと言いたいくらいだ。

生え抜き指名

アサヒビールの経営は樋口の登場で一変した。主力商品を「スーパードライ」に絞り、辛口ビールの清新なイメージを広めた。社長在任の約六年間でアサヒビールの売上高は約三倍に膨らんだ。

本作品の白眉は樋口が後継者を選ぶ際、恒例の住銀からでなく生え抜きを指名する場面だ。小説では「瀧澤勲夫」だが、現実は瀬戸雄三（一九三〇～二〇一三）である。樋口からバトンを受け継いで二一年ぶりの生え抜き社長に就任。「スーパードライ」をトップブランドに育て上げた。

この「瀧澤」を呼び出し、樋口は言う。

「瀧澤君を次の社長にしますかねぇ。磯田一郎さんがもの凄い勢いで口出ししてきたが、五代続けて住友銀行からのそれはないでしょう。現場の仕事は全部任せる。僕の真似は無理だ。絶対にできっこない」

瀬戸は失速気味だった「ドライ」を立て直すため、「鮮度」重視の戦略を打ち出した。社員の力をまとめ上げ、出荷から店頭までの時間を短縮し、在庫を一掃した。ドライの強みに鮮度が加わり、売れ行きは再加速した。

一九九八年、アサヒは年間ビール出荷量でキリンビールを抜き、四五年ぶりにトップに立った。瀬戸は「みんなの功績」と社員をたたえ、自身は首位が確定した翌日に社長を辞めると発表した。「長いこと居座っても傲慢《ごうまん》になるだけ。そうなると人間、終わり」と事もなげに振り返ったという。

村井、樋口、瀬戸の三代にわたる経営の軌跡には、汲んでも尽きぬ組織活性化とリーダーシップ醸成の極意がある。その中心に位置する樋口はまさに「最強の経営者」なのだろう。

この解説の冒頭、「著者最後の企業小説」と銘打たれたことを紹介したが、高杉はその後、自伝的小説『めぐみ園の夏』を出し、国際金融をテーマにした『新 巨大外資銀行』、ベンチャー企業を描いた『雨にも負けず』の雑誌連載も始めている。「いつも『これが最後』という気持ちなんですが、書き終えるとまた書きたくなる。狼少年もいいところ」。アルチザン（職人）を自任する七九歳。不透明な時代をえぐり出す作品を期待したい。

（文中敬称略）

（神戸新聞播磨報道センター長兼論説委員）

参考・引用文献
神戸新聞経済部『トップの肖像Ⅱ』一九九四年、神戸新聞総合出版センター

樋口廣太郎『前例がない。だからやる!』一九九六年、実業之日本社
同『わが経営と人生――私の履歴書』二〇〇三年、日本経済新聞社
同『念ずれば花ひらく――感動と感謝のネアカ経営とは』一九九三年、金融財政事情研究会
アサヒビール株式会社120年史編纂委員会編『アサヒビールの120年――その感動を、わかちあう。』二〇一〇年
高杉良「連載のあとがき」『プレジデント』二〇一五年一一月三〇日号
ほかに神戸新聞記事、インターネットサイトの記事などを参考にした。

本書は二〇一六年四月、プレジデント社より刊行された『最強の経営者
小説・樋口廣太郎――アサヒビールを再生させた男』を改題したものです。

|著者| 高杉 良　1939年東京都生まれ。専門紙記者・編集長を経て、'75年『虚構の城』でデビュー。以後、緻密な取材に基づいた企業小説・経済小説を次々に発表する。著書に『金融腐蝕列島』『小説　日本興業銀行』『虚像の政商』『管理職の本分』『第四権力』『組織に埋もれず』『勁草の人　中山素平』『巨大外資銀行』『めぐみ園の夏』など多数。

最強《さいきょう》の経営者《けいえいしゃ》　アサヒビールを再生《さいせい》させた男《おとこ》

高杉《たかすぎ》 良《りよう》

2018年5月15日第1刷発行
2018年8月3日第5刷発行

発行者──渡瀬昌彦
発行所──株式会社　講談社
東京都文京区音羽2-12-21　〒112-8001
電話　出版（03）5395-3510
　　　販売（03）5395-5817
　　　業務（03）5395-3615

Printed in Japan

講談社文庫
定価はカバーに
表示してあります

デザイン─菊地信義
本文データ制作─講談社デジタル製作
印刷───大日本印刷株式会社
製本───株式会社国宝社

ISBN978-4-06-293904-1

講談社文庫刊行の辞

二十一世紀の到来を目睫に望みながら、われわれはいま、人類史上かつて例を見ない巨大な転換期をむかえようとしている。

世界も、日本も、激動の予兆に対する期待とおののきを内に蔵して、未知の時代に歩み入ろうとしている。このときにあたり、創業の人野間清治の「ナショナル・エデュケイター」への志を現代に甦らせようと意図して、われわれはここに古今の文芸作品はいうまでもなく、ひろく人文・社会・自然の諸科学から東西の名著を網羅する、新しい綜合文庫の発刊を決意した。

激動の転換期はまた断絶の時代である。われわれは戦後二十五年間の出版文化のありかたへの深い反省をこめて、この断絶の時代にあえて人間的な持続を求めようとする。いたずらに浮薄な商業主義のあだ花を追い求めることなく、長期にわたって良書に生命をあたえようとつとめるところにしか、今後の出版文化の真の繁栄はあり得ないと信じるからである。

同時にわれわれはこの綜合文庫の刊行を通じて、人文・社会・自然の諸科学が、結局人間の学にほかならないことを立証しようと願っている。かつて知識とは、「汝自身を知る」ことにつきていた。現代社会の瑣末な情報の氾濫のなかから、力強い知識の源泉を掘り起し、技術文明のただなかに、生きた人間の姿を復活させること。それこそわれわれの切なる希求である。

われわれは権威に盲従せず、俗流に媚びることなく、渾然一体となって日本の「草の根」をかたちづくる若く新しい世代の人々に、心をこめてこの新しい綜合文庫をおくり届けたい。それは知識の泉であるとともに感受性のふるさとであり、もっとも有機的に組織され、社会に開かれた万人のための大学をめざしている。大方の支援と協力を衷心より切望してやまない。

一九七一年七月

野間省一

講談社文庫　目録

瀬戸内寂聴・訳　源氏物語　巻《まき》七《しち》
瀬戸内寂聴・訳　源氏物語　巻《まき》八《はち》
瀬戸内寂聴・訳　源氏物語　巻《まき》九《く》
瀬戸内寂聴・訳　源氏物語　巻《まき》十《じゅう》
関川夏央　子規、最後の八年
先崎　学　先崎学の実況！盤外戦
妹尾河童　少年H(上)(下)
妹尾河童　河童が覗いたインド
妹尾河童　河童が覗いたヨーロッパ
妹尾河童　河童が覗いたニッポン
妹尾河童・野坂昭如　少年Hと少年A
瀬尾まいこ　幸福な食卓
関原健夫　がん六回　人生全快
瀬川晶司　泣き虫しょったんの奇跡　完全版〈サラリーマンから将棋のプロへ〉
瀬名秀明　月と太陽
曽野綾子　透明な歳月の光
曽野綾子　新装版　無名碑(上)(下)
蘇部健一　六枚のとんかつ
蘇部健一　六とん2
蘇部健一　届かぬ想い
曽根圭介　沈底魚
曽根圭介　本ボシ
曽根圭介　藁《わら》にもすがる獣たち
曽根圭介　TATSUMAKI〈特命捜査対策室7係〉
zopp　ソングス・アンド・リリックス
田辺聖子　川柳でんでん太鼓
田辺聖子　おかあさん疲れたよ(上)(下)
田辺聖子　ひねくれ一茶
田辺聖子　愛の幻滅(上)(下)
田辺聖子　うたかた
田辺聖子　春情蛸の足
田辺聖子　蝶花嬉遊図
田辺聖子　言い寄る
田辺聖子　私的生活
田辺聖子　苺をつぶしながら
田辺聖子　不機嫌な恋人
田辺聖子　どんぐりのリボン
田辺聖子　女の日時計
谷川俊太郎・訳　和田誠・絵　マザー・グース　全四冊
立花　隆　中核VS革マル(上)(下)
立花　隆　日本共産党の研究　全三冊
立花　隆　青春漂流
立花　隆　生、死、神秘体験
滝口康彦　一命
滝口康彦　栗田口の狂女〈レジェンド歴史時代小説〉
高杉　良　労働貴族
高杉　良　広報室沈黙す(上)(下)
高杉　良　会社蘇生
高杉　良　炎の経営者(上)(下)
高杉　良　小説日本興業銀行　全五冊
高杉　良　社長の器
高杉　良　祖国へ、熱き心を〈東京にオリンピックを呼んだ男〉
高杉　良　その人事に異議あり〈女性広報主任のジレンマ〉
高杉　良　人事権！
高杉　良　小説　消費者金融〈クレジット社会の罠〉
高杉　良　小説　新巨大証券(上)(下)
高杉　良　局長罷免　小説通産省

講談社文庫　目録

2018年6月15日現在